THE IMPROBABLE TALES OF Baskerville HALL

巴斯克維爾

五人小組的神祕信號

艾莉．斯坦迪許 Ali Standish——著
亞科波．布魯諾 Iacopo Bruno——繪
陳柚均——譯

獻給

亞洛·拉克（Arlo Lark），

願這第一段的冒險故事，

成為更多冒險旅程的序曲。

一旦排除了所有不可能，

無論剩下的有多麼不可思議，

必定是真相。

When you have eliminated the impossible, whatever remains, however improbable, must be the truth.

——夏洛克．福爾摩斯

目錄

CONTENT

目錄

CONTENT

01

All Aboard

乘客都上車了

亞瑟・柯南・道爾是那種無時無刻都仔細觀察著四周的男孩。在愛丁堡全新開放的威瓦利車站[1]裡，身處於一早喧囂繁忙的人潮中，他仍保持著高度警覺。無論是路過的商人腋下夾著的那份報紙上的頭條，或是即將進入頭等車廂女士，在一瞬間就被小偷伸手偷走她的錢包，都逃不過他的眼睛。

他當然也不可能錯過那個高瘦的男人，他有著一張神情嚴肅且蒼白的臉，正隔著擁擠的車站人潮直盯著他看。

在整個聖誕假期中，他已經看過這張臉好幾次了，他冷漠地看著他破舊的家，在對街遠遠凝視著。而現在，這個男人又出現在這裡，顯然是尾隨亞瑟和他的家人。

究竟是怎麼一回事？

「我們再不加快腳步，亞瑟就要錯過火車了！」道爾太太在前面幾步遠的地方喊道。

「瑪麗，快點跟上！」

亞瑟匆忙地看了前方的母親一眼，就這麼一瞬間，那個男人便消失在人群中。他就這麼消失了，如同當初亞瑟要走出家門面對他時一樣。

現在，亞瑟已經沒有時間去追那個人。他有更重要的事，就是他絕對不能錯過這一班火車，這班火車將帶他回到巴斯克維爾學院！

亞瑟轉過身，想伸手去拉他的妹妹瑪麗。就在片刻之前，瑪麗還在他身後，緊跟著他的腳後跟。

但現在，她卻不見了。

亞瑟的目光迅速掃視車站月台，心中猜測著瑪麗可能發生了哪些情況。

首先，她有可能在人群中迷失了方向。亞瑟覺得這不太可能，因為她剛才就在他身後，離得很近。

第二，她可能被人帶走了。難道是那名臉色蒼白男子的同夥所為嗎？這也不太可能，畢竟車站裡那麼擁擠，肯定會有人注意到並發出警告聲。

第三，可能是她自己偷偷溜走了。如果真是這樣，他那個熱愛冒險的妹妹會去哪裡呢？

亞瑟的目光轉向了那班最靠近他的火車。

---

1 Waverly train station，威瓦利車站是蘇格蘭愛丁堡的主要火車站，也是英國第二大車站。

「瑪麗，不行！」

當她正打算悄悄地溜上其中一節車廂時，他衝向列車，伸手去抓住妹妹的腰。亞瑟嘆了一口氣，將她從車廂裡拉了出來。

「這不公平！」瑪麗大聲哭喊著，卻被亞瑟拉了回來，再次站穩在車站的地面上。「你可以搭火車，為什麼我不行？」

「因為妳需要留在家裡。」他們的母親簡短地說，拉著瑪麗的手並一路往前走。「如果妳真的上了開往廷巴克圖[2]的火車，可能就再也回不來了。」

前方傳來一聲汽笛聲，聽起來頗為哀傷，姊妹們跟著道爾太太匆匆地往前走。

「到了！」在嘈雜的人群與靜止的列車之中，道爾太太的聲音格外響亮。她在寫著「三等車廂」的指示牌底下停下了腳步，將亞瑟拉近並抱進懷裡，接著又放開了他，讓他和四個妹妹——如果也把小嬰兒康斯坦絲算進去的話就是五個——輪流擁抱並道別。

「記得常寫信回來。」安說。

「不要惹麻煩。」凱瑟琳補充了這一句，並且給了亞瑟一個警告的眼神。

如果她們知道真相就好了，亞瑟心裡想著。

他對家人隱瞞了在巴斯克維爾學院第一學期所發生的許多事，只透露了其中的一部分。她們根本不知道，他的其中一位教授戴娜．格雷，曾在學校裡偷偷藏了一台能讓人青春永駐的永生機器。當然，她們更不可能知道，亞瑟無意間讓一隻翼手龍復活了，現在牠可能正在巴斯克維爾學院的校園裡四處飛翔。一想到這裡，亞瑟心中湧起了一陣興奮感，迫不及待地想要回到學校。

小康斯坦絲在道爾太太的懷裡發出輕微的咯咯聲，向亞瑟道別。小卡洛琳則用渴望的眼神盯著亞瑟的腿，似乎在挑選一個適合咬下去的地方——這是她表達親密感的方式。瑪麗則不願意和亞瑟說話，因為他破壞了她的逃脫計畫。

「我會在學校為妳說一些好話的。」亞瑟在瑪麗耳邊輕聲地說道。「等妳長得夠大了，或許就可以一起來。」

一聽到這些話，瑪麗立刻抱住了亞瑟的肚子，眼淚隨即流了出來。

「親愛的亞瑟，你真的必須離開了。」媽媽輕輕地將瑪麗拉開，然後不情願地將亞瑟

1　Timbuktu，西非馬利共和國的一座城市，位於撒哈拉沙漠南緣，尼日河北岸，曾是伊斯蘭世界的文化重城。

推向樓梯的方向。「在你離開之前——」

她從大衣裡拿出了一條圍巾，圍巾上的每一個方格都由不同顏色的毛線編織而成，其中有幾個方格看起來較為不平整。

「這是我們大家一起完成的。」道爾太太一邊說，一邊將圍巾繞在亞瑟的脖子上。「這是遲來的聖誕禮物。」

「這樣你才不會忘記我們！」瑪麗補充道。

「這樣你才能保暖，就不會感冒了。」凱瑟琳糾正瑪麗的話。

「這真是太棒了。」亞瑟一邊說，一邊微笑著看著家人們。「謝謝妳們。」

「乘客們上車了！」附近有個聲音大喊著。

亞瑟匆忙地走上樓梯，坐上車廂裡的硬背長椅，接著揮手向媽媽及姊妹們道別。他的家人們站在月台上，揮手向他送行。道爾太太眼中閃著淚光，亞瑟心中再次浮現了一種渴望，想和媽媽——甚至是所有家人——再擁抱一次。

隨後，亞瑟的心猛地一跳，火車開始向前行駛，將道爾家的其他人拋在後頭。

一場全新的冒險已然展開。

隨著火車緩緩駛離車站，亞瑟最後掃視了一眼人群，再也沒有見到那個一直跟蹤他的男人，他總算鬆了一口氣。然而，亞瑟很快就發現，自己其實不自覺地一直在尋找另一張面孔。他心裡明白，自己一直在期待能看見某個身影出現。在他的內心深處仍懷抱著一絲微弱的希望，盼望著父親能在最後一刻改變主意，來送他一程。

整個假期，道爾先生幾乎都關在書房裡，聲稱自己消化不良。然而，當他和亞瑟在樓梯上擦肩而過時，亞瑟還是嗅到了他身上那股酒味。

亞瑟心裡明白，如果那個臉色蒼白的男人再次出現，父親根本無力保護這個家。唯一值得安慰的是，那個人似乎只對監視自己感興趣，並不太關注他的姊妹或父母。但是，那個男人到底是誰……他究竟想要做什麼？

或許，他是為綠衣騎士做事的人。

對於上學期在巴斯克維爾學院出現的神祕人物，亞瑟心中依然有著許多疑問，沒有得到任何答案。他不知道綠衣騎士的真實身分，只知道那人曾經試圖偷走格雷教授的永生機器，亞瑟和他的朋友們差一點就阻止不了他的陰謀。

當火車加速駛離車站時，陽光透過車窗灑了進來。亞瑟的目光移向窗外，一排排破舊的茅草小屋，煙囪冒著煙霧，隨著火車的前進，這些景象逐漸變成了廣闊的農田和蔚藍的天空。當海洋在東邊展開時，坐在他對面的兩個孩子不禁驚呼起來，海面在陽光下閃閃發光。亞瑟透過冰冷的車窗望去，看到海浪一波波地拍打著岸邊，然後又退去，再次拍打，再次退去。火車輕快地搖晃著，儘管第一次前往巴斯克維爾學院是搭乘查林傑校長的飛船，亞瑟認為那無疑是一場精采的冒險，但搭乘火車還是比較輕鬆的交通方式——儘管本來屬於他的座位似乎越來越小，而坐在他身旁的那個大鬍子男人的座位卻越來越大。

隨著火車飛速前行，亞瑟的思緒再次回到了巴斯克維爾學院。他不禁開始猜想，那些家境優渥的朋友們，吉米．莫里亞蒂和艾琳．伊格爾，會以哪一種交通方式回到學校？他們或許會搭乘豪華車廂？而格羅佛．庫馬爾和瑪麗．莫斯坦——綽號「口袋」——大概會和他一樣，搭乘三等車廂或普通車廂吧。

其實，他們怎麼到達學校並不重要。最重要的是，大家很快就能再次聚在一起了。

當亞瑟的思緒從那棟歪斜塔樓裡和吉米同住的溫馨小房間，轉向大廳裡一同用餐的拱形學院餐廳時，他的眼皮開始變得沉重。火車輕柔地搖晃著，帶給他一種愉悅的安撫，就像騎著一匹非常溫馴的馬。

然而，一想到馬匹又讓他心頭一震，他的思緒飛快地從塔樓轉向學校附近的那一片森林，那是他第一次見到綠衣騎士的地方。他在灰暗的黎明曙光中瞇著眼，看見一個身穿綠色斗篷的男人，騎著一匹黑色的馬。

「我們還會再見面的，亞瑟。」那個躲在斗篷底下的身影說道，「比你想像中更快。」

突然，有人一把抓住了亞瑟的肩膀。他的眼睛猛地睜開，驚呼了一聲，坐在對面的兩個孩子忍不住笑了起來。他身旁的男人指著一位穿著得體的列車長，表情看起來很不耐煩。

「你的車票呢？」他詢問亞瑟，語氣透露出這已經不是他第一次問這個問題了。

「哦，是的，當然。」亞瑟從口袋裡掏出那張單程車票，列車長在上面打了一個洞，亞瑟有些尷尬地坐回自己的座位。他感覺有些不安，但他認為不只是因為剛才的夢境，一股刺痛感從脖子後面蔓延開來。他疑惑地想著，**現在整個車廂的人都在看我嗎？**

但是，當他不經意回頭瞄了一眼時，並沒有人在注意他。後面那排座位坐著一位正在打瞌睡的老太太——她連眼睛都沒睜開就將車票遞給了列車長，還有一位手裡拿著一大籃蔬菜且臉頰紅潤的女士、一位正在抽菸的年輕人，以及一位正在讀報紙的男人。亞瑟瞥了一眼報紙的頭條。

真是太奇怪了。

報紙的頭條寫著關於威瓦利車站開幕時間延遲的消息，但愛丁堡的新車站早已開通好幾個月了。為什麼會有人讀過期那麼久的報紙呢？

「車票。」列車長不耐煩地大吼著。當那位男士遞出車票時，他稍稍放下了報紙。

亞瑟倒抽了一口氣。

是車站裡那個臉色蒼白的男人。

那男人在報紙上方與亞瑟對看了一眼，露出一絲不悅的表情。

隨後，他突然起身，迅速從列車長手中搶回票根，列車長怒視著他，看著他朝走道那裡走去。

他正朝著亞瑟的方向走過來。

亞瑟立刻從椅子上跳了起來，快速穿過其他乘客之間，無視於他們低聲的抱怨與不悅的目光。

他衝向車廂的走道盡頭，聽見背後傳來沉重的腳步聲。

如果他能趕到車廂盡頭的那道門，也許他能把門鎖上，讓任何人都無法跟在後面。

亞瑟終於趕到了門前，拚盡全力拉開了門。他跌跌撞撞地衝了出去，跌進了一個小平台。這個平台上只有一個低矮的護欄，刺骨的冬日寒風猛烈地拍打著他的臉頰，他一時之間愣住了，眨了一下眼睛。

這個平台與下個平台之間，只有一根狹窄的鐵樑作為連接。這一節車廂根本無法通行到下一節車廂……除非他願意冒著極大的風險，直接跳過去，也就是說，他被困住了。

回過神來，亞瑟試圖關上那道門，但那個男人已經衝過來了。一股力量緊緊抓住了亞瑟的脖子。他的雙手被壓在背後，身體被迫貼在那脆弱的護欄上。就在這時，軌道下方的地面突然消失，取而代之的是一座狹窄的橋，下方是湍急的河水。

「我抓住你了，孩子。」一聲低沉的咆哮在他耳邊響起。「你恐怕再也逃不掉了。」

02

Where There's a Will, There's a Wiggins

有志者，必有威金斯同行

下方的河水看起來冰冷無情，讓亞瑟不禁吞了吞口水，試著回想史東教授教導自己的拳擊技巧，想找出一招，不讓自己被扔出護欄之外。

「現在這裡就只有我和你了……」攻擊者開口說道。

但他還來不及把話說完，亞瑟便深吸了一口氣，接著把頭用力向後仰，用後腦勺狠狠地撞了男人的鼻子。那男人發出一聲痛苦的叫聲，抓住亞瑟腰部的雙手便鬆開了一些，亞瑟趁機抽出一隻手臂，迅速以手肘猛撞男人的肚子。

那男人痛到彎下了腰，亞瑟趁機轉身，準備奮力反擊然後回到車廂裡。他迅速掃視著這個小小的平台，四處尋找可以防身的東西。然而，他的視線落在一張掉落在地的紙張，正好在痛苦呻吟的攻擊者身旁。那是一張車票。

亞瑟的眼睛微微瞇著，看了一眼那張車票，然後轉向那位臉色蒼白的男人。那個男人身材高瘦，相較於遠處看到的樣子，近看顯得年輕不少。亞瑟從男人不合身的粗糙毛衣上拔下一根銀白色的毛髮，差不多是一根針的長度。亞瑟總算明白了，隨著列車遠離那條河流，他心中的焦慮也逐漸消散。

「巴斯克維爾學院派你來的，對吧？」他問道，這時火車正緩慢地穿越一片像拚布般的田野與牧場。

「沒錯，正是他們派我來的。」男人吐了口口水，皺起眉頭看著亞瑟，然後站起身來並擦去他的鼻血。「真希望你在打斷我鼻子之前，就先猜得到這件事了。」

攻擊者仍狠狠地瞪著亞瑟，左臉頰散布著得過天花而留下的疤痕。亞瑟從口袋裡拿出手帕遞給他，仍然保持著警覺。

「你是怎麼猜到的？」男人問道，並接過手帕並捂住鼻子。「這本來不應該讓你知道。」

「首先，我想到如果你想讓我死的話，火車在過河時應該就是好機會了。」

「當時我沒有這麼做，」男人低聲嘀咕著，「或許現在改變主意還不會太遲。」

「第二，你的車票從口袋裡掉出來了。」亞瑟指向地上的那張紙。「終點是小比格斯比村的回程車票，正是離學校最近的小鎮。」

「那麼，你怎麼確定，並不是那裡有人派我來綁架你，或者要打斷你的腿呢？你是人緣很好的那種人嗎？」

亞瑟差點笑出聲來。他突然想起了塞巴斯汀．莫蘭，班上那個來自富裕家庭的男孩，從第一次見面開始，他就對亞瑟懷有敵意。這也是三葉草其他成員對他的態度，而這個祕密社團長期與綠衣騎士合作。亞瑟在巴斯克維爾學院樹立了不少敵人，這一點毫無疑問。

他拿起從男人外套上拔下來的一根銀色毛髮。那根毛很長，顯然不是來自貓或狗，而且太粗了也不可能是人類的毛髮。「第三，這是狼身上的毛。」亞瑟說，「你的外套上到處都是。我唯一認識的一匹狼，是保護巴斯克維爾學院的那匹狼，若你是壞人的話不會冒險靠近牠，甚至還摸牠的肚子。好了，我已經回答了你的問題，現在輪到你了。你是誰，又是誰**派你來**的？」

那男人挑了挑眉，若不是覺得有些欽佩，就是覺得惱火。

「福爾摩斯果然沒錯看你。」他說，「你真是個聰明的孩子。我叫比爾．威金斯。」

他向亞瑟伸出了手，亞瑟聽見福爾摩斯的名字後愣了一下，才驚訝地握住了他的手。

「那你應該已經知道我叫亞瑟．道爾了。」亞瑟回答。「你是福爾摩斯教授的朋友嗎？」

威金斯的臉上露出一絲諷刺的笑容。「算是朋友吧。」他說，「福爾摩斯那老傢伙幾年前曾幫我一個忙，所以現在我會在他有需要時提供協助。」

「那你**提供什麼協助**？」亞瑟問，「福爾摩斯為什麼派你來跟蹤我？」

「當然是來保護你呀。」威金斯答道，「我會不時前來愛丁堡察看，確認是否有什麼不對勁的地方。我昨晚才回到愛丁堡，就為了確保你今天能夠安全到達學校。倒是沒想到，**我**居然成了需要被保護的人。」

亞瑟正準備要問威金斯，到底有什麼危險需要保護他，卻突然想到了什麼。

「這和綠衣騎士有關嗎？」亞瑟問，「福爾摩斯教授知道什麼事？為什麼他那麼擔心，甚至需要派你來這裡保護我？」

威金斯舉起了雙手，做出一副要投降的樣子。「這個問題超出我的職責範圍了，恐怕無法回答。不過，看來我必須要求他再額外加上一筆補助，當作危險津貼。」他嚴肅地指著自己正在流血的鼻子，再次對亞瑟露出不悅的表情。

「嗯，**剛才**是你把我逼到這個平台上，還一把抓住我的脖子。」儘管天氣十分寒冷，亞瑟一邊說著，還是一邊感覺到臉上微微發熱。

「剛才也是你跑到這裡，還盯著欄杆看，好像準備要跳下去一樣。」威金斯抱怨地說，「現在別管這些事了，我們進去吧，我都快要凍僵了。」

他打開了車廂門，示意亞瑟進去，接著也跟著走進去。在經過人群時，乘客都好奇地盯著他們看，有些人甚至露出不悅的表情。亞瑟發現，之前坐在他旁邊的鬍子男現在已完全占據了窗邊的座位，他只好擠到威金斯旁邊坐下。接下來，他們在沉默中度過了剩下的行程。威金斯繼續翻閱那份過期的報紙，讓亞瑟獨自沉浸在自己的思緒中。火車時而加速時而減速，頻繁地靠站，一路朝著西南方行進。

自從亞瑟與綠衣騎士在森林中相遇之後，福爾摩斯教授就曾警告過亞瑟，綠衣騎士並未完成追求永生不朽的計畫，這只是一個開始而已。在那個學期的其餘時間裡，亞瑟一再向福爾摩斯追問更多訊息，但教授只是回答，待時機成熟時就會告訴他。

如今，如果福爾摩斯擔心到需要派人跟蹤亞瑟的程度，那麼，時機肯定已經來臨了。無論以何種方式，亞瑟都決心要調查清楚關於綠衣騎士的一切。

03

Prelude to a Funeral

葬禮的序曲

亞瑟與威金斯在小比格斯比車站下車——這裡只有兩個搖搖欲墜的破舊月台，中間隔著一條鐵道，車站的售票處小得像是放掃把的雜物間。亞瑟正準備要詢問威金斯是否會一路跟隨他回到學校時，突然撞上了一位正從旁邊車廂下來的乘客。

這段火車旅程已經讓亞瑟感到有些緊張不安，雙手不自覺地握成了拳頭。不過，當他仔細看清楚撞到的人之後，整個人立刻放鬆了下來。那是個高瘦的男孩，擁有像貓頭鷹般的明亮雙眼，還有黑色大衣和帽子之間露出的黃褐色皮膚。

「格羅佛！」亞瑟驚訝地大叫。

格羅佛．庫馬爾以一個平靜的微笑回應他。「亞瑟。」他溫暖地回答。「我夢到今天會見到你，現在你果然出現了。我想，自從上學期開始，我的心靈感應能力進步了不少。」

亞瑟握了握格羅佛的手，懶得再去反駁他，在學期的第一天遇見彼此是機率相當大的事。

「我已經安排好從車站回到學校的車了，如果你願意的話，要不要跟我一起搭車？」格羅佛問道，隨即向亞瑟肩膀後方看了一眼。「別回頭，只不過有個令人不舒服的男人正站在你背後。」

「噢，那只是……我在火車上認識的人。」亞瑟說。「不過，我很樂意和你一起搭車。」

他不介意將同行的夥伴從威金斯換成格羅佛，畢竟現在距離學校這麼近，他已經迫不及待想要趕緊回到學校。

「太棒了。」格羅佛說。

「我到這裡應該就沒問題了。」經過威金斯身旁時，亞瑟小聲地說。「不過，還是要向你說聲謝謝……」

「你自己小心一點，孩子。」威金斯說。「老頭和我說過不少關於你們學校的奇怪故事，一定要注意他說過的事。」

我很快就會去找老頭好好聊聊了，亞瑟心想。

威金斯對他輕輕拉起帽沿示意，亞瑟加快腳步追上了格羅佛。

「那麼，我們到底要怎麼回到學校呢？」亞瑟問道，兩人一同走下樓梯，朝著空蕩蕩的長途巴士停車場走去。

「我相信他馬上就要來了。」

亞瑟正打算要問是誰會來接他，格羅佛卻在那時掏出了一本書，他那張嚴肅的臉也瞬間消失在書本之後。書背上的書名是《怪誕與蔓藤花紋的故事》[3]。

「這是愛倫坡的短篇故事集。」格羅佛說道，眼睛依然盯著書本，不看亞瑟一眼。

「他是我最喜愛的作家。」

亞瑟對這個名字隱約有點印象。「他不就是筆下人物總是遭遇悲慘結局的那位美國作家嗎？」亞瑟問道。「像是被活埋之類的？」

「正是那位。」格羅佛點頭同意。「啊，他到了。」

兩個人抬起頭看著**咚咚**的馬蹄聲傳來的方向。兩匹馬慢慢出現在眼前，後面拉著一輛由一位面色蒼白、臉頰紅潤的矮小男子駕駛的馬車，他對格羅佛揮了揮手。亞瑟歪頭一看，覺得那輛馬車有些奇怪。駕駛座後方的車身狹長而低矮，外觀塗著黑色油漆，原本應該有車門的位置，卻只剩下一扇大窗戶，亞瑟隱約能看到裡面……竟然有一具**棺材**。

「格羅佛，我們要搭的是一輛靈車嗎？」亞瑟問道。

「這太棒了，不是嗎？」格羅佛問道。「那位殯葬師剛剛才為這輛靈車重新油漆過。」

「你怎麼會認識那位殯葬師呢？」

「哦，我從上學期開始寫信給格里默先生。我有一些關於防腐技術的問題，他很樂意幫我解答，於是我們成為了朋友。我從家裡寫信告訴他我的火車到站時刻，他便主動提議要來接我了。」

靈車快速地駛向他們，那位殯葬師大聲地對馬兒叫道：「喔喔，停！」馬車便猛然停住。殯葬師跳下車，與格羅佛握手。

「小夥子，見到你真高興！這一位是？」

「我是亞瑟．柯南．道爾。我和格羅佛是同一所學校的同學。」

「格里默先生，亞瑟能和我們一起搭車嗎？」格羅佛問道。

---

3 《*Tales of the Grotesque and Arabesque*》美國作家艾德格．愛倫坡（Edgar Allan Poe）的怪誕與恐怖故事著作，充滿超自然現象、陰森的氣氛，以及對人性黑暗面的深刻描寫，融合複雜且精致的故事結構，將心理與情感的細膩描寫得淋漓盡致，為恐怖文學的經典之作。

「當然、當然，只是我們三個人擠在駕駛座上會有點擁擠。如果你願意的話，後面也可以坐，只是後座已經滿了。葬禮在一個小時後就要開始。不過，應該不會有太多人來參加，因為沒人受得了那個老頭啊。也可能因為這個原因，他死了三天才有人發現，屍體已經腐爛得很嚴重了。」

亞瑟不禁打了一個寒顫，格羅佛則透過靈車窗戶，興趣盎然地盯著裡面看。

「我們可以擠一下。」亞瑟說。

「那好吧，來，把你的行李拿給我。」

亞瑟和格羅佛將他們的行李交給格里默先生，他便把行李放進了「骷髏行李倉」，也就是駕駛座下方的儲物箱。那位殯葬師上車後，格羅佛也爬了上去，接著伸出手拉了亞瑟上車。亞瑟都還沒坐穩，格里默先生就已經拉動了韁繩，馬車隨即快速向前衝。亞瑟不由自主地吞了一口口水，發現自己無意間成了一場葬禮的序曲。

他回望了一眼火車站，直到它完全消失在視線中。只見威金斯仍然站在那裡，目光直直盯著這輛靈車。

在前往巴斯克維爾學院的路途上，他們經過了小比格斯比村，規模不大卻又獨樹一格的村落，沿著一座陡峭的山坡上，矗立著許多斑駁的磚瓦房屋及商店。彎曲的道路向下延伸，通向一片明亮的山谷，有小馬、綿羊徜徉在谷間，天空還有雲朵不時掠過，投下陰影。當他們經過一家名為「飛豬酒吧」的酒館時，幾位村民看到靈車後便迅速低下頭，避開了目光。

格羅佛和格里默先生討論著如何防止盜墓賊和偷屍賊的棺材設計，亞瑟心不在焉地聽著，心中不禁想，像口袋這種對發明深感興趣的人一定會立刻插話，但亞瑟的視線始終停留在前方蜿蜒的道路上，心中懷疑著，那位綠衣騎士是否隱匿在巴斯克維爾學院附近的某一處。

馬車繼續行駛在山谷之間，冬日的金黃色草地，突然被一大片森林所取代。紫杉、榿木和橡樹高聳地伸向天際，每一棵樹都如古堡般原始而雄偉。道路變得越來越狹窄，逐漸蜿蜒深入樹林的深處。樹林的邊緣豎立著一塊立牌，上面寫著**「私人道路：只限巴斯克維爾學院的學生及受邀賓客通行。任何闖入者將被立即強行驅離。」**

為了加強這個重點，樹幹上還插著一支箭。亞瑟清楚地明白這是一個警告，但奇怪的是，他卻開心地笑出來了。他已經接近學校的範圍，而那個地方，正是他世上最喜愛的地方。那裡充滿了各種爆破實驗、奇特的動植物，以及無窮無盡的冒險。

然而，即便如此，當他們進入那片森林的深處，亞瑟依然保持警覺，不斷觀察周圍是否有任何異常情況……也許有人躲在盤根錯節的樹幹背後，默默地注視他。他不確定是否是自己產生的幻覺，還是真的看見了一個若隱若現的龐大黑影，就隱藏在樹木的陰影中。

「那是什麼？」他指著那個可疑的身影問道。

格羅佛和格里默隨即轉頭去看。

「我什麼都沒看見啊。」格羅佛說。

「啊，你是說那邊像樹籬一樣的東西嗎？」格里默問道。

「那就是樹籬嗎？」亞瑟問道。

「我不確定，因為我自己從來沒探索過這一片森林。」那位殯葬師說道。「不過，我曾聽說老貝克勳爵曾經在這個地方設計了一座巨大的樹籬迷宮，據說是全英國最難解的迷宮了。」

「我從沒聽說過這件事。」亞瑟有些疑惑地回應。

「那應該是很久很久以前的事了，現在肯定已經雜草叢生。我們到了。」

他們急速駛過一個彎道，而學校的大門立刻就出現在他們眼前。亞瑟的心跳得像鐘聲一樣猛烈，彷彿要慶祝聖誕早晨的到來。

開放的大門後方，矗立著學生們上課和用餐的莊園大宅。在午後藍天的襯托下，那高聳的尖頂和略顯搖搖欲墜的煙囪，像是粉紅色畫筆所勾勒出的輪廓。一棵扭曲的老樹從溫室中伸展而出，曾經有枝條撐破了這些玻璃，樹冠高高懸在破碎的玻璃圓頂上方。溫室眾多閃閃發亮的窗戶散發出溫暖的杏色光芒，彷彿熱烈地歡迎他的歸來。

亞瑟開心地笑了。

他終於回到了巴斯克維爾學院。

04

Mrs. Eagle Avoids Catastrophe

伊格爾夫人出手解危

還沒等到馬車開始減速，亞瑟就已經迫不及待想跳下車。已有其他幾輛馬車停在莊園大宅前，穿著正式服裝的賓客們正一步一步地走上樓梯。亞瑟差一點忘了，今天要為一年級新生的家長舉辦接待會。當然，即使亞瑟的爸爸想來，也未必能夠負擔得起陪同亞瑟來學校的車費。

不過還好，他並不是唯一自己前來的人，格羅佛也是一個人。

隨著靈車駛向學校，周圍的賓客不由自主地注視著他們。亞瑟向格里默先生道謝，隨後就趕緊下車，拉著行李箱離開。格羅佛則慢慢地與格里默先生道別，並答應會寫信給他。

「我得趕緊離開了。」這位殯葬師說。「我的乘客和他的神有約，可不能遲到。」他對自己的笑話得意地大笑了一聲。「希望很快就能再見到你，亞瑟！」

隨後，靈車快速地駛離，穿梭在那些暫時停靠的馬車之間。亞瑟揮揮手看著靈車離開，但他心底暗自希望不要再有機會見到這位當地的殯葬師。

他和格羅佛一起踏上了石階。亞瑟盯著刻在門上的校徽：一面盾牌，上面有個被常春藤覆蓋的聖杯和一把與劍交叉的金鑰匙。下方有一排拉丁語：*Scienta per Explorationem*。

透過探索獲得知識。

「庫馬爾！道爾！你們遲到了。」

埃蒂安．吉拉德准將站在莊園大宅的門口，門正敞開著。這位氣色紅潤的法國人教授的是馬術科學，寬闊的胸膛上掛滿了在克里米亞戰爭後所獲得的閃亮勳章。他先伸手握住格羅佛的手，又握了亞瑟的手。當他們握手時，亞瑟感受到他長滿了繭的粗糙掌心摩擦著自己冰冷的手。

「直接進去學院餐廳，行李放這裡就好。」准將說。

他帶著他們進入前廳，明亮的燈光來自壁燈及一盞耀眼的吊燈。顯然地，這裡在假期中進行過大掃除，空氣中瀰漫著蜂蠟和松節油的氣味，只有蜘蛛網還頑強地掛在角落。當他們兩人穿過西翼的走廊時，令人垂涎的香味迎面而來，有迷迭香、梅子，以及奶油餡餅。亞瑟的肚子咕嚕咕嚕地叫著，他不禁加快了腳步。

「亞瑟！」一個熟悉的聲音從背後傳來。「格羅佛！」

亞瑟一回頭，就看見正從圖書館走出來的艾琳．伊格爾。自從他們抵達學校之後，亞瑟的臉上無時無刻都掛著笑容。對亞瑟來說，無比幸運的是，艾琳是他在巴斯克維爾學院結交到的第一個朋友。她陪伴著他經歷第一學期每一場驚險刺激的冒險。

艾琳的笑臉延伸到了她那雙大而深邃的棕色眼睛。她穿著一件相當件令人驚豔的藍綠色連身裙，胸前整齊地別著她父親的金色懷錶，裙擺下微微露出她的靴子。

她身後站著一對男女，兩人的裝扮和艾琳一樣色彩繽紛。男士穿著一件珊瑚色背心，讓他那栗色的皮膚散發出如古銅般的光澤，而女士則是將深紅色及紫色的羽毛點綴在頭髮上。

「這是我的爸爸媽媽。」艾琳說道，雖然她根本不用解釋。伊格爾夫人有著與艾琳相似的銳利目光，不過她圓潤的臉頰讓眼神變得柔和許多，而艾琳顯然遺傳了她父親的身高和筆挺的姿態。

「這位就是亞瑟了，對吧？」艾琳的父親一邊問，一邊挑了挑眉。亞瑟被他那流暢的發音和低沉的嗓音嚇了一跳，直到他突然想到，艾琳的父親是威爾斯人[4]，還是一位歌劇演唱家。「這就是一直讓我女兒陷入麻煩的男孩嗎？」

亞瑟的臉頰微微紅了。「我——」

「親愛的，他只是在開玩笑。」艾琳的母親開口說，而她就像艾琳一樣，有著簡潔的美國人口音。她也是位歌劇演唱家，個性比她的丈夫溫和許多。

「她說的沒錯。」艾琳的父親笑了。「我知道，光是艾琳一個人，就足夠讓自己陷入許多麻煩了。」

他伸出手，與亞瑟握了握手。

當伊格爾夫婦將目光轉向格羅佛後，**太奇怪了**，亞瑟心想。關於伊格爾先生手掌上的幾處粗糙皮膚，他原本並未特別在意，但直到他在和准將握手時，也注意到對方手上有類似的粗糙感。准將的手上長繭是容易理解的事，畢竟他的職業生涯中時常要手握韁繩、瞄準步槍，並揮舞軍刀。但是，伊格爾先生是一位表演者，並不需要時常勞動雙手，那麼，他為什麼會長這些繭呢？

艾琳走到亞瑟和格羅佛兩人之間，並一同朝學院餐廳走去。

---

4 威爾斯是位於大不列顛島西部的國家，現在為聯合王國（United Kingdom）的一員，與英格蘭相鄰，由半島和近海島嶼組成。威爾斯有著獨特的文化、語言（威爾斯語和英語並行）和歷史，並以其壯麗的自然景觀、古老的城堡和傳統音樂聞名。首都為卡迪夫（Cardiff）。

「你們的假期過得好嗎？」她問道。

「很好。」亞瑟答道，格羅佛也同時說：「我倒不太覺得那是休假。」

「為什麼？」艾琳聽完後，疑惑地追問下去。

「我整個假期都很忙。」格羅佛解釋。「首先，我重新整理了自己的墓碑拓印收藏，因為它的順序完全亂了。接著，我研究了人們稱之為『自動寫作』的技巧，而我自己也嘗試練習了幾次。然後——」

「自動寫作？」亞瑟問道。

格羅佛用不耐煩的眼神看著亞瑟。「是的，亞瑟。自動寫作就是指讓靈魂附身在你的身體，透過你的手來寫字，以便傳遞訊息。」

他解釋的語氣理所當然，就像要教別人如何繫好鞋帶一樣。

「那你成功了嗎？」艾琳問道。

格羅佛稍微抬起下巴，輕輕地哼了一聲。「要成為一個靈媒，得要花上好幾年的時間練習。因此，我不能再浪費時間了，特別是我如果還想加入『靈魂圈』的話。」

亞瑟和艾琳互看了對方一眼，忍不住笑了。他們都知道，格羅佛有多麼專注在學習有關超自然現象的一切。

巴斯克維爾學院裡有五個學習圈：鋼鐵圈、曙光圈、閃電圈、靈魂圈，以及城堡圈。每個學習圈有專門特定的學術領域，並且都有自己的住宿區。進入第二年後，學生需要選擇並申請加入其中一個學習圈。對亞瑟來說，每一個學習圈都充滿了吸引力，儘管他對「靈魂圈」的興趣，顯然不如格羅佛那麼強烈。

「那妳呢，艾琳？」亞瑟問道。「聖誕假期過得不錯吧？」

「嗯，過得還不錯。」她回答時聳了聳肩，並回頭確認父母沒有在偷聽他們對話。「見到爸爸媽媽很開心，不過有點無聊。太多沉悶的晚宴派對和聖誕頌歌，還有太多的女高音了。」

「哦，我不知道你也會唱歌。」格羅佛說。

「我不唱歌的。」艾琳直接地回答。「所以我才急著要回來——」

兩個身影忽然從陰暗的走廊另一頭走過來，她便中止了對話。一個身影高大且駝背，另一個則矮小且步伐迅速。兩人邊走邊笑，直到看到亞瑟時，笑聲才突然停住。

「哦，湯瑪斯、奧利，你們好啊，假期過得好嗎？」格羅佛有禮貌地打招呼。

「我正好和亞瑟和艾琳聊到，我在假期時試著進行自動寫作的事呢……」格羅佛話才說了一半，高個子的湯瑪斯便走到亞瑟面前，幾乎要碰到對方的鼻子時才停下腳步。

湯瑪斯．胡德是「三葉草之家」的領袖，而奧利．格里芬則是他的得力助手。就跟格羅佛一樣，他們對心靈研究和神祕學也有著濃厚的興趣，這或許能解釋他們為何會協助綠衣騎士偷取永生機器。儘管他們有共同的興趣，而格羅佛可能希望能再次贏回他們的青睞，亞瑟卻完全不打算這麼做。亞瑟都還記得，當初他們的計畫被破壞時有多麼憤怒，也知道他們肯定會急於尋求報復。他挺直了身體，盡力抬起頭，試圖縮短自己與湯瑪斯之間的身高差距。

較為年長的男孩嘴角上揚地冷笑，奧利則以冷漠的眼睛盯著他，誰也無法想像她剛才還在開懷大笑。

「孩子們，這裡有什麼問題嗎？」伊格爾先生開口問，口氣雖然輕鬆，卻帶著一絲警告的意味。

「當然沒有。」湯瑪斯回答，對亞瑟眨了眨眼。「再見了，道爾。」

亞瑟站在原地，直到湯瑪斯和奧利從他身邊走遠。

「走吧。」艾琳低聲地說，拉著亞瑟進了學院餐廳裡。「我們別理他們了，至少現在別理。」

亞瑟點點頭，隨著艾琳一同走向前方的長桌，桌上擺滿了琳瑯滿目的豐盛自助餐點。他試著聽從好朋友的建議，但是……湯瑪斯和奧利剛才為什麼那麼開心呢？

寬敞的空間裡，充滿了人們聊天笑鬧的聲音。此時，一架鋼琴被推了進來，彈奏者的技巧顯然還不太熟練。亞瑟仔細一看，發現彈奏者是哈德森夫人，巴斯克維爾學院的副院長，她穿著招牌的明黃色衣服。鋼琴長椅旁坐著一隻巨大的銀色動物，耳朵豎得筆直，圓圓的金色雙眼警覺地掃視著四周。那是托比，哈德森夫人忠實的狼夥伴，也是在比爾．威金斯外套上留下毛髮的那隻狼。

和其他人一同向餐點長桌走去時，亞瑟發現了許多熟悉的面孔。那邊是來自阿富汗的艾哈邁德，他一向是第一個以幽默口吻炒熱氣氛的人，正和一位身穿綠色長袍、頭戴頭巾的高瘦男人站在一起，兩人正在和教授解剖學及生理學的華生醫師一起聊天說笑，他是亞瑟最喜愛的教授。同宿舍的哈麗葉．羅素和蘇菲亞．德萊昂站在她們父母的身旁，他們圍成一個緊密的小圈圈。蘇菲亞的媽媽拿著扇子拚命搧風，濃濃的香水味向他們飄散而來。

在自助餐桌旁，一位皮膚蒼白、臉上布滿雀斑的女孩正要拿取一盤晃動中的果凍，她看起來像一隻纖瘦的鳥，穿著略顯破舊的裙子，但細看卻能發現它是精心縫製而成，縫滿了各種顏色及大小的口袋。

「口袋！」亞瑟和艾琳不約而同地大聲喊道。

此時，這個團體的第四位成員格羅佛首先跨步上前，向口袋打了招呼。他蹲下並緊緊抱住她，讓她的雙腳離開了地面。她在空中懸了一會兒，嘴巴微微張開，露出驚訝卻愉快的表情。

「我還正在想著呢，你們三個到底什麼時候才要出現。」她一邊說，一邊在格羅佛的肩膀上方笑著。「好了啦，格羅佛，快放我下來，不然我——」

正當格羅佛蹲下準備讓她回到地面時，他的肩膀不小心撞到了那盤果凍，果凍從口袋的手中飛了出去。

亞瑟忍不住皺起了眉頭，等著聽見盤子掉到地上的尷尬聲響，然而，突然有個身影穿過他和艾琳之間，迅速伸出了手，接住了正要掉落的盤子。

伊格爾夫人以左腳的腳尖站立，而右手的指尖輕巧地托住了盤子的邊緣。站直身體後，她將盤子還給口袋。

「這給你。」她輕鬆地說道。

亞瑟瞪大了雙眼。「你媽媽是怎麼學會這一招的？」他低聲對艾琳說道。

「她曾經學過芭蕾舞。」艾琳一邊說，一邊從自助餐桌上拿起一個盤子。「她的……協調性非常強。」

還有非常快的反應能力，亞瑟心想，他非常確定，自己絕對不可能在盤子掉落的瞬間反應過來。他對芭蕾舞者的瞭解不多，但他敢肯定，他們的訓練並不包括如此敏銳的觀察力與反應能力，這時他又想起了艾琳父親手上那不尋常的老繭。

在上學期，亞瑟曾經對伊格爾夫婦產生一些懷疑，當時他發現他們與倫敦的軍事國防部長有書信上的往來。儘管艾琳曾向他保證，他們只是回覆一位忠實歌迷的信件，但她的解釋總讓亞瑟覺得不太對勁。

而現在，他開始懷疑自己先前的直覺是對的。難道艾琳父母的身分不是歌劇演唱家？或者，他們不只是歌劇演唱家？但是，誰需要掩飾自己真正的職業呢？什麼樣的人所接受的訓練，能夠如此迅速地對情況作出反應，擁有長期使用武器的老繭，並且還與軍事國防部保持聯繫？

這不可能有其他解釋了，除非他們是……**間諜**？

05

Mr. Moriarty

莫里亞蒂先生

亞瑟將自己對於伊格爾一家的疑慮暫時放在一旁。他打算之後再決定是否與艾琳討論這件事。此刻，他只想沉浸在和朋友們一起回到學校的愉快氣氛中。當他把盤子堆得高高的，放滿了美味的鹹塔、烤馬鈴薯和巧克力慕斯時，他看見了他們五人小組中的最後一位成員。

那是他的室友吉米．莫里亞蒂，他正坐在一年級新生餐桌的最末端，手中拿著湯匙輕輕攪拌著湯。他滑順的黑髮有整齊的分線，臉色看起來有些蒼白，帶著陰鬱的眼神。今天的歡樂氣氛顯然沒有感染到他，但是當他抬頭看見亞瑟和其他人走過來時，臉上便露出了笑容。

「來這裡坐吧。」他說，揮手示意他們過來。他將手臂搭在亞瑟的背上，給他一個擁抱，接著向其他人打招呼。

「我猜，這兩位就是『伊格爾先生』和『伊格爾夫人』吧？」他轉向艾琳的父母說道。「我是吉米．莫里亞蒂。」

「啊，是的。」伊格爾先生熱情地回應。「艾琳時常向我們提到你的事。」

「她說的都是好事吧？」他帶著笑意說，雖然亞瑟覺得他的口氣似乎有些緊張。

「當然了，」伊格爾夫人說道，「她向我們說了許多關於你們每個人的好話。」她好奇地看著口袋，她一邊翻找著各個口袋，一邊將裡面的東西倒在桌面上，有兩顆光滑的石頭、一片橙皮、一隻小巧的錫製大象，還有一個看起來好像裝了半罐泥土的鹽罐，亞瑟猜想，裡面可能還藏著某種活著的生物。

「吉米，你的父母也來了嗎？」艾琳問道。

「我父親應該就在附近吧。」吉米回答，卻不打算要特地尋找。「大概是在四處閒逛。」

亞瑟對於莫里亞蒂先生感到非常好奇，因為吉米總是不太願意談論他，因此，他一直以來都想見見這位父親。顯然地，艾琳和亞瑟一樣，也對吉米的父親充滿好奇。關於吉米父親的事，他們所知道的並不多，僅僅知道他是一位成功的商人，畢業於巴斯克維爾學院，並且是三葉草之家的成員。說到這件事⋯⋯

伊格爾先生拿起了最新一期的《巴斯克維爾號角報》（這一期是上學期結束時出刊的），並開始仔細閱讀其中的文章。亞瑟的目光被一個小標題所吸引：**「墓園旁的裝飾性建築將於新年前進行拆除。」**

那篇文章只有簡短幾行的篇幅，提及查林傑校長決定拆除學校墓園旁的一座裝飾性建築。根據查林傑所聘請的專家評估，這座建築「結構不安全」。

若要說這座不起眼的建築，比一年級新生們居住的那座搖搖欲墜的塔樓還危險，那實在有些荒謬。而且若要歸因於校長相當擔心學生的安全，也顯得有些不合情理。不過，對於大多數的家長或學生來說，看到這篇報導應該也不會太在意。

然而，這是因為大家不清楚那座建築真正的歷史背景，它是「三葉草之家」的總部。

對於三葉草之家的成員來說，這篇文章是一條隱晦卻強烈的訊息。查林傑再也不打算對他們的活動視若無睹，尤其是他們與綠衣騎士聯手結盟之後。這意味著，他們在巴斯克維爾學院的日子就此結束。

艾琳看到亞瑟在看這篇文章，便輕輕地用手肘碰了他一下，並點了點頭，示意他看向餐廳另一頭的角落，那裡坐著塞巴斯汀·莫蘭和他的家人。整個餐廳裡，他是唯一一個不太開心的人，甚至比吉米還要冷漠無感。在同一屆的學生之中，塞巴斯汀不僅是個傲慢的傢伙，還是個惡霸。在亞瑟、艾琳和吉米摧毀永生機器的那個晚上，他即將成為三葉草之家的成員——那天晚上，他們為了要摧毀那台機器，差一點讓整所學校也跟著崩塌（不過，也不能因此責怪他們，因為這所學校就建在一個廢棄的礦井上，而礦井裡頭有許多具有治療功效的水晶）。

「我想，指望他轉學去其他地方，應該是不可能的事了。」艾琳低聲說道。

彷彿聽見了她說的話一樣，塞巴斯汀的目光突然瞄向他們，隨即露出一個不帶任何情緒的冷笑。

亞瑟不喜歡那個眼神，那似乎透露出一種他什麼都知道的意味，彷彿塞巴斯汀聽懂了某一個他和艾琳聽不懂的笑話。或者，他只不過是虛張聲勢，也就是競爭者被逼到牆角時所使出的最後防衛手段。

當塞巴斯汀的目光再次移開時，查林傑校長大步走進了餐廳，隨手拿起桌上一個盛用肉汁的銀色器皿，用湯匙猛烈地敲打，肉汁四處飛濺，噴到一些不幸坐在附近的學生身上。隨著聲音響起，整個餐廳陷入一片靜默，所有人都轉頭看向發出聲響的來源。

喬治・愛德華・查林傑校長的身材並不高大，卻有著一股無法忽視的威嚴，他有著紅潤的臉龐和黑色的濃密鬍鬚，鬍鬚有如墨水般灑落在他寬闊的胸膛上。老實說，他看起來更像是一位海盜船上的船員，而不是一所寄宿學校的校長。他以銳利的目光掃視著整個餐廳。

「歡迎回到巴斯克維爾學院。」他說，「我們很高興能見到大家。」事實上，他低沉生硬的聲音並未表現出絲毫愉快的心情，亞瑟猜想，這應該是哈德森夫人要求他說的台詞。

「新學期即將開始，我們將面臨全新的機會、全新的挑戰。我很開心地向大家宣布，所有的一年級新生都即將參加我們的年度發明大會。每位同學都有機會為自己所選擇的學科領域貢獻獨特的創意。依據你們的成果，我們會判斷你們最適合加入哪一個學習圈，而你將會找到屬於自己的學術領域，度過接下來的學習時光。因此，請將這視為你進入理想學習圈前的面試。」

一陣興奮的低語聲在人群中傳開，連吉米也不由自主地坐得更直，眼睛專注地緊盯著查林傑。亞瑟不禁感到一陣焦慮。他怎麼可能只選擇加入一個學習圈呢？

「到了學期中，我們會邀請大家的家人、校友以及一些社會名流，前來欣賞你們的作品，並參加我們一年一度的巴斯克維爾舞會。哦，對了，最傑出的發明創作者將被授予年度發明大會冠軍——這無疑是一項非常崇高的殊榮。」

亞瑟的腦袋裡開始思考著自己可以做些什麼時，突然注意到遠處的角落裡坐著一張熟悉的面孔。

那正是他此刻想要見到的人。

「我們期待見到大家的優秀表現。」查林傑說。「但這些事情，我們可以等到明天再說。現在，請大家繼續享用餐點。」他從桌上最近的一個餐盤中拿起一隻雞腿，像是在舉杯敬酒般高高舉起，接著大口地咬下。

在一片尷尬的寂靜之後，整個餐廳又恢復了興奮的交談聲。亞瑟並沒有加入談話，而是起身朝著這裡最昏暗的角落走去，那裡坐著福爾摩斯教授，正專心地盯著一盤棋局。

亞瑟並不認識福爾摩斯的對手，卻立刻感覺到兩人之間有一種不尋常的對立。他們以迅速又猛烈的速度將對方的棋子打落，整個過程中沒有任何眼神交流。亞瑟每邁出一步，便有一顆棋子從棋盤上消失。

當亞瑟走近時，福爾摩斯低聲說：「沒錯，我早就猜到你會這麼走。就像你也知道我的下一步棋會這麼走。」

「這就代表又跟往常一樣，我們又陷入了僵局。」那個男性對手說，隨後就往後靠在椅背上，冷漠地盯著福爾摩斯。「我還以為，你會利用這個假期來增進你的棋藝呢，但顯然我錯了。」

那男人一看見亞瑟，就舉起了酒杯。「再來一杯，麻煩你。」

亞瑟愣了一下，才發現那個男人是在對他說話。他的額頭寬廣、滿是皺紋，長長的脖子像天鵝一般伸展，用一種奇怪的空洞眼神注視著亞瑟。「怎麼了？」他催促地說。

「爸爸，」一個聲音從旁邊傳來，「亞瑟不是服務生，他是我的室友。」吉米站在亞瑟身旁，臉上帶著尷尬的表情。「抱歉。」他低聲說道。

「好吧，但他看起來就像個服務生……」莫里亞蒂先生說，輕輕笑了一聲。「我只是開個玩笑，一個無傷大雅的玩笑，亞瑟應該不會介意吧？孩子，很高興見到你。」

亞瑟看了福爾摩斯教授一眼，教授的灰色眼睛透過交叉的手指縫隙注視著他。他微微挑起一邊眉毛，但其他部位卻絲毫不動。

「我……也很高興見到您。」亞瑟說，接著轉向福爾摩斯。「教授，我有件事想要請教您。」

「抱歉，我恐怕得趕快離開了，」道爾，祝你們有個愉快的夜晚。」福爾摩斯說道。

他沒再多說一句話便起身離開。亞瑟望著他的背影，心裡感到有些不開心。他心中暗想，福爾摩斯在假期時擔心到指派威金斯去跟蹤他，現在卻連兩分鐘也無法抽空和他聊一聊發生了什麼事？

「或許你該趁早明白一些事，亞瑟。」莫里亞蒂先生平靜地說道。「有些人雖然擁有響亮的名聲，但恐怕不是每個人都**配得上**這樣的聲望。對了，說到了趕快離開——」

莫里亞蒂先生看見查林傑校長正朝他們的方向走來，他微微瞇起了眼睛，隨即輕蔑地哼了一聲。「我也要先離開了。不過，我想先和你聊幾句，吉米。」

他像福爾摩斯教授一樣迅速地起身，而吉米緊跟在後。查林傑停下了腳步，目送那兩個人消失在餐廳的門外。亞瑟猶豫了一下，隨後跟了上去。只要他加快步伐，應該還能追上福爾摩斯教授。他可不會**那麼**容易就被甩開。

他朝著入口的方向走去，心裡推測福爾摩斯會上樓走向辦公室，或是回到自己的住處。不過，當他還沒走到樓梯前，就聽見了有個聲音從陰暗的溫室裡傳了出來。他低頭走進那個寬敞的空間，那裡曾是舞會的交誼廳，但現在大部分的空間已被一棵從深綠色地板上長出來的大樹所占據，還有洛林教授放任自由生長的各種植物。如今，這裡更像是一片叢林，而非一個空間，這讓亞瑟難以辨識聲音的來源。當他聽見第二個人開口說話的聲音時，他立刻停下了腳步。

「我知道了，父親。」

是吉米。

亞瑟知道自己應該要轉身離開才對，而不是偷聽他人私下的對話。他應該去追上福爾摩斯教授。然而，他卻沒有立刻行動。莫里亞蒂先生為什麼要將吉米帶到這種陰暗的隱蔽角落交談呢？

「這一次，你最好不要再讓我失望了，」莫里亞蒂先生低聲說道，「查林傑或許以為他已經摧毀了三葉草之家，但他是個笨蛋。他們重生之後，將會比過去更為強大。你必須不惜一切代價來重新贏得他們的信任，做給他們看，也做給**我**看。」

亞瑟的胃一陣翻滾，隨後——

「我**知道了**，我會努力。」

——語氣沉重，彷彿一塊墜落的石頭。

06

The Silent Society

寂靜的社會

第二天早晨，一聲抓刮聲將亞瑟從睡夢中驚醒。一開始，他還有些迷迷糊糊的，不確定自己身在何處。他慢慢睜開了雙眼，才發現自己躺在那張小小的床上，對面是吉米的床，就在那間簡單的半月形房間裡。他們的房間位於塔樓的高處，面對著森林，是一棟危險傾斜的狹窄建築，也是所有新生的宿舍。黎明的曙光開始慢慢驅散夜空中的黑暗。

抓刮聲來自窗邊，並且變得越來越急促。窗外搖曳不定的常春藤沙沙作響。亞瑟掀開了被子，看向窗外，發現兩個大眼睛正對著他不斷眨眼。

「奇波！」

他推開了窗戶，下一秒，那隻小翼手龍便猛然衝了進來。牠展開了翅膀，幾乎要將亞瑟的整張臉蓋住，還差點把他撞倒，牠卻只是開心地尖聲大叫。亞瑟穩住了身體，然後小心翼翼地把她從臉旁撥開，輕輕地引導她飛到自己的肩膀上。

「哇，迪迪到底都給牠吃了些什麼啊？」吉米沙啞地問道。

迪迪是迪丁鳥科中最後一隻存活的鳥類，這個科別曾經包括已經滅絕的渡渡鳥。在他們的第一學期結束時，迪迪收養了奇波。亞瑟不知道迪迪餵奇波吃了些什麼，但相較於上次見面時，這隻小恐龍的體型已大了將近四倍。在假期之前，她的身型大小還能躲進亞瑟的口袋裡，但現在已經和一隻老鷹差不多大了。她用藍色的嘴啄著亞瑟的睡衣。

「還覺得餓嗎？」亞瑟溫柔地問道。「我現在恐怕沒有食物能餵你了，真抱歉。但是……我知道有個人可能有。」

五分鐘後——吉米去叫醒大家，並且等他們換好衣服——艾琳、口袋和格羅佛一同擠進了小房間。正如亞瑟所預料的，口袋帶來了一些零食，現在她正和奇波展開一場煙燻鯡魚的拉鋸戰，她們各自抓著鯡魚的兩端，大家全都笑了起來，奇波最終還是把魚搶走了，並跳上吉米的床，開始吞食她的戰利品。

「別在我的床上吃！」吉米抗議地說。「這樣整個學期都會有鯡魚的臭味！」

但是，每當他試圖靠近要趕走奇波，奇波總是張開嘴巴要啄他，這讓所有人笑得更開心了。就在那一刻，一切似乎回到了正常的狀態，亞瑟差點就忘了昨晚偷聽到吉米與他父親之間的對話。

難道三葉草之家真的沒有解散嗎？那麼，湯瑪斯和塞巴斯汀之前的詭笑難道是因為這一回事？即使是真的，吉米應該也只是回應他父親想要聽見的話，並不會真的考慮加入這個組織吧……

當吉拉德准將的法國號吹奏聲響起時，大家都嚇了一跳，這是學院傳統的起床號角。

「我們還是先將奇波送回森林裡吧，以免被別人發現。」艾琳說道。

「如果還沒被發現，遲早也會有人注意到的。」亞瑟回應道。「他們會怎麼想呢？」

「覺得這個地方真是瘋狂嗎？那不正是大家早就知道的事嗎？」吉米說。

亞瑟輕柔地讓恐龍站在他的手臂上，帶著她回到窗邊。「走吧，回到你媽媽的身邊。有空再回來看我們。」

奇波停下來看著他，眨了眨眼睛，發出一聲同意的叫聲，隨後飛向了空中。大家全都湊到窗邊，看著牠飛過冰霜覆蓋的清晨草地。口袋將一隻手搭在亞瑟的肩膀上，另一隻手則搭在格羅佛的肩膀上。

「真高興回來。」她說。「現在呢，最後一個到餐廳的就是一條煙燻鮭魚！」

一個小時後，大家喝了茶、吃了吐司，覺得心滿意足，隨後依照哈德森夫人的指示，這些一年級學生來到了溫室，準備上他們新學期的第一堂課。亞瑟並不能說自己很期待再上洛林教授的課，畢竟這位教授總是一副不耐煩的樣子，好像教導這些學生是他被迫接受的懲罰，而非他選擇的工作。

當他們走進溫室時，卻沒有人出來迎接他們。

「洛林教授！」艾哈邁德大聲喊道。

「在上面這裡！」一個從高處傳來的聲音回應道。所有人抬頭一看，只見那棵扭曲的大樹上坐著一個身材瘦小的女人。她對著他們微笑，並揮手示意。

「洛林教授，你看起來不太一樣啊。」艾哈邁德帶著笑意問道，「是換了髮型嗎？」幾個人也跟著笑了出來。

「但說真的，那個人到底是誰？」當大家走向那個女人時，艾琳問道。

「娜爾・馬龍。」那位女人喊道。「不過，對你們來說，你們應該要叫我馬龍教授才對。快上來吧，加入我的行列。」

學生們全都愣了一下，隨後才意識到她是認真的。於是，大家開始攀爬那棵巨大的樹。像口袋和艾哈邁德這樣的學生，會迅速地爬到樹上，彷彿正在進行一場比賽，但像哈麗葉這樣的學生，則會小心翼翼地爬著，每當有樹幹卡住她的頭髮就會大驚小怪。

「太好了，大家都找根樹幹坐下來吧。」馬龍教授說道，在光禿禿的冬季樹冠之下，學生們一一找到了適合的位子坐下。寒冷的風從上方吹來，穿過那些依舊黏在天花板上、像牙齒一樣牢固的玻璃碎片，發出詭異的呼嘯聲。

「妳也是愛爾蘭人！」口袋驚訝地說。

馬龍教授輕輕撥開一縷紅褐色的頭髮，露出她蒼白的臉龐。「確實如此，而我這學期也會是你們的植物王國大使。」

「洛林教授怎麼了嗎？」亞瑟好奇地問道。

「他很好，什麼事也沒**發生**！」馬龍教授笑道。「不過，生命科學這門課的範圍實在太廣了，光靠一位教授來上課是不夠的。他會繼續教授動物學課程，並指導他那個學習圈的學生們。至於植物方面的課程將會由我負責。說到這裡，我們就進入今天的課程吧。誰能告訴我，我們現在坐著的這個植物是什麼？」

「我想，是一棵橡樹吧。」吉米回答。

「是的。」馬龍教授點頭。「但還有什麼呢？」

所有人都低頭看著那些扭曲的枝幹。

「是苔蘚嗎？」艾琳試探地說。

確實，苔蘚的顏色像是橄欖綠和帶著亮光的黃色，有如一塊凌亂的拚布，使得幾處的樹皮幾乎看不見了。

馬龍教授熱情地點了點頭。「苔蘚，沒錯，但還不止如此。事實上，我們現在是一群客人，身處一個極其古老、錯綜複雜的附生植物群中。也就是說，這些植物生長在其他植物上面，卻不會吸取它們的養分。大家仔細看，就會發現這裡不僅有苔蘚，還有各種令人眼花繚亂的地衣及肝藻，甚至還有一些更小的藻類和真菌，它們在過去的兩百年相互依存，真是太不可思議了，不是嗎？它們如何在這麼一個寂靜的社會中和諧共生呢？它們完美地契合，就像拚圖一樣。如果人類也能如此和諧相處的話，該有多好呢！」

課程中的大部分時間，學生們都待在大樹的枝頭上，馬龍教授一邊指出各種附生植物的種類，一邊解釋這些植物如何從空氣中直接獲取養分。當課程快要結束時，她指示同學們爬下來，跟隨她走向通往溫室的走廊。

亞瑟喜歡自己找到最繞遠路、最困難的方式從樹上爬下來。當他正懸掛在一根樹幹上，正準備踩上另一根光滑的分叉樹幹時，右手忽然感受到劇烈的疼痛。他不禁大叫一聲，差點就要鬆手了，但如果這麼做，他就會從樹上的高處摔落下來。

他抬頭往上一看，塞巴斯汀正露出得意的表情。那個混蛋正踩在亞瑟的手上。

「你滾開，塞巴斯汀。」亞瑟大聲咆哮。

「是你總是要擋住我的路吧，道爾？」塞巴斯汀回應。

塞巴斯汀最好的朋友羅蘭・斯坦利發出了一聲大笑。

亞瑟仍因為劇痛而皺著眉頭，開始用另一隻手搖動樹幹，希望能讓塞巴斯汀失去平衡。

「那邊一切都好嗎？」一個聲音傳來，馬龍教授的頭突然從兩根樹幹間探了出來。

塞巴斯汀立刻把腳移開，亞瑟也停止搖動樹幹，開始慢慢地往下爬。

「沒事，教授。」亞瑟說道。他和塞巴斯汀的事，他們會私下解決。

教授警覺地看了他們一眼。「那就好，現在大家都跟上吧。」

隨後，他們經過幾處玻璃溫室、擺放動物標本的生態養殖場，接著進入了一個小實驗室。這裡的牆邊堆放了各種大小的陶土花盆，天花板上垂吊著乾燥的植物插枝，木製的工作檯面上散落著一堆小玻璃罐，裡面裝了一些小幼苗，空氣中彌漫著濕潤泥土的氣味。

「我發現，這種肝藻對於清理肺部特別有幫助。」馬龍教授一邊說著，一邊拿起一小塊從橡樹上剪下來的肝藻樣本。「下次你們感冒的時候，我會教你們如何將它煮成茶。」

當亞瑟揉著痛到發麻的右手時，他注意到格羅佛悄悄地離開了隊伍，走到一扇亞瑟之前沒注意到的側門窗邊，並窺視著裡頭。那扇門的門把上有個鎖頭，玻璃窗因為老舊失修而變得模糊不清，根本無法看清裡面究竟是什麼樣子。他唯一能看到的，是各種植物交織成的綠色光影。或許，那裡就是學校用來存放珍貴植物標本的地方吧。

他突然想到，在學校的這個區域，他也曾遇見過另一扇上了鎖的門。當時，門後有一隻名叫幸運兒的黑猩猩，而他們無預警的相遇差點引發一場災難。當時打開那扇門的人是塞巴斯汀，卻想要栽贓到亞瑟身上……

亞瑟將目光移向了塞巴斯汀，只見他站在這個空間的另一側，雙臂交叉，雙眼仍然緊盯著亞瑟。之後，他又露出了那個令人惱怒的得意笑容，隨即又將目光轉向馬龍教授，這舉動讓亞瑟心中充滿了疑惑。

07

The Knight, the Knave, and the Spy

騎士、騙子與間諜

在馬龍教授的課程結束後，一年級的學生們來到了福爾摩斯教授的邏輯入門課。雖然亞瑟對於這學期無法上華生醫師的課程而感到些許失落，但他對福爾摩斯教授即將開始的課程卻充滿期待。

當學生們走進福爾摩斯教授位於二樓的教室時，他並不在。窗戶拉上了厚重的天鵝絨窗簾，讓教室內的光線十分昏暗。即便如此，亞瑟仍注意到教室裡擺滿了長桌，桌面上有一疊一疊的文件和奇怪的物品。有一張桌子上放著至少十多條粗細不一的繩索，而另一張桌子上擺放著一具應該是裁縫師會使用的假人。這個假人的肚子、胸部以及肩膀有多個孔洞，而孔洞都露出了內部的填充物，顯然它曾被各種不同類型的刀具刺穿，而它的脖子上還纏繞著一條鏈條。

「我們是不是應該就……？」吉米開口問道。

「請坐！」一個洪亮的聲音響起，福爾摩斯突然從教室門口走了進來。「隨便坐，但不要碰任何東西。」

亞瑟、艾琳和吉米擠到了桌子後方的長椅上，桌面上有一把牢牢插在木頭裡的斧頭，除此之外，桌面上只有三個墨水瓶。

「教授，外面下雨了嗎？」艾哈邁德問道。

福爾摩斯的下半身完全濕透了，當他走過教室時，他的靴子還發出了咯吱水聲，他從椅背上拿起一件紅金相間的長袍披在肩上。

「這真是個奇怪的問題，你怎麼會這麼想呢？」他一邊說，一邊翻開自己的口袋並試著擰乾，地面上立刻出現了一小灘水。

艾哈邁德猶豫了一下。「您的身上濕答答的……我覺得下雨似乎是最合邏輯的解釋。」

「啊，真是一個合理的解釋。」福爾摩斯說，「我們使用邏輯的頻率，幾乎和我們呼吸一樣頻繁。但是，我們卻時常錯誤地運用邏輯。舉例來說，因為我全身都濕透了，你就假設外面一定下雨了。你得出了這項推論，卻缺乏足夠的觀察來支持這項推論。今天早上的天氣相當晴朗，就算不是晴天，溫度也在冰點以下，所以就算有也會是下雪而非下雨，更何況我也得要長時間站在雪中才能讓全身濕透。我到底有什麼理由要這麼做呢？再說，我的上半身完全是乾的。」

「那麼你為什麼會濕答答的呢？」口袋問道。

「那是我的私事。」福爾摩斯說，「在這堂課當中，你們將會學到如何依循自己的推理思路。如果你們做得到這件事，就能發現其中的漏洞，也將學會如何將邏輯應用在那些過去看似無解的問題，以下舉個例子來說。」

他將身後的黑板翻到另一面，然後坐在自己的桌前，目光注視著學生們，等他們讀完黑板上的字句。他的眼中流露出挑戰眾人的意味。

你是一位疲憊的旅人，來到一座橋前。

橋上有三個人擋住了去路——

一位紅髮人、一位黑髮人，及一位灰髮人。

他們當中有一位是騎士、一位是騙子，而一位是間諜。

騎士只能說真話，騙子只能說謊話，而間諜則可以說真話或謊話。

如果你能辨別出每個人的身分，就能順利通過這一座橋；

否則，他們會將把你丟入下方湍急的河流中，你必定會淹死。

紅髮人說：「灰髮人是騙子。」

黑髮人說：「紅髮人是騎士。」
灰髮人說：「我就是間諜。」
誰是騎士、誰是騙子，而誰又是間諜？

「這就是全部的線索了嗎？」吉米問道。

「對你們來說，這樣就夠了。」福爾摩斯說，「不多也不少。」

他從桌子下拿出一把漂亮的栗色小提琴和弓，開始調音，靜靜等待有人提出解答。他一邊調音，一邊凝視著窗外，彷彿這個空間裡只有他獨自一人。

亞瑟專注盯著黑板看，仔細推敲每一種可能性。

班上其他學生也正專心閱讀黑板上的問題，沉思了好幾分鐘。至少，有些人確實是這麼做的，但格羅佛正讀著他桌子下一本愛倫坡的小說，而艾哈邁德的注意力則被那具滿是傷痕的假人吸引住了。突然，塞巴斯汀從位子上向前傾身。

「這一定和他們的髮色有關，」他說，「一定是因為說謊的壓力過大，灰髮人的頭髮才會變灰。而騙子根本不在乎說不說謊，所以那個灰髮人一定就是間諜了。」

「這就是典型的因果謬誤[5]。」福爾摩斯因為調音過程被打斷而嘆了一口氣。「我們無法確定灰髮人頭髮變灰的原因，或許只是因為他年紀大了。」

「這就是某種詭計吧。」羅蘭德說。

「如果**你**無法找到意義，便會認為這沒有意義可言，」福爾摩斯搖頭。「認為世界會受到個人思維所限制的信念，或許是最危險的謬誤。」

羅蘭臉色漲紅地坐回位子上，教室裡又是一陣沉默，再也沒有人敢發言。亞瑟反覆讀著黑板上的文字，最終停在這一句話上面，**黑髮人說：「紅髮人是騎士。」**

他拿起眼前墨水瓶中的鋼筆，蘸取墨水，開始寫字，試著讓自己寫字的速度跟上腦中的思緒。

「我知道了！」他突然喊道，「紅髮人是騎士，黑髮人是間諜，而灰髮人是騙子。」

福爾摩斯挑起了一邊眉毛。「那麼，告訴我，你如何得出這個結論？」

「嗯，我認為黑髮人不可能是騎士。他說紅髮人是騎士，但如果黑髮人是騎士，那麼他說的就是謊言了，但騎士不能說謊。」

「非常好。」福爾摩斯點了點頭。「繼續說。」

「這樣就只剩下紅髮人和灰髮人。」亞瑟說。

「但灰髮人也不可能是騎士。」艾琳大聲說出自己的疑惑。「因為他說自己是間諜，這顯然是謊話。」

「正是如此。」亞瑟說，「所以騎士一定是紅髮人。那麼，這代表黑髮人說的是實話，所以他不可能是騙子，因為騙子只能說謊。所以黑髮人必定是間諜，他可以說真話或謊話，而灰髮人就是騙子。這就合理了，因為他說自己是間諜，而我們知道騙子只能說謊。」

「完全正確。」福爾摩斯同意，放下了小提琴，手掌重重地拍了桌子。「從一個簡單的推論——黑髮人不可能是騎士——你就解開了一整個謎題。當你解開了案件中的第一個線索，接下來的一切就變得簡單了。邏輯永遠都是關鍵。」

亞瑟對這一點的真實性深感驚訝。在第一個線索浮現之前，這個謎題看似無解，一旦

---

5 causal fallacy，「因果謬誤」是指在推理過程中錯誤地認為兩個事件之間有因果關係，將某事件發生的「可能性」引申為「必然性」，忽略了其他可能的原因或解釋。

解開第一條線索，它便不再是謎題，只是簡單的刪除過程。

「做得好！」坐在隔壁那張桌子的艾琳低聲對亞瑟說。

在她的另一側，吉米雙臂交叉地坐著，眼神陰沉地直盯著福爾摩斯，亞瑟從未見過他露出這種表情。亞瑟皺起了眉頭，心中充滿困惑。難道福爾摩斯無意中惹惱了吉米，還是他心不在焉地想著其他事？或許在想著昨天晚上他和他父親的對話？

巴斯克維爾學院這個地方一向充滿了祕密，但這是亞瑟第一次感覺到，自己、吉米和艾琳之間也隱藏著一些各自的祕密。如果他能像解開謎題那樣，一一解開這些疑惑，這該有多好。

誰是騎士、誰是騙子，誰又是間諜？

亞瑟暗自責怪自己，居然會懷疑自己最好的朋友，騙子就是**他自己**。他們有什麼理由讓他不信任呢？如果他們真的隱瞞了什麼祕密，也肯定會有合理的原因。

在接下來的課程，福爾摩斯介紹了幾種不合理的邏輯思維方式，然後站起來準備結束課程。

「在你們離開之前，查林傑教授請我提醒一下大家，請開始思考下半學期在發明大會上要展示的作品，也就是四個星期後。你們的發明可以是一個實體物品，也可以是其他類型的發現。也許是一種新元素，或者是一種預測天氣的方式，甚至是一個足以證明宇宙年齡的數學定理。從一個尚未解開的疑問或未知的難題出發，然後運用邏輯思維來找到你的解決方案。」

「聽起來還挺簡單的。」口袋開心地說，而全班同學們離開教室時便開始低聲討論著。關於他們的發明作品，大家似乎都不確定福爾摩斯教授是在開玩笑還是認真的。關於幾星期內就需要達成的目標，他或許高估他們了吧？亞瑟希望是如此。

當艾琳朝著門口走去，亞瑟低聲對她說：「我再去學院餐廳找你們。」吉米朝他投來疑惑的眼神，隨後聳了聳肩，跟著艾琳一起離開了。

亞瑟走到福爾摩斯的桌前，停下腳步後說：「先生，我需要和您談談。」

直到最後一位學生離開，福爾摩斯才起身站起來。他走向門口，每一步都發出「咯吱、咯吱」的聲音，亞瑟一度以為他也要離開了。結果他關上了門，轉身看向亞瑟。

「的確，我們有很多話要說，道爾。」他說。

亞瑟指了指福爾摩斯濕透的鞋子說：「我猜，您剛才該不會是去河邊尋寶吧？」

「你怎麼會猜我去河邊呢？」福爾摩斯反問道。

「當然是因為那道謎題。」亞瑟說道。「聽到那麼多關於河流的事，我才想到您看起來就像是剛穿過了一條河。否則怎麼會只有下半身是濕透的，而上半身卻是乾的？」

福爾摩斯點了點頭。「我想，你應該還記得，格雷教授是如何從那個洞穴中逃出去的吧？她透過一個石縫逃走，一個地下湧出泉水的地方。」

亞瑟點了點頭。官方的說法——由查林傑校長在上個學期宣布——戴娜．格雷教授因為突如其來的疾病而提早退休。然而，事實上，根據福爾摩斯發現的證據顯示，在那一台機器爆炸並引發地下洞穴的塌陷後，格雷教授就從一個狹窄的裂縫逃走了。現在沒有人知道她的下落。

亞瑟不禁打了個寒顫，他想像著曾經年老的格雷教授，透過她那一台機器，將自己變成一個與亞瑟年齡相仿的瘦弱捲髮女孩。此時此刻的她可能隱匿在世界的某個角落，並策畫著她的下一步行動。

「我必須確認這個通道已經徹底封閉了，不能讓她……或是其他人……再試圖進去並接觸到裡面的水晶。」

那些在學校地下生長的稀有水晶，正是讓格雷教授的永生機器得以運作的關鍵。

「您所謂的『其他人』，是指綠衣騎士嗎？」亞瑟繼續追問道。「您之前指派比爾·威金斯在假期時跟蹤我，就是因為他嗎？」

福爾摩斯的目光變得銳利有神，他向後靠在椅背上，然後再次拿起那把小提琴。他的手指輕輕敲著琴頸，彷彿在演奏只有他聽得見的旋律。「我倒是好奇你是否猜得到是我指派他去的。」

「你擔心綠衣騎士會再度現身嗎？」亞瑟進一步追問道。

「我只是採取了預防措施。」福爾摩斯一邊說，一邊轉動著小提琴上的一個調音鈕。

「這兩者有很大的區別。」

「好吧，我覺得我有權利知道原因是什麼。您覺得他要做什麼？他又是誰？」

福爾摩斯將小提琴放下，靜靜地盯著窗外，看了片刻後才開口答覆。他的下巴肌肉微微抽動著，手因為緊抓住桌子而讓指關節顯得蒼白。他似乎就和他的小提琴弦一樣緊繃。

「道爾，知識是藉由努力得來的，而不是憑藉應得的權利。」他終於開口說道。「然而，我相信你已經得到一些答案了，這些答案可能會幫助你將來更安全。」

「安全？您是指什麼呢？」

正當此時，門外傳來一陣敲門聲。門推開了，洛林教授走了進來，他說：「福爾摩斯，我正要找你。我想請教你一件事，是關於一副園藝手套，情況很不尋常，它突然不見了。這件事不太緊急，但那**是我**最喜歡的一副手套。」

福爾摩斯的臉上閃過一絲惱怒，但他緊咬著牙關。

「當然，洛林。」他平淡地說。「但請等我一下，我得先處理完道爾的事情。」

洛林在門口猶豫了一會兒，似乎才明白對方的意思，離開時帶著些許不悅的神情，接著關上了門。

「我得要處理那些事，你都看見了吧？」福爾摩斯抱怨道。「午餐後再來吧，我們再繼續談這件事。」

「可是……我下午有課，是福克斯教授的心靈科學研究課程。」

當天早上，一聽見哈德森夫人宣布他們將會上福克斯教授的課程時，格羅佛高興得幾乎要飛了起來。對於這位神祕的心靈科學研究教授，亞瑟也充滿了好奇，據說她上學期休假時和精靈們一起去旅行，而且還能與死者交流對話。

福爾摩斯輕哼了一聲，隨後又開始調整他的小提琴。「關於心靈科學這門課，你恐怕找不到什麼真正的科學，我一直都無法說服我的老朋友阿嘉莎——對你來說是福克斯教授——這些東西其實都是無稽之談。不過，不管怎麼樣，即便是無稽之談，上課也不能遲到。下課之後再來找我吧，我一向會在晚餐前帶著我的菸斗回到辦公室。」

「是的，先生。」亞瑟回答。

亞瑟起身準備離開，福爾摩斯的目光不由自主地轉向了黑板。他凝視著那串謎語，彷彿試著要找到解答。但這麼做根本沒必要，因為福爾摩斯早已知道謎題的解答了。

就在亞瑟走到門口，看到洛林教授焦急地在門外徘徊時，突然傳來了令人不安的一聲**叮**，隨後是一聲不耐煩的哼聲。亞瑟回頭看，想知道到底發生了什麼事。

原來是福爾摩斯將小提琴的一根弦調得太緊，結果那根弦就斷了。

08

The Five Circles

五大學習圈

當亞瑟走進學院餐廳時，他的朋友們已經開始把廚師做的麵包撕成大塊，浸入碗裡的假海龜湯。正如它的名稱，這湯並未加入真正的海龜肉，而是混合了火腿、牛肉、香草及各種蔬菜的耐煮食材。

今天是他們返校的第一天，大家有許多要討論的事。對於塞巴斯汀的奇怪行為，亞瑟想知道其他人的看法，但坐在一年級長桌這個角落的他們，卻被一股異常的寧靜氣氛所籠罩。

口袋一隻手吃東西，另一隻手則在筆記本上快速地寫字。她身旁的吉米則一邊狼吞虎嚥地喝湯，那個湯碗幾乎要蓋住他的鼻子了。相比之下，艾琳則慢條斯理地攪動她的那碗湯，眉間出現兩條深深的皺紋，而格羅佛又繼續埋頭閱讀那本愛倫坡故事集。亞瑟先是感到一陣煩躁，隨即又懷念起在家裡和姊妹們共度的熱鬧晚餐。

「口袋，妳在做什麼？」亞瑟終於開口問道，試圖打破沉默。

「我在列出我的發明點子清單。」她抬起頭說，「為了那場發明大會。」

亞瑟瞪大了眼睛，驚訝地看著她筆記本上的內容。「可是口袋，妳已經寫了快兩頁了！更何況妳的字還寫得那麼小！是怎麼一下子就想到這麼多點子的？」

她露出得意的微笑。「我想，我就是為了這一刻而生的。而且，如果我的發明點子越厲害，進入鋼鐵圈的機會就越大了。」

「鋼鐵圈」是由專攻化學、冶金術及工程學的學生所組成。來到巴斯克維爾學院的第一天，當口袋一見到曾經負責鋼鐵圈的格雷教授，她就知道自己想要加入這個學習圈，只是教授後來卻成為一名逃犯。

「格雷教授離開了之後，誰來領導學習圈呢？」亞瑟問道。

「查林傑教授已組了一個尋找新領袖的委員會。」口袋回答，語氣比平常更加乾脆簡潔。「希望他們能找到一個像格雷那麼優秀的人，但最好別那麼邪惡。」

「那其他人呢？」艾琳問道。「格羅佛，我敢打賭你肯定會做一些努力，爭取進入靈魂圈吧？」

靈魂圈是由福克斯教授領導，專門研究一切關於超自然及另一個世界的事物。格羅佛喝了一大口湯，抬頭看著艾琳。「你是怎麼發現的？」

艾琳帶著戲謔的表情，斜眼看了亞瑟一眼。

「既然你都問了，」格羅佛繼續說，「我確實打算要好好研究與死者溝通的方法。我希望能做到一些事，徹底證明心靈科學研究並不像人們說的那麼無稽。」

「別抱持太大的希望。」吉米低聲含糊地說。

格羅佛眨了眨眼看著他。「你聽起來真像我母親。」他冷冷地回應。「但不管怎樣，我要讓心靈科學贏得它應有的尊重，哪怕這是我人生最後一項目標。如果真是那樣的話，我希望你們能在我的訃聞裡提到這一點。」

其他人都神情凝重地點了點頭，儘管亞瑟心裡確實同意吉米的看法，認為格羅佛成功的機會不大。

「我想，我應該會做一些能對刑事調查有幫助的發明。」亞瑟有些猶豫地說，因為他不確定朋友們是否會覺得這個點子太不切實際了。當他發現沒有人嘲笑他時，他就繼續說道：「上學期，我在圖書館讀到了一本期刊，裡面提到了一種用碘蒸氣顯現指紋的技術。在犯罪現場時可以使用這種技術，然後再用墨水收集嫌疑人的指紋，以比對看看是否吻合。我相信，肯定還有其他方法能利用科學方法來協助破案。但是……我不確定這類研究屬於哪個學習圈。」

「這得要看你使用的是什麼技術。」口袋說。「指紋辨識應該屬於解剖學的範疇，那就應該算是曙光圈吧？他們專攻所有的生物科學。」

「或者，你如果有興趣研究這些罪犯本身，可以加入城堡圈吧？」艾琳建議。「那是我想加入的學習圈，那個圈子看起來最實際，因為它涵蓋的範圍非常廣泛，包括語言學、軍事歷史、心理學……所有能幫助你理解他人的事物。」

當亞瑟一聽見大家似乎早已明確知道自己適合加入哪個學習圈，他感到有些焦慮不安，但仍然感激朋友們認真看待他的想法。當解開了第一學期的幾個神祕事件後，他就對調查產生了濃厚的興趣。說到了這個……

「那你呢，吉米？」亞瑟問道。他發現吉米在大家發言時一直保持沉默。

「我父親會希望我加入城堡圈。」他聳了聳肩說。「這個學習圈的人大多會成為商人、外交官或政治家。不過，閃電圈也很有趣，包括了數學、物理之類的東西。」

「還有邏輯！」亞瑟補充道。「福爾摩斯不就是閃電圈的領袖嗎？」

吉米翻了翻白眼。「是啊。」他嘆了一口氣。

「你似乎不太喜歡他。」亞瑟注意到這一點。

「真的是這樣嗎？」艾琳問道。「我覺得我們上的第一堂課很有趣。」

「也許吧。」吉米回答。「如果你喜歡那種風格的話，他有點喜歡賣弄。」

亞瑟突然想起，昨天打斷福爾摩斯和莫里亞蒂先生之間的那場棋局。那場棋局看起來不只是爭一場棋盤上的勝負。莫里亞蒂家族是不是對福爾摩斯抱持著敵意呢？

就在此時，他聽見椅子後方傳來一陣叩叩的聲響，一轉身便看見哈德森夫人的狼悄悄地走過來，指甲輕敲著地面，身後跟著哈德森夫人。她挑了挑眉，看著亞瑟還有半碗湯。

「快一點，道爾先生。你的下一堂課就要開始了——」

但她的話都還沒說完，托比突然揚起頭，發出一聲響亮的嚎叫，這是他通知大家午餐時間結束的方式。

當天下午，亞瑟和其他人一起走入福克斯教授的教室，已經有學生比他們更早到達。教室前方站著一位皮膚白皙的年長女性，她的黑髮編成兩條簡單的辮子，長度垂至腰間，披著一條緊緊包住身體的黑色披肩。她身旁站著一男一女，兩人穿著全白的衣服，而非學校分發的紫色制服。兩人的頭靠得非常近，額頭幾乎貼在一起，正低聲交談著。那是湯瑪斯和奧利。

雖然亞瑟之前不曾見過福克斯教授，但他猜眼前這位女士應該就是。

「——這真是太體貼了。」福克斯教授說。「這香氣真是迷人，我一定也會喜歡這些巧克力。」

她微笑著打開了一個抽屜，將兩份禮物放了進去：一個小巧的扁平盒子，裡面應該裝了巧克力，另一個盒子較為笨重，外頭的包裝紙已經撕破了。亞瑟猜測，那應該是一瓶香水。

福克斯教授輕輕拍了湯瑪斯的手臂，並握了握奧利的手。

「沒什麼。」湯瑪斯說。「大家只是送上一份遲來的聖誕禮物。」

亞瑟忍不住翻了白眼。他知道湯瑪斯和奧利是福克斯教授的忠誠追隨者，但贈送香水和巧克力似乎有點太奢華了，難道他們想要討好教授，要她幫忙達成某些目的嗎？

湯瑪斯注意到亞瑟正盯著自己看，但他並未做出任何反應，而是迅速將目光轉回福克斯教授身上。亞瑟輕輕推了推吉米，而吉米一看到那兩個人，臉色便不自覺地變得有些凝重。湯瑪斯和奧利對福克斯教授微微行禮，隨後悄無聲息地穿過那群一年級學生，步伐輕盈，幾乎像幽靈般無聲無息。

然而，不同於上次見面的態度，這一次，當他們經過亞瑟身邊時，好像完全沒有看見他一樣，彷彿**他**才是那個隱形的幽靈。

09

The Powers of Agatha Fox

福克斯教授的神奇能力

「他們現在應該有很多空閒時間了吧，因為已經沒有那個小團體了。」當湯瑪斯和奧利離開後，口袋開心地說。

「我不認為三葉草這麼快就瓦解了。」亞瑟低聲回應，隨後坐到了吉米旁邊。

吉米立刻轉過頭來。

「你這麼說是什麼意思？」艾琳問道。

亞瑟後悔自己開口這麼說。他不能告訴大家為什麼自己會有這樣的疑慮，因為那也意味著他必須承認自己曾偷聽吉米和他父親的對話。

「我只是……覺得我們應該睜大眼睛盯住他們。」

吉米的姿勢立即放鬆了一些。

「說到了眼睛，」格羅佛說著，坐到亞瑟前面的位置，「福克斯教授的那隻眼睛是不是很美呢？」

「格羅佛，她有兩隻眼睛。」口袋指出。

「不，我指的是她脖子上佩戴的墜飾。」

確實，當教授站在教室裡看著學生們入座時，脖子上掛著一條銀鍊，上頭掛著的墜飾圖樣是一隻張開的眼睛。

「那是個古老的符號，是用來驅邪的。」格羅佛說。「你知道，就像是詛咒或惡靈之類的。」

「也是靈魂圈的象徵符號，是吧？」艾琳問道。

格羅佛點了點頭。「對他們來說，那是很重要的保護。」

亞瑟對心靈科學原本還挺感興趣，但如果這些不過是些愚昧的迷信，他實在不明白為什麼要浪費時間在這上面。尤其是如果福克斯教授與湯瑪斯、奧利的關係如此密切的話，他寧可專心投入在自己的發明上。

「說到了**專心投入**，」福克斯教授先看了亞瑟一眼，才將視線轉向全班同學，「我想是專心投入到課業上的時候了，我們有許多事要一起完成。」

亞瑟突然覺得手臂上的汗毛不由自主地豎了起來。她該不會……**讀到了他的心思吧？**

不會的，亞瑟在心裡告訴自己，這是不可能的事。更有可能——更**符合邏輯**的推測——是其他人提到了專心投入之類的話，剛好被她聽到而已。大概是自己想多了，誤以為教授朝自己看了一眼。

「歡迎來到心靈科學研究的世界，」她輕聲說道，「首先，我必須告訴大家，我並不是這方面的專家。我自己也還是一個學生，就和我們所有願意敞開心靈去探索超自然之謎的同伴們一樣。不過，或許應該先解釋一下，當我們提到心靈科學研究時，究竟指的是什麼？」

格羅佛立刻舉起手，好像突然觸電了一樣。

「超自然體驗主要分為以下四種類別：鬼魂顯現、預知能力、讀心術，以及靈體接觸。」

福克斯教授突然露出了驚訝的表情，隨後露出了愉快的笑容。「確實，說得真好，這位是——」

「庫馬爾，全名是格羅佛．庫馬爾。」

「我不需要任何預知能力就能知道，我們一定會相處得很好。那麼，現在我要講的是……對了，我們先來談談靈體接觸。庫馬爾先生，麻煩你把那個角落的銀色圓錐體傳給我好嗎？」

儘管亞瑟看不見格羅佛的表情，卻看見他得意地挺直了腰背。

原來，那個銀色的圓錐體被稱為「靈魂喇叭」，福克斯教授告訴大家，這個工具可以幫助他們聽見靈體發出的聲音，若沒有它的幫助，這些聲音往往過於微弱而難以聽清楚。她還展示了幾塊石板給大家看，據說靈體可以在上面寫下訊息，她還介紹了一個「顯靈櫃」，據說，靈媒只要站在裡面，便可邀請靈體現身。

解釋了每個物件的功能之後，教授鼓勵大家輪流檢視這些東西，甚至可以試著使用看看。所有學生分成了小組並四處走動，亞瑟一邊觀察這個教室，一邊跟隨著吉米和艾琳走向顯靈櫃。教室裡除了後方有小壁爐的那道牆之外，大部分的牆面都擺滿了書架，壁爐裡的煤火發出劈哩啪啦的聲音。蘇菲亞和哈麗葉放棄了她們被指定的任務，站在那裡暖手。

「說真的，這根本是浪費時間。」當亞瑟經過時，哈麗葉正對蘇菲亞小聲嘀咕著。「我的意思是，一整天都忙著為學校鬼魂舉辦茶會的教授，怎麼可能教會我們什麼呢？你知道的，我聽說她真的會這麼做，這是不是很——？」

然而，格羅佛還不打算改掉他打斷別人說話的習慣。

「妳真是個心胸狹窄的傻瓜，哈麗葉．羅素！」他大聲喊道。雖然他站在房間的另一頭，手裡卻拿著靈魂喇叭聽著。亞瑟並不確定這個喇叭是否真能幫助人們聽見靈體發出的聲音，但它顯然幫助格羅佛聽見了哈麗葉所說的話。「把妳那句話收回去！」

教室裡頓時安靜了下來。塞巴斯汀和羅蘭因為壓抑的笑意而顫抖不已。

哈麗葉的臉都變紅了。「我不知道你在說什麼。」

「這堂課一點也不浪費時間。」格羅佛說道。

亞瑟感到震驚，他從未見過他的朋友對任何事這麼生氣過。

「好吧，自從我們到這裡之後，我確實還沒看見什麼鬼魂呢。」哈麗葉氣沖沖地說。

「倒是你看見了嗎？」

「你們兩個都別再說了。」福克斯教授的聲音傳來。「不過，庫馬爾先生，我很謝謝你熱心辯護。然而，羅素小姐，妳說的也有道理，這些工具確實不一定可靠，有些甚至可能完全沒用。」

格羅佛驚訝得瞪大了眼睛，彷彿有人從背後捅了他一刀。口袋緊緊抓住了他的手臂。

「那是因為，」福克斯繼續說道，「我們現在才剛進入理解心靈科學的初步階段。這些不過只是原始工具，代表著我們剛開始嘗試與靈界溝通。你們也可以把這些視為人類最早造船或發明馬車的努力成果。雖然這些早期的發明無法橫渡大洋或大陸，但如果沒有這些發明，今天就不會出現巨大的船隻和蒸汽火車了，對吧？」

亞瑟不禁陷入了沉思。福克斯教授說得確實有道理。

「如果以為我把你們帶到這裡，只是為了耍一些廉價的小把戲，或是在沒有事實證明的情況下就想要說服你們，那就大錯特錯了。對於那些超出知識範疇的任何可能性，既奇妙又有趣，每個人都應該親自找尋證據，然後做出自己的判斷。我希望你們能以開放的心態來看待這一切。羅素小姐，你會冷嗎？來吧，我來撥動一下爐火。」

哈麗葉和蘇菲亞立刻退到一旁。下一幕讓教室裡的所有學生都震驚地倒吸了一口氣，教授居然不使用火鉗，而是直接將手伸進火爐，用**赤裸的雙手**攪動裡頭燒得通紅的木炭。

她站了起來，仔細地拍掉手掌上的煤灰，對著目瞪口呆的學生們微笑說：「好了，這樣應該比較暖和了吧？」

走向圖書館的路上，所有一年級學生的熱門話題全都圍繞著福克斯教授。他們正要去上當天的最後一堂課，並開始著手進行自己的發明。大家都無法確定，她究竟是用某種方法欺騙了他們的眼睛，或是真的擁有什麼神祕未知的力量，讓自己的手在火中也不會被燒傷。格羅佛說，他曾聽說過有靈媒能做到這件事，但只有技術高超、經驗豐富的高手才做得到。亞瑟則認為，儘管自己無法理解那究竟是怎麼辦到的，但她一定使了某種把戲。不過，他仍然不敢在格羅佛聽得見的地方表達看法。相反地，亞瑟決定在與福爾摩斯教授會面時再詢問他。

他在樓梯口和其他人分開行動，說道：「晚餐時再和大家碰面。」

「你要去哪裡？」吉米問道。

「去見福爾摩斯教授。」亞瑟壓低聲音，只讓他的朋友們聽見。「他終於要告訴我有關綠衣騎士的事了。」

亞瑟原先以為吉米會因為能得到一些答案而感到興奮，但令人驚訝的是，吉米卻只是神情詭異地盯著他。「你……最好不要完全相信他所說的。」

「那你會告訴我們嗎？」艾琳問，完全不理會吉米那句隱晦不明的警告。

「如果妳願意的話，可以一起來。」亞瑟對艾琳說，這句話的邀請只針對她一人。其實，他並不確定福爾摩斯是否會歡迎不速之客，但他大概猜得到任何自己告訴亞瑟的事，最終都會傳到艾琳的耳裡。亞瑟其實只是想刺激一下吉米，因為吉米的態度讓他有些惱怒。吉米究竟對福爾摩斯有什麼意見呢？

艾琳猶豫了一下，顯然有些心動，但隨後又朝吉米看了一眼，吉米正準備走下樓。「還是算了吧，我不想要被拋在後頭。」她匆忙地說。

「隨便妳吧。」亞瑟說著，試著擺脫心中的煩躁，但仍然無法釋懷。

冬季的夜色已經緩慢地降臨，走廊籠罩在陰影中，亞瑟朝著福爾摩斯的辦公室走去。但當他經過轉角時，看到一個人影偷偷溜進了《號角報》的辦公室。那個人身材高大，有尖尖的下巴和些微彎曲的鼻子，鼻子好像曾經受過傷。亞瑟心想，是**塞巴斯汀**。他並不是校刊社的一員，也應該和大家一起去圖書館，那為什麼會出現在這裡？

亞瑟不想遲到，畢竟福爾摩斯教授曾經告訴過他，遲到是不被接受的事，「即便理由再充分」也不行，只是還是無法壓抑心中的衝動，想搞清楚塞巴斯汀究竟在做什麼。他在樓梯平台上停留了片刻，最終做出了決定。當然，福爾摩斯一定會理解，畢竟他必須去追查塞巴斯汀在搞什麼。

他悄悄地靠近校刊社辦公室，透過門上的窗戶向裡面看，隱約看到了兩個站得很近的身影。他聽不清楚他們的對話，卻也不敢試圖打開門。

亞瑟突然想起了格羅佛和靈魂喇叭，便隨手拿起一份放在門邊的報紙，把它捲起來，把一端塞進鑰匙孔，然後把耳朵貼在另一端。

「我都說不行了。」傳來一個女孩的聲音，亞瑟認得那是艾菲亞的聲音，她是校刊社裡一位高年級的學生，也是三葉草的成員之一。「更何況，這件事我都告訴了——」

亞瑟沒聽清她接下來說的那個字，聽起來像是「古得」（Good），但這個字詞聽起來似乎不太合理。

「——告訴妳。」塞巴斯汀的聲音接著傳來，他接下來的話有些模糊，但亞瑟清楚地聽見了最後一句。「……對妳的最後警告。」

亞瑟聽見艾菲亞的答覆中出現「太過分了」幾個字。她的聲音顯得細弱且顫抖，並且充滿了恐懼。亞瑟開始緊張了起來；儘管艾菲亞是三葉草的成員，但他對她的印象一向不錯。她為什麼會這麼害怕呢？隨後，有腳步聲傳來，亞瑟急忙跑到走廊的盡頭，繞過轉角，正好聽見《號角報》辦公室的門被重重地關上。幾秒鐘之後，塞巴斯汀出現了。當他發現亞瑟站在樓梯平台時，驚訝得又多看了一眼，似乎要確保自己沒看錯。

「你在這裡做什麼？」他帶著一貫的嘲諷口氣問亞瑟。

「我也想問你同樣的問題。」亞瑟冷冷地回應。「塞巴斯汀，你到底在搞什麼鬼？」

塞巴斯汀向他走近，瞇起眼睛說：「等你發現真相時，一定會感到懊悔的。」他輕聲地說，隨後推開了亞瑟，轉身朝樓下走去。

亞瑟感覺胃裡一陣翻騰。塞巴斯汀那句話到底是什麼意思？他和艾菲亞究竟在爭論什麼而讓她如此害怕呢？亞瑟曾想著是否要回辦公室裡問她，但她顯然已經因為和塞巴斯汀之間的對話而受到驚嚇了。她可能會因為過於驚慌而無法交談。不如等到第二天，當塞巴斯汀的威脅不再那麼讓她不安的時候再找她。

他迅速地朝著福爾摩斯的辦公室走去，決心記住剛才聽到的所有細節，這樣就能把一切告訴教授。

好吧，並不是所有的事，他心裡有些愧疚地想著。他不能告訴福爾摩斯關於吉米和他父親之間的對話。他必須先和吉米談談，給他一個解釋的機會才行。

亞瑟來過這個辦公室好幾次了，但不曾在福爾摩斯在場的時候來過。這個地方曾經存放了格雷教授的那台永生機器，並巧妙地偽裝成一座古老的落地鐘。

當亞瑟走到辦公室門前時，發現門是關著的。他敲了三下，等了一會兒，卻沒有得到任何回應。

「教授？」他大聲喊道。

他試著打開門，預料門應該會被鎖上。也許福爾摩斯忘了他們的會面，或者決定要去處理更重要的事。

出乎意外地，門竟然打開了。

一股煙霧從房間裡飄了出來，他忍不住開始咳嗽，急忙揮手驅散眼前的煙霧，試著看清楚辦公室裡的狀況。

煙霧散去後，亞瑟的眼睛因為刺痛而睜不開，勉強睜開後只看見福爾摩斯教授坐在書桌旁，桌上堆滿了書籍和一疊疊文件，而後方的書架上擺滿了書。

狀況不太對。事實上，有三件事不太對勁。

首先，福爾摩斯沒有筆直坐著，而是以奇怪的角度歪斜著身體，閉上了雙眼。

第二，他的菸斗仍然冒著煙，放在他前方的桌上，任由菸灰四散。由於房間裡煙霧彌漫，這菸斗應該已經放了很長一段時間。

第三，福爾摩斯之前調音的那把小提琴，現在地被扔在地板上，琴身朝下。這樣隨便的擺放，根本不像是不久前還在仔細調整弦音的人會做的事。

「福爾摩斯教授？」亞瑟驚叫道。「你還好嗎？」

他半信半疑，覺得這可能是福爾摩斯設下的巧妙詭計，或許吉米提出的警告確實有道理。然而，當福爾摩斯完全沒有反應時，亞瑟跑到他身旁抓住他的肩膀用力搖晃著，他卻仍舊沒有任何反應。

亞瑟想起了華生醫師教他們的解剖學課程，於是抓住了福爾摩斯的手腕，手忙腳亂地試著摸到他的脈搏，他等了好久、好久一段時間。

但是，他什麼都沒有感覺到，完全沒有。

10

The Scene of the Crime

犯罪現場

「救命！」亞瑟大聲呼喊，然後跑到走廊上再次大聲呼喊。「誰來幫幫忙啊！」

如果艾琳當時答應跟他一起來就好了……

走廊盡頭出現了一個滿頭捲髮的高大身影。「亞瑟？是你嗎？」

亞瑟認出了那帶有愛爾蘭口音的聲音。「奧斯卡！」他說，那是和艾菲亞一起在校刊社工作的奧斯卡，或許他只是剛好經過，正準備要去《號角報》辦公室。

「怎麼了嗎？」奧斯卡問道，一邊大步走過來。

「是福爾摩斯教授，他沒有——我覺得他——他需要立刻看醫生。快去找華生醫師來，越快越好！」

奧斯卡一句話也不多問，便轉身跑向樓梯，消失在視線中。亞瑟回到福爾摩斯的辦公室裡。

「福爾摩斯教授！」亞瑟一邊大聲喊著，一邊搖晃著他。「醒醒，請快點醒來！」

但他仍然沒有任何反應。

亞瑟深吸了一口氣，肺部充滿了煙霧。他突然感覺到有些暈眩，急忙走到窗邊開窗，刺骨的寒風突然吹了進來，立刻令他清醒了許多。這時，他聽見走廊上傳來急促的腳步聲。片刻後，查林傑校長快速地衝了進來。

「這到底是怎麼一回事……？」他低聲地說，並揮動手臂來驅散濃煙。「道爾，這裡發生了什麼事？」

「我不知道，先生。」亞瑟說。「我發現時，他就這個樣子了。」

一會兒後，華生醫師出現在門口，他的輪椅上的車輪轉得飛快，快得讓人眼花繚亂。

華生瞥了福爾摩斯一眼，隨即轉向查林傑校長說：「把我的提包給我，查林傑。」

查林傑遞給他一個黑色的提包，華生從裡面拿出一瓶嗅鹽，並將輪椅推向桌子前方，將瓶口放在福爾摩斯的鼻尖下。

「我試著檢查他的脈搏，」亞瑟說，而福爾摩斯完全沒有反應，「我沒有……我感覺不到脈搏。」

原本臉色就蒼白的華生如今更為憔悴，幾乎完全沒有血色。他伸手去摸福爾摩斯的手腕，緊緊握住，並閉上了眼睛，一陣沉默持續了許久。亞瑟已準備面對最壞的結果。**如果剛才我不去跟蹤塞巴斯汀，或許就能準時到達，及時拯救福爾摩斯教授了，**亞瑟心裡想著。

「他還活著。」華生最終開口說，接著輕輕掀開福爾摩斯的眼皮。

「他有脈搏嗎？」亞瑟問，幾乎不敢懷抱任何希望。

「脈搏非常微弱，也難怪你感覺不到，但脈搏相當穩定。」

「天啊，華生，他到底發生什麼事了？」查林傑大聲說道。奧斯卡站在門口，拿出一本筆記本開始記錄情況。

「就我目前所見，他應該是被擊昏的。」華生回答。「至於具體造成的原因……我還需要做進一步的檢查。」

「有人攻擊他嗎？」亞瑟問道。

所有人的注意力都集中在他身上，就連奧斯卡也停下手中的筆。

查林傑瞇起了眼睛。「道爾，你為什麼會這麼說？」

「他之前似乎有些不安，情緒也有些緊繃，還把小提琴的弦弄斷了。他叫我來這裡見他，說是要談談關於——」

亞瑟瞥了奧斯卡一眼，奧斯卡對綠衣騎士的事情並不知情。於是，他給了查林傑一個意味深長的眼神。「他想要談談關於我們**共同認識的人**。」

查林傑緊咬著牙根，正如福爾摩斯今天早上的情況。

「我覺得我們不應該輕易下結論。」華生說，語氣中帶著一種熟練的沉穩。「福爾摩斯，特別是福爾摩斯，最不希望我們做出沒有根據的邏輯推論。亞瑟，你才剛開始瞭解這個人，他偶爾會情緒低落，這已經不是什麼稀奇的事。其實，他有時候會很——」

「悶悶不樂？」奧斯卡插嘴說道。此刻他正在擺弄著一個之前並不在手上的金屬盒子。

「確實如此。」華生回應。「目前的狀況可能由多種原因引起。他在學校放假期間曾外出旅行，說不定感染了某一種昏睡病，也有可能是過敏反應。正如我剛才所說，我需要進行更詳細的檢查。查林傑，你能將福爾摩斯帶回他自己的房間嗎？我會請奧斯卡和亞瑟協助我下樓，到時候我們在那裡見面。」

查林傑點了點頭。「這件事一個字都不准說出去。」他對著亞瑟和奧斯卡說，接著又用他粗短的手指頭指著奧斯卡。「學校報紙上的內容，必須等我同意才能發布。還有，**不許拍照**。」

查林傑指了指那個黑色的盒子，亞瑟注意到它確實有一個大鏡頭。他從來沒見過如此精緻小巧的相機。

那個年長的男孩開口反駁。「我們的校刊社是獨立營運的——」

「一個字都……不、准、說。」查林傑以低沉又充滿威脅的語氣再次強調，讓奧斯卡話才說到一半時便立刻閉上嘴巴。

接著，校長彎下腰，將福爾摩斯癱軟無力的身體抬起，扛在肩膀上，然後大步走向走廊。

亞瑟跟隨華生和奧斯卡走向走廊，心中仍感到有些震驚。在樓梯的最上層，奧斯卡協助華生醫師從輪椅上起身。「謝謝你，孩子。」華生說。「請你幫我把輪椅抬下去，我會請亞瑟扶著我。」

華生的手臂一邊勾住亞瑟，另一邊則緊握著樓梯扶手。兩人同步行進，慢慢地走下樓梯，亞瑟看到華生臉上的痛苦神情，知道即便有他人協助，行走對他來說仍然相當痛苦。

「您還好嗎？」亞瑟問道。

「完全沒問題。」華生回答。「我希望福爾摩斯很快就能恢復。」

亞瑟壓低聲音問：「您真的不認為是有人攻擊他嗎？」

他心裡不禁懷疑，或許華生是故意要演這場戲，不讓奧斯卡知道真相。

「或許是福爾摩斯把自己弄成這樣的，這個可能性就和其他原因一樣大，是他可能在進行某個瘋狂實驗時不小心弄傷了自己。」華生咬著牙說。「更何況，如果真的有人想置他於死地，這手法未免也太不專業了，不是嗎？」

他們終於走到樓梯的底部，華生輕輕握了一下亞瑟的手臂，然後坐回輪椅上。「不要太擔心，亞瑟。福爾摩斯曾經歷過比這次更危險的情況。」

亞瑟點了點頭，試著說服自己相信華生的話有其道理。

在華生醫師離開後，奧斯卡開玩笑地說：「好吧，這不過是巴斯克維爾學院裡一個平凡無奇的星期二夜晚。」他給了亞瑟一個自嘲的無奈笑容，但亞瑟並未回應。「振作一點吧，你也聽見華生醫師這麼說了，福爾摩斯很快就會康復。要去學院餐廳嗎？」

「不了。」亞瑟說。「我最好去把教授辦公室裡的燈關掉。」

事實上，他是想要檢查一下現場——這可能是一個**犯罪**現場——以尋找一些線索。他相當確定，如果是福爾摩斯的話，他肯定也會這麼做。

「既然你要走回去的話。」奧斯卡說，「能不能幫我將這台相機送回校刊社去呢？我快要餓死了。」

他把相機遞給亞瑟，亞瑟感到有些驚訝，因為相機竟然這麼輕。

「這是什麼樣的相機？我從來沒見過這種東西。」

「這是幾年前發明大會的優勝作品。」奧斯卡解釋道。「是一位名叫喬治的男孩發明的，我記得他是個美國人。好像是叫它「卡嚓卡啦」之類的搞笑名字。你只要按下快門，就能立刻拍照了。裡面裝有一整卷的膠卷，可以拍很多張。校刊社有個儲藏室，專門用來沖洗膠卷，我們可以在那裡把照片洗出來。」

「這作法怎麼……那麼聰明。」亞瑟只說得出這句話。他想著，一個月之後，他是不是也得想出一個如此厲害的發明作品呢？

「謝啦。」奧斯卡一邊說一邊揮著手。

亞瑟回到福爾摩斯空蕩蕩的辦公室，煙霧已經散得差不多了，他便將窗戶關上，卻忍不住因為寒冷而打了個冷顫。辦公桌後方的書架上堆滿了各種書籍和奇怪的紀念品。這裡放了一副假牙，還有一罐釘子。桌面上散落著一些文件和期刊。一條描繪倫敦公園的掛毯掛在牆面上，遮住了亞瑟知道的那道隱匿的門，而那裡通向一條暗藏的電梯井。沿著這條路往下走一層樓，就會進入東翼走廊上的牧師藏身處，隱藏在那幅討人厭的貝克勳爵畫像後方。再繼續往下走，就會發現自己來到學校下方的水晶洞穴——或者更準確地說，是水晶洞穴的遺跡。難道曾有人從這裡悄悄進入福爾摩斯的辦公室？

這個辦公室和福爾摩斯的教室一樣凌亂，亞瑟不知道自己應該尋找什麼。每一樣物品都可能隱藏著線索。

他把那台相機放在桌子上，空出雙手。接著，他盯著這個裝置看。他原本打算要慢慢研究這個空間，盡可能記住每個細節。不過，既然照片可以捕捉現場中的每個畫面，為什麼還要費心去記住一切呢？等亞瑟後續整理出更多的線索後，知道該找尋什麼細節時，就可以回頭來檢視了。那麼，奧斯卡應該不會介意他借用一下相機吧……

他再次拿起了相機，將鏡頭對準了福爾摩斯的書桌。不過，辦公室裡的光線有些昏暗，拍出來的照片可能什麼都看不見。

亞瑟伸手拿起桌上的煤油燈，將燈火調到最大，**這樣好多了**。

當他將手縮回時，看見了壓墨器[6]上的一張紙。

6 ink blotter 為「壓墨器」，是一種用於吸收書寫字體上多餘墨水的工具，通常會夾著專用的替換用紙，幫助墨水快速吸收，使文件及桌面保持乾淨清潔。

紙上有一顆畫得不太精美的星星，星星被劃成好幾個三角形，並且被一個圓圈包圍起來。

亞瑟用手指輕輕擦過墨水，發現墨水依然濕潤。

這是福爾摩斯昏迷之前最後留下的痕跡。

這不僅僅是一條線索。

這是一則訊息。

11

The Pentangle

五角星

隔天早晨，從校長氣急敗壞走進學院餐廳的樣子，亞瑟看得出來他要和大家分享的並不是什麼好消息。他的頭髮比平時更凌亂，像是打結的一團毛線球，雙眼下方有黑眼圈。

等到整個學院餐廳都安靜下來之後，校長便開口宣告：「福爾摩斯教授生病了。在我們的華生醫師照料下，希望他可以儘快康復。在此期間，所有福爾摩斯教授的課都將改到圖書館自習，就這樣。」

「會不會傳染呢？」一陣尖銳的聲音傳來，哈麗葉·羅素用警覺的眼神盯著校長。

然而，查林傑校長只是轉身，腳步沉重地走向門口。亞瑟迅速從桌邊站了起來，隨即跟了上去。

「校長！」亞瑟走到走廊時更大聲喊道，查林傑回過頭看了他一眼。

「我就知道是你，道爾。」他低聲含糊地說，步伐略微放慢了一些。

「情況有沒有什麼進展呢？福爾摩斯教授醒來了嗎？華生醫師是否知道——」

「沒有、沒有，什麼都沒有。我能說的就這些了，我現在還有其他事要忙，而你也有該做的事。」

「可是——」

「再見了，道爾。」

亞瑟終於停下腳步，任由查林傑校長大步地走遠。他原本想告訴校長，福爾摩斯在失去知覺前曾畫下那一顆星星，並且想詢問校長是否知道它代表的涵義。亞瑟確信，自己曾在某個地方見過這個符號，還為此回想了一整夜無法入睡。

好吧，既然校長不打算幫忙的話，亞瑟只得轉向別處找尋答案了。

「所以，他身上沒有留下任何痕跡嗎？」艾琳低聲問道，免得馬龍教授經過時被她聽見。「沒有任何傷口或皮疹嗎？」

「我都沒有看見。」亞瑟說，他昨天晚上已經和吉米討論過這些事了。「不過，當時我也沒有機會仔細地檢查。也許有人直接攻擊他的頭部，或是從背後掐住他的脖子——做了一些不容易留下明顯痕跡的事。至於辦公室裡，唯一顯得不對勁的東西，就是那顆圓圈中的星星了。」

艾琳、亞瑟、吉米、口袋和格羅佛正站在溫室裡，他們原本被指派的事是尋找死掉的昆蟲，並餵食馬龍教授剛才展示給他們看的食蟲植物「豬籠草」。

「綠衣騎士和這件事脫離不了關係，」亞瑟低聲說，「我確定。」

「如果這是惡意攻擊的話，」吉米皺著眉頭說，「那綠衣騎士就不會是唯一的嫌疑人了。」

「你的意思是？」口袋問，一邊從杜鵑花的根部抓起一隻死掉的瓢蟲，將它丟進教授分發給他們的鐵桶裡，發出了細微的一聲「叮」。

「福爾摩斯有一長串的敵人清單，很多人都想藉此機會把他除掉吧。」

亞瑟皺起眉頭。「為什麼那麼多人想要他的命呢？」

「吉米，你怎麼會知道這件事？」艾琳帶著疑惑的眼神問道。

吉米看著亞瑟，露出遺憾的眼神。「我知道你喜歡他。」他說。

「而你也很明顯不喜歡他。」亞瑟冷冷地回應。

吉米的臉上閃現一絲痛苦的表情，他交叉起雙臂。「那是因為我父親和他曾經有過一些……交易。他並不像你想像中那麼誠實和正直。他冷酷無情、心機重，完全只顧著自己。而且，他過去也得罪了不少有權有勢的人。」

「這些都是你父親說的。」亞瑟忍不住反駁。吉米過去似乎不太重視莫里亞蒂先生的看法，現在為什麼要選擇站在自己父親那一邊呢？

吉米的眼睛瞇成一條線。「我只是想要幫你。」

「他說得對。」艾琳開口說。「福爾摩斯可不希望我們草率地做出結論。我們甚至不知道是否**真的**有人攻擊他。我們必須保持開放的心態。這不就是華生醫師對你說過的話嗎？」

亞瑟心中感到一絲不悅，他早已習慣了艾琳在他與吉米意見不合時站在他那邊。

「問題的關鍵是那顆星星，」口袋回應道，「如果我們能弄清楚那是什麼——」

「你是指這個嗎？」

他們都轉過頭，只見格羅佛對著最近的一扇窗戶吹出一口熱氣，接著用手指在霧濛濛的玻璃上畫出亞瑟在福爾摩斯桌上看見的那個符號。

「對，就是這個！」亞瑟說。

格羅佛點了點頭。「那是一個五角星。是畫正的還是畫反的？」他問道。

亞瑟努力地回想著，「我不確定。」他坦白地說，「這件事很重要嗎？」

「好吧，如果畫的是正的，就是個無害的符號。」格羅佛解釋說，「但如果畫的是反的……」

他對亞瑟投以一個意味深長的眼神。

「如果是畫的是反的，會怎麼樣呢？」亞瑟急忙地問著。「格羅佛，這到底是什麼意思？」

「那就是黑魔法的符號。」格羅佛回答。「代表了邪惡。」

那天早上，圖書館裡鬧哄哄，一年級學生興奮地穿梭於書架之間，為他們的發明尋找靈感，同時討論福爾摩斯教授那個神祕的疾病。有些學生看起來有些擔心，但大部分人對於多出來的自習時間感到高興。那位年邁的圖書館員安德希爾先生應該要監督他們才對，但他大部分時間都在睡覺，而且聽力又不好。因此，對他們來說，這段時間更像是自由活動。

口袋在一樓的後方找到一張有些刮痕但依然十分漂亮的紅木桌子，大小正好足夠讓他們五個人一起使用。亞瑟準備繼續他們剛才的討論，但還未開口，口袋便已經站了起來。

「我要先從物理區開始，我要研究每一種投石機的建造過程。」她說。

「我要去神祕學的區域收集一些資料。」格羅佛接著說。

「我想找找有沒有一些時尚雜誌。」艾琳說。

時尚雜誌？亞瑟感到疑惑。艾琳總是穿著得體，但他無法想像她隨意地翻閱那些雜誌中的禮服設計圖。

亞瑟臉上的疑問顯而易見，艾琳忍不住笑了出來。「我不是為了要購物。」她解釋說。「我感興趣的是如何讓時尚結合實用性，特別是為了自我防衛。幾個世紀以來，男性一直都會這麼做，比如把劍藏在胸前懸掛的佩帶，或把手槍藏在腳踝的槍套中。」

「不管妳發明的是什麼，我都要一個。」口袋說。

「我這個點子就是從妳身上學來的！」艾琳回道，「來自於妳和妳身上的那些口袋。上學期，如果不是妳將一把火蟻扔到三葉草成員身上，我們還不知道該怎麼辦呢？」

在上學期，正當他們五個人接近格雷的永生機器時，湯瑪斯、奧利和塞巴斯汀緊追在後，如果不是口袋拿出了那一瓶火蟻，撒在追趕他們的那群人身上，三葉草可能會搶先他們一步。亞瑟因為想起這段回憶而露出了一絲微笑。

「亞瑟，那你呢？」艾琳問，「吉米呢？你打算從哪裡開始著手？」

「我還在思考。」吉米說。

「我打算去找安德希爾先生。」亞瑟回答道。他必須先搞清楚他在哪裡見過這個五角星，並瞭解福爾摩斯畫下符號的原因，才能好好思考自己的發明計畫。

亞瑟走到年邁的圖書館員的桌前，如同往常一樣，他正坐在扶手椅上打瞌睡。

他清了清喉嚨。「安德希爾先生，我有一個問題。」他提高音量問道。

亞瑟猶豫了一下，然後用力戳了一下他的肩膀。當對方仍然沒有反應時，亞瑟開始擔心了起來。他該不會得了和福爾摩斯一樣的病了？

接著，那位圖書館員發出急促的喘息聲，身體突然用力地前傾，四下張望，露出一副驚慌失措的模樣。「什麼……哪裡……你到底是誰？」他結結巴巴地說，迷濛的藍色眼睛終於落在亞瑟身上。

「我是亞瑟．道爾，先生。」

「好吧，阿諾，沒必要對我**發動攻擊**來引起我的注意，你只需要叫我的名字就行了。」

亞瑟本來打算反駁，說自己已經叫了他的名字，但想了想，覺得說了也沒什麼用處。

「是的，安德希爾先生。」他說，「抱歉，我只是想知道……這裡有沒有關於象徵符號的書？」

「富豪？」圖書館員大聲喊道，顯得非常不耐煩。

亞瑟縮了縮脖子。「**符——號**。」他說得更大聲一些。

「啊，有的，我們有一小區關於符號學的書籍，我帶你去看看。」

安德希爾先生費勁又緩慢地從椅子站了起來，身體骨頭發出一連串的咯吱聲及啪啪聲，像是即將熄滅的火焰一樣。他伸手拿起了拐杖，拖著腳走了幾步。如果他和亞瑟的妹妹康斯坦絲比賽跑步，亞瑟肯定會把賭金押在妹妹身上，只不過**她**現在還不會走路。

「或許，您可以……直接告訴我位置在哪裡就好了？」亞瑟問道，儘量掩飾自己心中的不耐煩。

安德希爾先生忍住打哈欠的衝動。「如果你確定要這麼做的話，那就上三樓，直走到底，左手邊最上層的書架。」

「謝謝您，先生。」亞瑟回答，急忙地跑向樓梯，兩步併作一步地快速上樓。

符號學確實只有一小區。書架上看起來僅有三本書。亞瑟踮起了腳尖，從書架上抽出中間那本《象徵符號百科全書》，翻開時一股陳舊的霉味撲鼻而來。這本書顯然已經好久沒有人翻閱過了。

他迅速翻到「P」的頁面，掃視著條目，**曼德拉……藥輪[7]……教宗十字架……五角星**。

那是一篇長長的條目。顯然地，五角星有著相當悠久且豐富的歷史。亞瑟快速翻閱，直到他發現一段文字提及它在中世紀的用途。

到了中世紀時，五角星已經與亞瑟王的傳說緊密相連，它以裝飾於神祕人物綠衣騎士的盾牌上而廣為人知。

「啊哈！」亞瑟得意地喊道。他之前確實曾經看過這個符號，在上學期讀過的《高文爵士與綠衣騎士》詩篇。

如果他之前還抱著一絲懷疑，那麼此刻，他已經十分確定了，去年他見過的那位自稱綠衣騎士的人，正是攻擊福爾摩斯的真凶。在福爾摩斯清醒時的最後一刻，他識破了這位攻擊者的身分。然而，亞瑟早就懷疑是綠衣騎士了，卻一直不知道他是誰。至於這個五角星，似乎也沒有提供找出真相的線索。

亞瑟合上那一本書，書頁揚起了一陣灰塵，讓他的雙眼癢得流淚。他把那本書放回書架上，準備走向樓梯。

他停下了腳步。三樓特別安靜，所以聲響特別明顯，他原本以為自己是唯一在場的人。

咯吱——

接著，**砰！**傳來一聲尖銳的墜落聲，亞瑟嚇了一大跳。他轉頭看向左側，發現一本書從遠處的書架上掉了下來。但是走道上空無一人。那本書似乎是自己掉落下來的。

他彎下腰撿起那本書，看著它落地時翻開的那一頁，這一本薄薄的書上，寫滿了許多不同且密密麻麻的筆跡。亞瑟隨手瞄了封面一眼，上面寫著：

貝克學院簽名簿，一八二八年畢業班

這是當巴斯克維爾學院還是「貝克學院」時所遺留下來的古老書籍。

---

7 Medicine Wheel指「藥輪」，又稱「醫藥輪」是北美原住民的符號，代表宇宙的和諧與平衡，四個方位象徵四季、元素、生命階段和精神層面的指導原則。

他再次看向簽名頁，其中一個熟悉的名字引起他的注意，不禁倒吸了一口氣。

福爾摩斯

下方還有另一個他熟知的名字，甚至還有第三個。

喬治・愛德華・查林傑

阿嘉莎・福克斯

每個名字旁邊都有一個小小的圖案。福爾摩斯的名字旁有個十字（或X），查林傑的名字旁邊有一把鑰匙，而福克斯的名字旁邊，似乎有像是字母「L. L.」的縮寫。

所以他們三人曾經是同班同學。亞瑟終於明白，福爾摩斯為什麼稱呼福克斯教授為「我的老朋友」了。那些小圖案，該不會是他們之間的某種特殊代號吧？

正當他經過這一排書架時，這本書就自己掉下來了，怎麼可能這麼巧合？最基本的物理常識告訴他，這本書不可能自己掉落，但他相信如果有其他人藏匿在這裡，也絕對會被他發現。當然也沒有人能將書本剛好翻到這一頁。

很顯然地，有人試著要傳遞某種訊息給他。

然而，此時此刻卻只有亞瑟獨自一人。

他將書本放回書架，忍不住打了一個冷顫。

那股突如其來的寒意，難道是有鬼魂在場的徵兆嗎？

不可能的，亞瑟堅定地告訴自己，**這世界上根本就沒有鬼**。

理智告訴他，這背後一定是有什麼把戲在作怪。但亞瑟左思右想，整整一天的時間都無法搞清楚，這究竟是怎麼一回事。

12

The Weight of Secrets

祕密的重量

隔天早上，一聲怪異的哀嚎聲驚醒了亞瑟。

他張開眼睛，輕聲埋怨了一下。這已經是他第二次在還沒天亮之前就被吵醒了。但這一次並不是奇波抓著窗外的聲音。那聲音又再次響起，讓亞瑟的手臂上的汗毛都豎了起來，聽起來像是塔樓**內部**傳來的聲音。

「那**到底是**什麼？」他問道。

亞瑟沒有聽見吉米的回應，便坐了起來。

吉米並不在床上。

亞瑟感到緊張，連忙掀開被子、跳下床，在黎明前的冷冷曙光中迅速穿好衣服，兩步併作一步地跑下蜿蜒的樓梯，經過幾個迷迷糊糊的學生身旁，他們也紛紛起床查看究竟是什麼聲音。

當他靠近一樓時，聽到了一陣抓門的聲音，接著又是一聲哀嚎的叫喊。

「托比！」哈德森夫人斥責地說。「你要不就出去，要不就回床上睡覺。」

亞瑟走到樓梯的最後一個彎道，看見哈德森夫人站在塔樓的入口處，披著一件厚厚的黃色睡袍，頭髮用捲髮布包著。托比在門前來回踱步，尾巴不像平時一樣威風凜凜，而是低垂在腿間。

「哈德森夫人，一切都還好嗎？」亞瑟問道。

她迅速地轉過頭來。「哦，早安，道爾。」即便哈德森夫人會因為這樣衣衫不整的穿著而感到尷尬，她也完全沒有表現出來。「托比的行為不太尋常。牠一直抓著門，還哭著想出去，但我一開門，牠卻只會嚎叫，然後開始來回地走動。我希望牠不是生病了，但你不需要擔心這件事，號角吹響前再小睡一會兒吧。」

「其實我本來就打算要早點起床了。」亞瑟回答道。他得去找找吉米跑到哪裡了。「我有一些研究工作要做。」

哈德森夫人心不在焉地點了點頭。「真是勤勞。好吧，走路小心點。」

她抓住那隻狼的脖子後方，將牠帶回自己的房間。那隻可憐的狼不停顫抖著，乖乖跟在她身後，門在他們背後砰地一聲關上了。

托比看起來並不像是生病了。而是……相當害怕。究竟是什麼讓牠如此焦慮不安，卻又不敢面對呢？亞瑟從未見過這隻高傲又尊貴的狼有過這樣的反應。他朝著莊園大宅走去，一邊走過冰冷的草地，一邊環顧四周是否有什麼異樣。

但亞瑟還有其他事情要擔心，例如他的室友為什麼總是在不尋常的時間偷偷溜出去。吉米是否想刻意隱瞞自己的行蹤，不讓他知道呢？在第一個學期時，他們確實曾在不少暗夜中鬼鬼祟祟地行動，但當時是因為他們想加入三葉草之家。

如果吉米現在還在做這些事呢？

亞瑟還來不及把這個念頭阻擋在外，它就浮現在腦海裡了。他不願懷疑自己的朋友，但吉米與莫里亞蒂先生的對話讓他無法不這麼想。吉米曾向父親保證，會重新爭取三葉草成員的認可。而且，昨晚當他們準備入睡時，因為吉米對福爾摩斯突如其來的戒心，一股不安的氣氛便在他們之間彌漫開來。

亞瑟再也無法繼續這樣懷疑下去。他必須找到吉米並當面說清楚。

幸運的是，亞瑟的室友並不難找到。當亞瑟低頭走進莊園大宅，享受著那微弱的溫暖空氣時，他看見室友正從餐廳的走廊走了過來，小心翼翼地拿著幾塊抹了奶油的麵包和一顆梨子，試著不讓東西掉下來。

「吉米！」亞瑟喊道。

「哦，嗨，亞瑟。」吉米回應道。「你怎麼到這裡來了？」

亞瑟有些不確定是不是自己多想了，吉米聽起來似乎有些不太開心見到他？

「我一醒來發現你不見了，」亞瑟說，帶著防備的口氣說，「我想確定你是否沒事。」

吉米眨了眨眼，接著又笑了。「老媽，不要太擔心我。」他一邊說，一邊輕輕用肩膀碰了碰亞瑟。「你看，我靴子的左右腳都穿對了呢。」

亞瑟翻了個白眼。「托比一直對著某個東西鬼哭神嚎的。我真的要被牠嚇死了。」

「我只是在開玩笑啦。」吉米一邊說，一邊坐在寬廣樓梯的最底下一層，開始狼吞虎嚥地吃起他的麵包。「我很高興你來了。其實，昨天說了那些關於福爾摩斯的話之後，我感到很抱歉。你知道的，他確實有不少敵人，但我明白當時並不是適合說這些話的好時機。我看得出來，他對你來說很重要。」

亞瑟坐到他朋友的身邊，放鬆了緊繃的肩膀，心情也輕鬆不少。

「沒關係。」他說。「但我**確實**認為我們可以縮小嫌疑人的範圍了。」

吉米挑了挑眉。「哦？」

「我在福爾摩斯桌子上看到的五角星符號，就和傳說中綠衣騎士盾牌上的那個符號完全一樣。」亞瑟說。

吉米眼睛瞪大了。「哦。」他又說一次。「我明白了，這確實指向**我們**的綠衣騎士，對吧？」

亞瑟輕咬著嘴唇，心裡思考著該不該問接下來的問題。「如果這件事和綠衣騎士有關……」他開口說，「你覺得三葉草會不會也涉入其中？」

他感覺到吉米的目光變得銳利。「你為什麼會這麼問呢？」

亞瑟張開了嘴巴，想要坦承自己不小心聽見吉米與他父親之間的對話。不過，他說的是自己聽見了關於塞巴斯汀和艾菲亞的爭吵內容，希望吉米趁這個機會說出自己知道的事。他重複了自己聽見的話，盡力回憶當時他們使用的字句。**更何況這件事我都告訴了古得**，艾菲亞當時這麼說，但聽起來一點也不合理，因為古得並不是個名字。

亞瑟輕輕拍了拍自己的額頭，突然明白了。「她說的不是『古得』，她說的是『胡德』，也就是三葉草之家的領袖，湯瑪斯．胡德。」

吉米認真地聽著，點了點頭。「所以，或許有些人仍試著保有這個組織的完整性。」

「不過你有沒有……聽說什麼消息呢？」亞瑟試圖想要吉米開口說出他知道的事。

令他訝異的是，吉米大笑了起來，又咬了一大口麵包，一邊說：「我敢打賭，如果他們真有什麼計畫，我應該是**最後一個**知道的人。好吧，或許除了你之外。」

「只是……自從這學期開始之後，你似乎一直心神不寧。」亞瑟說。「你今天早上為什麼那麼早就出門了？」

現在，黎明的光線正透過窗戶灑了進來。吉拉德准將隨時會開始演奏每天的晨歌。

「我得忙著發明大會的作品。」吉米說，他用靴子在地板上摩擦著。「當我告訴父親自己拒絕加入三葉草時，他不是很高興，你應該能想像吧。其實，那段假期過得相當不愉快，而且他到現在還不打算原諒我。不過，我昨晚想到了一個發明的構想，我覺得是個聰明的點子。如果成功的話，或許能再次得到他的認可了。」

亞瑟終於放下心中的重擔。吉米並沒有與三葉草有任何勾結或合作。他只是對莫里亞蒂先生說出他想聽的話，直到他能找到另一個證明自己的方式。

同時，一股愧疚感湧上心頭，就像是媽媽發現他將泥巴踩進屋裡後，用手輕輕掐他一下的那種感覺。首先，他不信任自己最好的朋友；更糟的是，他從來沒有為吉米設想過一旦拒絕加入三葉草，會引起他的父親什麼樣的反應；最後，他到現在還沒決定自己在發明大會上的參賽作品是什麼，而其他人早就開始行動了。

「你的發明是什麼呢？」他問道。

吉米做了一個要封住嘴巴的手勢，一邊搖搖頭。「在還不確定是否能完成這個東西之前，我不想告訴任何人。」

「無論那個東西是什麼，我相信一定很厲害。如果你的父親看不出來的話，那就是他的問題了。」

吉米對亞瑟露出了感激的微笑，這時，准將的法國號樂聲打破了寧靜的早晨。「我得去圖書館了。」他說。「我們溫室裡見了。」

亞瑟決定要面對的人，還不只是吉米，因此在匆忙吃完早餐後，便朝著查林傑校長的辦公室走去。他下定決心，要將五角星和綠衣騎士之間的關係告訴校長，並希望能從中獲得一些答案。

但是，正當他準備要敲門，把手突然開始轉動，接著門微微開了一條縫。

「阿嘉莎，別這樣氣沖沖地離開。」查林傑的聲音從裡面傳了出來。

門晃動並打開了一些，但沒有完全打開。

「我告訴你，福爾摩斯所發生的事根本不是意外。」福克斯教授反駁道。亞瑟的心跳漏了一拍。「但如果你不認真聽我說的話——」

「不是我不認真聽妳說，」查林傑嘆了一口氣說，「妳總不能要求我相信，那些妳從所謂的鬼魂那裡得知的消息吧。」

「你就和福爾摩斯一樣，固執到什麼都看不見——」

但是，亞瑟並沒有搞清楚，查林傑和福爾摩斯到底看不見什麼。那扇門開始向外打開，亞瑟立即轉身離開，快速躲到轉角。

在那天下午的課堂上，亞瑟仔細觀察著福克斯教授。她要求他們閱讀一些從全國各地寄來的信件，來信的人們請求她幫忙解釋一些超自然現象。

學生們的任務，就是根據信中描述的超自然現象來進行信件分類。福克斯教授自己則安靜地坐在桌前，目光凝視著窗外，彷彿陷入了沉思，和福爾摩斯遭遇襲擊那一天的樣子十分相似。

如果她的目的就是要說服查林傑，讓他相信真的有人想殺害福爾摩斯，那麼，她自己肯定不是幕後主謀。這麼一來，那兩個她引以為傲的學生，湯瑪斯和奧利，是不是也可能並未參與其中呢？

直到課程結束時，福克斯教授幾乎沒有開口說話，而那時全班的注意力早已不在那些信件內容上，大多數的同學都開始低聲聊天，或三三兩兩地竊笑。亞瑟自己倒是很想分享他剛剛讀到的一封求救信——有位女性聲稱她已故丈夫的鬼魂有個不禮貌的習慣，就是選擇在她的晚宴上靜悄悄的時刻放屁——但是，他就坐在格羅佛的旁邊，他肯定不會覺得這件事好笑。

然後，福克斯教授突然開口說：「今天的課程就上到這裡了。」她突如其來的聲音讓幾個學生嚇了一跳。「大家在今晚的新月儀式上見。」

「對不起，教授——什麼儀式？」艾哈邁德問道。

「新月儀式是我們每年一度的傳統。」她用輕柔的語氣解釋道。「我們在新年的第一次新月時慶祝新月的來臨，這是兩個世界交會的一個重要時刻，當中的界線變得特別薄弱，我們能夠在未來還沒來臨之前，與過去進行對話。」

她揮了揮手示意大家離開，然後又將注意力轉回窗外。她看起來——無法用文字形容——就像是被鬼魂糾纏著，而亞瑟心中不禁猜想，或許困擾著她的，不僅僅是一個無法安息的幽靈。

最後，亞瑟還要找一個人談談。這一次，他並沒有像其他人一樣，在福克斯教授的課程結束後前往圖書館，而是偷偷地走向走廊，朝著校刊社辦公室走去。他得搞清楚，塞巴斯汀和三葉草其他成員究竟要說服艾菲亞做些什麼。

他敲了敲門，並推開了門。奧斯卡從那台巨大的排版機器上抬起頭來。亞瑟環顧了四周，發現艾菲亞並不在這裡。

「哦，太好了，」奧斯卡說，「你可以來幫我一下嗎？我在這方面真的不太行。我會告訴你我需要的字母，你只需把它們遞給我。」

他把一盤放滿了金屬字塊的托盤塞到亞瑟手中。亞瑟好奇地看著那台機器，奧斯卡正要將每個字母排列成即將印刷在報紙上的樣子，頁面的中央有一大片空白。

「那裡要放什麼？」他一邊問，一邊將奧斯卡唸到的字母遞給他。

「照片的印刷版。」奧斯卡低聲含糊地說。「這讓我想到了——那天晚上，你有確實把相機放回去吧？給我一個O。」

亞瑟希望這股突如其來的羞愧感，不會直接寫在自己臉上。事實上，他並沒有將相機放回校刊社裡，而是將它帶回自己的房間，打算等有機會時再把他在福爾摩斯辦公室拍攝的照片沖洗出來。

「我……放回去了。」他說。這個謊言在他嘴裡像沙子一樣難以吞嚥。

「你也太遜了吧。」奧斯卡皺著眉頭說。亞瑟確信，這個比他更年長的男孩看得出他在說謊。但奧斯卡只是將亞瑟遞給他的字塊高舉在他的面前。「這是Q，我需要的是O。」

「是的，抱歉。」亞瑟鬆了一口氣，卻仍舊感到羞愧，他在心中暗自發誓，會儘快把相機還回去。

「那麼，我今天有榮幸見到你，是什麼原因呢？」奧斯卡問道。

「我其實是來找艾菲亞的。」亞瑟說。

「那你就得排在我後面了。」奧斯卡開玩笑地說，並用手撥開他那頭捲曲的長髮。

說。

「這是什麼意思？」

「她離開了，要不然我為什麼要獨自對付這台這麼難操作的機器怪物呢？」奧斯卡說。

亞瑟的胸口突然感到一陣緊縮。

「你說她離開了是什麼意思？」

奧斯卡聳了聳肩，說道：「她昨晚收到了一封電報，說家裡有人生病，然後就離開了。如果你真的有把相機放回來，那她肯定又把它帶走了，因為相機現在不在這裡。」

在塞巴斯汀威脅她不久之後，艾菲亞立刻離開這裡，這真是太巧合了，如果你相信巧合的話。

但事實上，亞瑟並不相信這樣的巧合。

13

The Specter in the Circle

圓圈裡的幽靈

「亞瑟！吉米！艾琳！我們幫你們占好位子了！」

當他們從莊園大宅的樓梯走下來時，格羅佛用力揮手打招呼。亞瑟從未見過格羅佛對任何事物比對新月儀式更加興奮。晚餐還沒結束，格羅佛就急忙拉著口袋離開，就為了確保自己能坐在前排。與此同時，亞瑟已經把自己偷聽到關於查林傑和福克斯之間的爭執，以及艾菲亞突然離開的消息，告訴了吉米和艾琳。

「假設，三葉草和綠衣騎士**真的**對福爾摩斯做了些什麼，」艾琳邊走邊思索道，「那他們的動機是什麼？」

「或許是因為福爾摩斯就快查出真相了，」亞瑟回答道，「也可能他**早已**得知真相，而那正是他要告訴我的事。」

「但是，如果他們只針對福爾摩斯的話，艾菲亞就不會覺得自己有必要急忙離開了。你是這麼認為嗎？她一定是被他們開口要求的事嚇到了，才會選擇離開？」

「這似乎是最合乎邏輯的解釋了。」亞瑟說。他看了保持沉默的吉米一眼。「而且，我不小心聽見她和塞巴斯汀之間的對話，是在我發現福爾摩斯被攻擊之前。所以，他當時不可能要求她參與……攻擊教授……因為意外早已發生。」

「那兩個人看起來像是見鬼了一樣。」吉米低聲地說。

他示意了某個方向，朝著那群圍成一圈的學生點了點頭，而湯瑪斯和奧利則穿著白袍，兩人遠遠地站在人群之外，臉色像大理石一樣蒼白冷漠。

「塞巴斯汀最近似乎也一直保持低調，」艾琳若有所思地說。「今天早上我在馬龍教授的課堂上不小心撞到他，他也只是冷冷地瞪了我一眼。」

「這或許是一件好事。」吉米說。「這代表他們現在不會來找我們麻煩了嗎？」

「對。」亞瑟回答，口氣卻不太有信心。老虎身上的斑紋永遠不會改變，而塞巴斯汀是個惡霸也不會改變。如果現在不再挑釁亞瑟和他的朋友們，那塞巴斯汀肯定還在策畫著其他陰謀……

「等你發現真相時，你一定會感到懊悔的。」他曾經警告過亞瑟。

格羅佛發給他們每人一支蠟燭，大家擠在他和口袋旁邊坐下，緊緊依偎著彼此取暖。

「這是不是太美妙了呢？」他陶醉地說。

「冷死了，」吉米回應他，「我們到底在這裡做什麼呀？」

這還不只是冷，簡直是刺骨的寒冷。在冷冽的寒風中，亞瑟甚至聞得到一些冰雪的味道，他的母親總會說，她可以在冬雪落下之前聞到雪的味道。

「我剛才問了那個發蠟燭的靈魂圈女孩，」格羅佛說，「她告訴我，我們會輪流點燃彼此的蠟燭，直到每個人的蠟燭都點亮了為止。接著，福克斯教授會帶領大家進行一個儀式，驅逐所有可能跟隨我們進入新年的不祥之物，並祈求靈魂為我們的未來帶來好運。」

「那靈魂……會給我們回應嗎？」艾琳疑惑地問道。

「如果運氣好的話，」格羅佛說，「最近顯然發生了不少超自然現象。你們知道學校裡有鬼嗎？聽說是一個曾經在這裡去世的學生靈魂。而我敢打賭，這就是今天早上托比一直在嚎叫的原因。你們知道的，動物能看到那些靈魂。」

亞瑟感覺有一陣寒意從背脊竄了上來。他想起當時托比在塔樓門口徘徊的情景，牠害怕進入黑暗之中。他也想到了那本從圖書館書架上掉下來的書。他並沒有告訴朋友們這件事，他認為除了格羅佛之外，其他人會認為這是編造的故事。

「但福克斯教授到底去哪裡了？」口袋問，兩隻腳不停輪流晃動來增溫。

亞瑟環顧四周。整個學校的人都站成了一圈，卻顯得有些焦躁不安。查林傑在圈圈裡來回走動，像一隻被關在籠子裡的獅子，看起來比平常更加煩躁。亞瑟覺得，校長可能不太願意把時間花在主持新月儀式上。

這時，華生醫師站在遠處，與大家保持距離，仰望著那片逐漸被烏雲遮蔽的星空，他的表情卻如同那片烏雲般陰沉。亞瑟確信，華生醫師會給予福爾摩斯最佳的照顧，卻似乎還無法理解福爾摩斯出了什麼問題。亞瑟知道他們兩人是朋友，心中不禁想到，如果是艾琳或吉米處於這種昏迷狀態，在死亡的邊緣徘徊，他會有多麼難受。光是用想的，他就感到心如刀割。

哈德森夫人走了過來，對華生說了幾句話，與往常不同的是，這次後面沒有托比尾隨著。那隻狼還躲在哈德森夫人的房間裡嗎？

就在此時，亞瑟感覺到圓圈裡開始有一些騷動，傳來一些低語聲。突然，有人發出了一聲尖叫。

他轉過頭，看見一個蒼白的幽靈搖搖欲墜地走下莊園大宅的臺階。

那女人的黑色長髮垂落在肩上，雙臂高舉，彷彿手中拿著兩盞看不見的燈籠。她在黑暗中散發著微弱的光芒。

「格羅佛，看來你要的鬼魂出現了。」吉米低聲說。

然而，當那個身影走下臺階，並搖搖晃晃地走向圓圈時，亞瑟這才發現那是福克斯教授。他聽見圓圈裡的人低聲呼喚她的名字。

「要開始了！」格羅佛低聲說。「這一定是儀式的一部分！」

但當福克斯跌跌撞撞地走進圓圈時，亞瑟立刻察覺到情況不太對勁。她的雙眼睜得大大的，眼神中充滿了恐懼，卻又空洞無神。她發出一聲深沉而痛苦的呻吟。當她在圓圈中間停下腳步時，頭猛地抬起，身體左右搖晃。

「阿嘉莎！」查林傑說，走上前去想要扶住她。

但她用力地將手臂從他身邊抽離，像要閃避一隻得了狂犬病的動物，而不是她的老朋友和同事。

「她來了。」福克斯以一種不尋常的聲音喊道，彷彿被困在一場夢境中。「那個女人就在我們之中，我們無法獲得諒解。」

隨後，她就倒下了，身影如一團白色物體跌落在地。

14

Foul Play

惡意攻擊

福克斯教授一倒地，四周立即陷入一片混亂。查林傑跪在她的身邊，而湯瑪斯和奧利幾乎瞬間突破人群，飛奔到她的身邊。有些學生尖叫或哭泣著，還有些人則因為過於震驚而僵在原地，哈德森夫人和史東教授開始對他們下達命令。

「大家全都回房間去！」

「你們聽見史東教授說的話了，別拖拖拉拉的！」

亞瑟則因為突如其來的震撼而心臟劇烈地跳動著，但他的視線仍然緊盯著福克斯教授。

華生醫師衝到她身邊，將奧利推到一邊，那女孩顯然因驚嚇而不斷發抖。

「一年級的學生，回到塔樓裡！」哈德森夫人發出催促聲，並用手勢驅趕亞瑟和他的朋友們。「請大家快點回去，**現在**。」

但亞瑟並不打算立刻回房間。

「走吧。」他低聲對其他人說，點頭示意著莊園樓梯的方向。他們可以輕易地躲藏在樓梯的陰影中，距離近到可以觀察接下來發生的事。

他們五個人悄悄蹲在石造欄杆下，口袋拉著因為驚慌而僵住動不了的格羅佛。

「她不會有事的。」口袋低聲說。「有華生醫師在她身邊。」

查林傑校長驅趕著最後一群學生，華生醫師則在檢查福克斯教授。湯瑪斯不得不強行將奧利推向靈魂圈的住所。

查林傑在福克斯教授前方不斷來回踱步，當他以為所有學生都離開之後——他以為是這樣——便開口問道：「怎麼樣了？到底是怎麼一回事？」

亞瑟費力地聽著華生醫師輕聲的回答，雖然聽不清楚所有內容，但他聽見了一個字——福爾摩斯。

接下來，華生說出口的話，讓查林傑突然停住了腳步。在微弱的燈光下，查林傑的臉色顯得驚慌失措，他勉強地回應道：「你的意思是說，你懷疑這是有人**惡意攻擊**？」

亞瑟的心跳突然加速，胃裡一陣翻騰，他發現自己的推測沒有錯。的確有人試圖殺害福爾摩斯，而現在，福克斯教授也遭遇了同樣的命運。

「史東。」查林傑叫道，他的聲音異常地平靜。「去叫傑拉德准將來，我需要他馬上去聯繫警察。我們之中……有想要致人於死地的罪犯。」

回到塔樓後，亞瑟和其他人想要安慰格羅佛。他們五個人又再次擠進亞瑟和吉米的房間裡，蹲在小火爐前，將手靠近火焰取暖。

格羅佛顫抖的身體，重心不穩地搖晃著，口袋不斷輕聲安慰他，說華生醫師是她認識的醫師中最厲害的一個——比她村落裡的醫生優秀太多了，有位醫生曾試著為她處理一個膿包，結果不小心把她的腳趾弄斷了。吉米凝視著火焰，眉頭緊蹙，偶爾搖搖頭，似乎在試圖甩掉某個念頭。艾琳雙臂環抱著自己，不斷上下摩擦著肩膀，好像怎麼做都無法讓身體暖和起來。

亞瑟從脖子上取下媽媽和姊妹們為他做的圍巾，輕輕地圍在艾琳的脖子上。她對他微微地笑了笑，表示感謝。

「那麼。」亞瑟說，他不確定該從哪裡開始說起。「華生醫師認為，無論在福爾摩斯身上發生了什麼狀況，現在也在福克斯身上重演了。」

艾琳點了點頭。「既然福爾摩斯在昏迷之前畫了這個五角星，是屬於綠衣騎士的象徵符號，看來這一切背後的操控者就是綠衣騎士。」

「但為什麼呢？」吉米問道。「為什麼要對這兩個人下手？而他到底對他們做了什麼？」

「那她剛剛指的那個人是誰？」格羅佛低聲問道，大家不約而同地轉向他。

「什麼？」亞瑟問道。

「福克斯教授在昏倒之前，說了『那個女人就在我們之中，我們無法獲得諒解。』，她說的女人是誰？」

「她覺得有人想要復仇嗎？」艾琳試著推測。

「而且那個人不可能是綠衣騎士，因為是**那個女人**……而不是男人。」口袋補充道。

吉米說得對，福克斯教授顯然是被什麼事——某個女人——給嚇壞了，但絕對不是綠衣騎士。

「是格雷教授嗎？他們該不會聯手合作了吧？」吉米問道。

一提到她以前的導師，口袋臉色立刻變了。

「我覺得不是。」亞瑟說。「在上學期，格雷根本不想和他合作。而且，格雷為什麼要針對福克斯呢？她上學期根本不在學校。」

他們全都盯著劈啪作響的火堆。當亞瑟感覺到腿開始發麻時，便站起身來，走到了窗邊。窗框因寒風抖動而發出聲響，當亞瑟望向窗外時，便看到第一片雪花輕輕飄落。沒過多久，厚重的白雪便填滿了一整片天空。

「暴風雪即將到來了。」他對其他人說。

亞瑟有預感，這一場暴風雪將會特別猛烈。

15

Detective Inspector Smith

史密斯偵查探長

亞瑟度過了一個漫長的夜晚，整晚幾乎無法入眠，聽著外面的風聲越來越大，而火爐裡的火光也漸漸熄滅。某一刻，他似乎在令人哀傷的寒風聲中聽見了了托比的嚎叫，但其實也不太確定。被窩裡的他因寒冷而瑟瑟發抖，腦海裡不斷回放著昨晚的情景。福克斯教授那雙迷茫又充滿驚恐的眼神，似乎不斷在夜裡尋找著他，彷彿要向他求救。

隔天早晨，當亞瑟睜開雙眼時，不得不瞇著眼睛，窗外灑進來的陽光太刺眼了。他並不是被什麼聲音驚醒，而是被周圍那種過於寂靜的氣氛所驚動。難道准將的法國號已經響過了嗎？亞瑟心頭一驚，他和吉米睡過頭了？

然而，當亞瑟轉身一看，發現吉米的床上再度空無一人。

如果准將真的已經吹響了起床號，而亞瑟卻不知為何睡過頭，那吉米也應該會把他叫醒才對。但亞瑟忽然想到，准將在暴風雪來臨前被派去聯繫警察，或許還沒有回來。

亞瑟立即看了窗外一眼，大地被一層厚厚的雪覆蓋住，整個世界彷彿變成了一塊撒滿白色糖粉的巨型甜點。在寒風的吹拂下，白雪堆成了高高的雪丘。這場雪看起來美麗無比，但在這樣的天氣，騎馬外出肯定充滿危險。亞瑟這時正想著准將在穿越森林時可能會遭遇到的各種困難，外面突然傳來一聲巨響，嚇得他差點跳起來。

有人猛烈地敲著房門，整個房間都隨之震動。「大家起床！」亞瑟辨認出那是史東教授的聲音，他聽見史東的腳步聲越來越遠，爬上樓去了。

看來，他不是唯一睡過頭的人。不過，儘管吉米肯定也和亞瑟一樣，並沒有睡得太久，但似乎有什麼原因讓他醒了過來。

前一天晚上，當其他人一個接著一個去睡覺之後，亞瑟和吉米還在火爐旁下棋下了一陣子。兩人都陷入各自的思緒之中，彼此移動著棋盤上的棋子，卻沒有說太多話。偶爾，吉米會深吸一口氣，亞瑟總以為他準備要說話了，卻始終沒聽見他開口。

亞瑟想起了學期開始的第一晚，他親眼看見了福爾摩斯與莫里亞蒂先生之間充滿敵意的棋局。

然而，亞瑟與吉米之間的棋局則截然不同。兩人之間的比賽充滿友好的競爭，目的是幫助他們從這個**特別**混亂的困境中抽離思緒。大部分的時候亞瑟都會輸，儘管吉米有個習慣——每當亞瑟準備下出非常糟糕的棋步時，他就會清清嗓子，用一種戲謔的眼神看著亞瑟，提醒他再重新考慮一下。亞瑟並不介意輸掉棋局，反倒是對朋友在下棋時的清晰思維深感配服。棋局一開始，吉米便已經思考至最後一步，直到亞瑟的國王被將殺，亞瑟常覺得自己如同一步步地陷入了吉米精心設下的陷阱。

亞瑟安慰自己，或許吉米正忙於發明研究。他再次感到些許焦慮，因為自己為發明大會準備的作品仍毫無進展。也許他應該請吉米下次叫醒他，一起去努力做點什麼……

然而，當亞瑟走下樓，發現其他一年級生卻聚集在門口，他開始懷疑自己是不是搞錯了什麼。史東教授正在發放雪鏟，指示大家分散開來，輪流清理通往莊園大宅的道路。一聽見大家低聲抱怨的回應後，他大聲地喊道：「這是在培養你們的品格！」

口袋跨出一步，立刻陷入深至膝蓋的積雪中。沒想到吉米那麼渴望投入他的發明工作，竟然願意一早就冒險走這條路？

雪中已經有一條窄小的路徑，但很有可能是史東教授自己清出來的小路。

「艾琳呢？」亞瑟一邊問，一邊將口袋從雪堆中拉出。

口袋聳了聳肩。「天還沒亮的時候，她就坐在書桌前寫東西了。」她說。「她應該是稍早某個時候就出去了。」

亞瑟皺起眉頭。原來，吉米和艾琳都在天還沒亮就起床了，他們會不會一起待在某個地方呢？

他們排成一排彎曲的單行隊伍，在雪地中艱難地行進。每當有人清理出一段道路，就會走到隊伍的前面繼續清理。口袋和艾哈邁德輪流將雪球扔向空中，其他同學則紛紛躲避，直到蘇菲亞厲聲命令他們住手為止。

當他們走到了莊園大宅的階梯時，所有人的衣服都已經濕透，冷得全身發抖，筋疲力盡。其他高年級學生也同樣全身濕透，從他們各自的住所艱難地往前行，將他們的雪鏟放在樓梯旁邊。亞瑟看到莊園外有三匹馬——其中包括了准將最喜愛的那隻栗色母馬——被牽進了馬廄內。看來准將回來了，而且還帶回了援軍。

當亞瑟一走進大廳，看見哈德森夫人正要關上她會客室的門。他迫切希望能拿到一杯熱茶，但在門關上之前，亞瑟瞥見了准將在火爐旁，身旁有兩位穿著海軍藍制服的警察站在他身邊。其他學生都急著去學院餐廳，沒注意到亞瑟悄悄落後。一場正式的警方調查即將展開，亞瑟打算要親自察探一番。

當學生們一個個陸續離開大廳後，他悄悄地走到哈德森夫人會客室的門口，靠近門縫處偷聽。兩扇門之間有一條相當窄小的縫隙，雖然沒有寬到能讓亞瑟看見裡面的情況，但足夠聽見一些有用的情報了。

「校長很快就會來了，」哈德森夫人說，「他可以回答你們所有的問題。」

「那麼，那位受害者的身體情況有沒有什麼變化呢？」一個陌生而沙啞的聲音傳來，應該是其中一位警察的聲音。

「沒有。」

「身體上有發現任何傷口嗎？四周是否曾發現可能被下毒的食物或飲料？」另一個聲音含糊地說了些話，那應該是第二位警察。

「啊，又或者是注射的痕跡。」

「都沒有。」哈德森夫人回答，「我們的醫生沒有發現任何跡象。他們也都和大家一起在學院餐廳吃過飯，兩個人的辦公室裡也沒有任何食物或飲料。」

「那麼，現在看來，我們能做的事也不多。」第一位警察的聲音再次傳來。「畢竟，你們也沒有證據能證明有人犯罪。」

「沒有證據？」准將突然打斷對方的話，語氣中帶著震驚。「你說沒有證據？我們這裡有兩位教授——」

「你發現什麼有趣的事了嗎？」

亞瑟慌張地向後退。他太專心偷聽了，竟然沒有注意到身旁有人靠近。一個深色頭髮、臉色憔悴的男人蹲在他背後，他留著乾淨整齊的灰色鬍鬚。儘管他的臉頰有點陰暗，顯得有些沒精神，但他的眼睛相當銳利且明亮，幾乎帶著一種被逗樂的笑意。

「我不是……我只是在……」亞瑟結結巴巴地說。「你是誰？」

在他還來不及回答時，門突然被推開，亞瑟一不小心往後跌了一跤。傑拉德准將和哈德森夫人怒視著他。

「道爾，你在這裡做什麼？」准將大聲問道。

「我請這位年輕人帶我去看看警察被帶到哪裡去了。」那位身分不明的男人突然插話，亞瑟趕緊爬了起來。

「那你是？」哈德森夫人冷冷地問。

「我是史密斯偵查探長。」那名男子說，脫下右手的手套，並伸出他的手。「來自蘇格蘭場[8]。」

---

8 Scotland Yard，「蘇格蘭場」是指「倫敦警察廳」，與實際的地名「蘇格蘭」無關，得名是因為它位於倫敦的警察總部後門正對著一條名為「大蘇格蘭場」（Great Scotland Yard）的街道，而這扇後門後來也變成了警察廳的公眾入口，漸漸成為了倫敦警方的代名詞。主要負責重大犯罪調查，為國際著名的警察機構。

當他脫下手套時，亞瑟看見他前臂上部分的刺青，是一條帶刺的藤蔓或荊棘。在愛丁堡的家鄉，他曾看過不少水手身上有刺青，卻沒想到一位**偵查探長**的身上也會有。亞瑟突然發現，這位史密斯偵查探長，身上有一些特質讓他想起了家鄉，他說話時也帶著令人熟悉的蘇格蘭口音。

「蘇格蘭……場？」其中一位警察更大聲地問道。「就是**那個**蘇格蘭場嗎？」

亞瑟本來也想問同樣的問題。蘇格蘭場是一個精英警探部隊，專門處理最棘手的案件，也負責追捕最危險惡劣的罪犯。

「我想你們應該知道，蘇格蘭場只有一個。」史密斯答覆，但口氣並不帶有惡意。「應該是你們的警局辦公室依照規定發送電報至我的辦公室，這是處理巴斯克維爾學院相關案件的常規作法，畢竟有許多重要人物的孩子在這裡就讀。」

「但你怎麼這麼快就到這裡了呢？」亞瑟脫口而出問道。儘管蘇格蘭場中有「蘇格蘭」幾個字——而且這位探長有明顯的蘇格蘭口音——實際上卻位於倫敦，根本不可能在這麼短的時間內有辦法從倫敦趕到這裡，尤其是在下大雪的情況下。

「道爾，你快去餐廳吧。」哈德森夫人說。「但沒錯，史密斯探長，你究竟是如何這麼快就趕到這裡的？」

亞瑟仍站在原地不動，史密斯帶著好奇的眼神看著他。

「看來，你對許多事物抱持著懷疑的態度。」他說。「這對你有很大的幫助，孩子。其實呢，我剛結束一個在布萊克本的案件。這是我從一次祕密任務回來後的第一個案件，那次任務派我去智利的聖地牙哥，我在那裡住了好幾年，聽起來很難以置信吧。蘇格蘭場發了電報給我，要求我立即趕來學院。我一整晚都在騎馬趕路呢。」

他指向書房的窗戶，窗外有一匹馬被繫在欄杆上。那匹高大的馬非常引人注目，白色的毛髮即使在雪地中也顯得相當耀眼。馬鞍已經濕透，亞瑟這時才發現，史密斯探長顯然也和他一樣不停顫抖著。

「哦，真的很抱歉，探長。」哈德森夫人說。「請進來坐在火爐旁取暖，我來幫你泡點茶，等校長過來吧。」

「謝謝妳。」史密斯說，臉上帶著有點疲憊的微笑。「但真的不必麻煩了，我想要直接切入正題。有人可以帶我去犯罪現場嗎？」

「我可以。」亞瑟說。畢竟，這可是一位真正的蘇格蘭場警探，而且還是同鄉呢！他擔心自己給對方留下糟糕的第一印象，於是急著想要彌補，並且也想親眼看看這位探長如何辦案。

「你只能去餐廳，道爾，其他地方都不能去。」哈德森夫人不高興地說。

「『犯罪現場』是什麼意思？」其中一位警察問道，他的紅鬍子因為不滿而微微顫動著。「就我看來，這裡並沒有發生任何犯罪行為。不過，等我回家之後，我妻子若見到我一整晚在外頭的大雪中受寒，就有可能出意外了。她肯定會因為我讓她擔心而扭斷我的脖子。但就我所見，這裡不過是有兩位教授生病而已。」

「你說得或許沒錯。」史密斯探長說，「但無論如何，我還是得要進行調查。如果你想在天氣惡化前回到警局，我也能獨自應付這件事。更何況，我們可不能讓你的妻子因為扭斷你的脖子而被處以絞刑。」

那位警察透過窗戶看了看外面的天色，灰暗的紫色雲層逐漸籠罩了整片天空。他看了他的搭檔一眼，對方只是無所謂地聳了聳肩。

「如果發現任何重要的線索，麻煩通知我們。」警察說。

「當然。」史密斯點了點頭。

「那我們就喝杯茶再離開吧，」那位警察對哈德森夫人說。「順便再來點培根和炒蛋，請你們動作快一點。」

這下子，輪到哈德森夫人露出不悅的表情了。

在她還沒回覆之前，史密斯探長突然猛烈地咳嗽了幾聲，胸口發出沉重的聲音。等他平復過來後，臉頰紅了，顯得有些尷尬。

「你確定不要我幫你泡一杯茶嗎？」哈德森夫人問道。「有需要的話，我們這裡也有一位醫師。」

「你人真是太好了。」史密斯急忙地說。「不過，我只是因為長途跋涉才感到有些疲憊。等我先探察四處的情況後，很樂意再喝杯茶。」

「如你所願。」哈德森夫人客氣地回應。

「探長，等您有空的時候，可否和您談一談呢？」亞瑟說，盡力讓自己聽起來像是史密斯會認真看待的人。

「你是一位偵探新手？」史密斯問道，對亞瑟投以讚許的眼神，讓他心中湧起一股驕傲。

「道爾，你還在這裡做什麼？」哈德森夫人大聲叫道。

「關於那杯茶……」那位警察接著說。

「既然你這麼想要幫忙，」哈德森夫人對亞瑟瞪了一眼，「就去幫這些警察先生準備茶和早餐吧。」

「但是——」

「馬上去學院餐廳，道爾。」吉拉德准將大聲喊道。「這是命令！」

亞瑟不太情願地轉身離開，目光不經意地與史密斯探長的視線相交。探長帶著一絲微笑，輕輕掀了一下帽子致意，亞瑟也點點頭示意。

他們很快就會再見面的，亞瑟一定會確保這件事。

16

The Spirit Message

來自靈魂的訊息

亞瑟到了餐廳並坐了下來，手裡捧起一杯熱茶，匆匆吃了幾口吐司來暖和自己，學校來了一位史密斯偵查探長的消息已經在餐廳裡傳開來。

艾琳坐在桌子旁，和口袋以及格羅佛在一起，但吉米仍然不見蹤影。

「你剛才就是和那位探長在一起？」艾琳問道。

「應該算是吧。」亞瑟回答，「不過你去哪裡了？吉米又在哪裡？」

艾琳嘆了一口氣。「我幾乎一整晚都沒睡，心裡一直在想著可憐的福克斯教授。最後我放棄了，就拋跑去圖書館，結果吉米已經在那裡了。」

「他又回到那裡了？」口袋說，「他和我們喝了一杯茶，然後就走了，說早餐後再和我們見面。」

亞瑟點點頭，試著拋開心中的焦慮不安。畢竟，多花一些時間待在圖書館裡也沒有什麼不好的。

格羅佛一邊喝著黑咖啡，一邊鬱悶地嘆氣，顯然還在為福克斯教授的事感到難過。

「那位探長看起來很精明嗎？」艾琳問道。

「那他是不是很帥氣？」口袋加了一句。

「我希望他能像杜邦那麼厲害。」格羅佛說。

「你說誰？」亞瑟問道。

「奧古斯特．杜邦。」格羅佛重複道，舉起手中的書，「愛倫坡小說中的那位偵探，杜邦一定可以找出對福克斯教授下手的人。」

「史密斯看起來是個不錯的人。」亞瑟說，「他很認真看待這件案子，不像那些當地的警察，他立刻就要求去查看犯罪現場。」

說到了這裡——

亞瑟曾經親自去調查過第一個犯罪現場了，那第二個犯罪現場呢？福克斯教授從莊園大宅搖搖晃晃走了出來，接著才倒下的，這代表她應該是直接從辦公室裡出來。史密斯偵查探長會從那個地方開始檢查嗎？

許多念頭在亞瑟的腦海中翻湧著，猶如水流經過水車一般。他是否能悄悄回到塔樓，拿走他從《號角報》借來的相機，然後再偷偷跑去福克斯的辦公室，不讓他人發現呢？

托比發出了一聲有氣無力的嚎叫，宣告早餐時光的結束。亞瑟心想，托比顯然還未恢復到最佳的身體狀態。牠平時光亮的銀色毛髮變得黯淡無光，也不像以前一樣高傲地仰頭盯著學生，而是讓鼻子低垂著。

「我要回去房間拿東西。」亞瑟告訴大家。「接著去福克斯的辦公室尋找線索。」

「你剛才不是才說你信任這位探長嗎？」艾琳問道。

「我是說他很認真看待這個案子。」亞瑟回答，「不過，我們知道許多他不知道的事，他也未必知道自己應該要尋找什麼線索。有人願意和我一起去嗎？」

口袋搖了搖頭。「我昨天晚上想到了一些關於發明大會的點子，迫不及待想要去測試了。我今天早上打算申請進冶金實驗室工作。」

艾琳的緊抿著嘴唇，看起來有點猶豫。

「我想我應該待在這裡。」她終於說道。「我想要確保吉米沒事，他今天早上似乎心事重重。」

「他最近經常這樣。」亞瑟輕描淡寫地說，努力掩飾心中的失望。他本以為如果有幫手，偷偷溜進教授辦公室的計畫就會變得更有趣。

「他有嗎？」艾琳迅速地說，高高地挑起了眉毛。

太奇怪了，突然間，艾琳似乎變得更加關心吉米的狀況。

「亞瑟，我跟你一起去。」格羅佛說。「只要能幫福克斯教授的忙，我什麼都願意做。」

「哦……好吧。」亞瑟有些驚訝地回應，他沒想到格羅佛會自願參與這項任務。「那麼，五分鐘後在入口大廳見了。」

格羅佛點了點頭。「我必定信守這個最鄭重的承諾。」

沒有人會輕易違背自己最鄭重的承諾，所以當亞瑟從塔樓回來時，格羅佛就已經在那裡等著了。當他看見亞瑟手中拿著的東西時，眼睛瞪得大大的。

「那是一台相機嗎？我從來沒見過這樣的東西，」他問道，「要拿來做什麼？」

「用來拍攝福克斯教授的辦公室。如果我們遺漏或忘記了什麼事，就可以回來查看這些照片。只不過……你不能告訴別人我手上有這個東西。」

在上樓的一路上，亞瑟都特別小心，避免遇見任何一位教授，但他們並未碰到任何人。到了福克斯的辦公室後，亞瑟輕鬆就轉動了門上的把手，她昨天晚上離開時，狀況不佳的狀態下可能並沒有心思鎖門。他和格羅佛悄悄進了辦公室，然後輕輕地把門關上。

辦公室裡昏暗又悶熱，只有三扇沾滿煤灰的狹小窗戶透入一些光線，空氣中瀰漫著一股亞瑟不太喜歡的泥土味。地板上鋪滿了幾張風格各異的地毯，像波浪般重疊在一起，蓋住了所有地板。辦公室的一端有一組天鵝絨椅子，某些地方早已磨損，椅子之間擺放了一張圓桌，上面滿是大小不一的蠟燭。另一端則有一張精巧的書桌，桌腳細長得像是蜘蛛的長腳。書桌周圍的地毯上，似乎有人拿粉筆畫了個圓圈。亞瑟彎下腰仔細看，發現那不是粉筆畫下的痕跡，而是一排形狀有如細長山脊般的鹽晶。

「你知道這是怎麼一回事嗎？」亞瑟問格羅佛，因為辦公室其他地方看起來很整潔，沒有異狀。他開始架設那一台相機。

「她當時一定很害怕某個人。」格羅佛說，低頭盯著那些鹽晶。「鹽通常是用來保護人們不受侵害，遠離……」

「惡靈嗎？」亞瑟猜測。

格羅佛露出讚賞的表情。「是的，完全正確，還有巫術。一開始，福爾摩斯繪製了象徵邪惡力量的符號，現在又出現了這個。該不會是某個女巫詛咒了福克斯和福爾摩斯吧？」

「也許吧。」亞瑟說，他並不**真的**這麼認為，但既然找不到更有說服力的解釋，就無法否定格羅佛的看法。

他們拉開窗簾，讓更多的光線透進來。亞瑟拍了幾張照片，而格羅佛開始檢查那些書架和邊桌。

當亞瑟確定拍攝完整個空間之後，問道：「有看到什麼不尋常的東西嗎？」

「幾乎每一樣東西都不太尋常，」格羅佛回答，「這真是太奇妙了！」

「是的，但我的意思是，這裡有沒有看起來不合理的東西？」

「哦，沒有，沒有什麼不合理的東西。」

亞瑟檢查了桌面。與福爾摩斯的辦公桌不一樣，這裡保持得乾淨整潔。一個角落裡堆放著一疊已批改過的學生作業、一塊吸墨板、插著乾燥花的花瓶，以及一個銅製沙漏。有個物品放在那些文件下面，亞瑟把它拿了出來，發現是湯瑪斯和奧利送給福克斯的巧克力盒。一想到那些警察曾提到毒藥，亞瑟便打開了盒子，裡面所有的巧克力都完好無損。而且，他根本無法想像會有人要傷害福克斯，而那兩個最忠誠的學生更不可能對她下手。

亞瑟把目光重新轉回那些鹽。如果福克斯真的如此費心在她的桌子四周撒了有保護作用的鹽，那麼她一定會在桌前坐著，這樣才能得到鹽的保護。但是，當時是應該要參與新月儀式的時間，她為什麼還會在這裡工作呢？到底發生了什麼事，讓她如此害怕？

亞瑟走到桌子的後方，在椅子上坐了下來，他試著打開抽屜，卻都被鎖住了。他多希望口袋在這裡，她一定能很快就打開那些抽屜。他凝視著辦公室四周，這裡的一切似乎都擺放得井然有序，除了——

「格羅佛，那是什麼，角落那張椅子下面的東西？」亞瑟說。

亞瑟注意到，椅腳下方露出某個物件投下的一道陰影。格羅佛彎腰撿起那樣東西。那是一支鉛筆，筆芯已經用到剩一小段。

「其他東西都整理得這麼整齊，怎麼會有一支鉛筆掉在那裡？」亞瑟若有所思地說。

「除非……」

除非它是從桌子上滾下來，可能是有人經過時不小心碰到而掉落，甚至，有可能是在爭執時掉落的？但福克斯究竟拿鉛筆來做什麼呢？她的那些字跡都是用墨水寫下的。

他低頭朝桌下看去，心跳猛然加速。左腳邊躺著一本小筆記本，他彎腰撿了起來，快速翻閱了幾頁。每一頁上面都有著用鉛筆畫上的胡亂塗鴉，偶爾會看見一兩個字母，甚至是亞瑟認得的單字，但大部分都是毫無規律的圓圈和鋸齒狀的曲折線條。
「你看得懂這些東西嗎？」他問道，將筆記本遞給格羅佛。
格羅佛倒抽一口氣，眼睛立刻亮了起來。「當然！這就是自動寫作！」
「什麼是自動寫作？」亞瑟茫然地問道。
「就是通靈書寫的另一種說法。」格羅佛解釋道。「我曾經告訴過你，我在放假時一直試著要學習這個，你還記得嗎？」
亞瑟恍然大悟。「所以，這是指福克斯想要請一個靈魂傳遞訊息給她嗎？」
「完全正確。」格羅佛點頭說道，「而且她還做得非常成功。你看，每隔幾頁就會出現一個字詞。你覺得這裡寫的是『橘子果醬』嗎？」
亞瑟努力掩飾心中的失落。他原本以為，如果他們能找到福克斯在打斷儀式前所做的事情，或許能得到重要的線索。
「我不覺得『橘子果醬』是我們要找的東西。」他悶悶不樂地說。
「對。」格羅佛說。「但這個或許就是了。」
他指向筆記本的最後一頁，原本無意義的塗鴉，突然成了一道陰沉、充滿惡意的劃痕，這條劃痕劃過頁面的一半後，才轉變成一段潦草的句子。

「我曾保證過要給妳一記重擊，」亞瑟大聲讀道，「而這一擊現在已經落在妳身上。」

他感到一陣寒意，彷彿被一個不請自來的擁抱環抱著。

「格羅佛，這聽起來像是一種威脅。」他說。「但這個威脅……是來自一個鬼魂嗎？」

「來自靈界的訊息通常不會這麼明確，」格羅佛回答道，「它們代表的意義時常難以解讀。」

「既然我們談到意義了。」這時，從門口傳來一個聲音。「那這些**代表**了什麼意義呢？你們倆在這裡做什麼？」

敞開著的門外站著史密斯偵查探長，他直盯著亞瑟看。他之前在探長眼中看見的輕鬆笑意已經消失，取而代之的是一種不悅，甚至是懷疑。

「我們在查看犯罪現場。」亞瑟說，他認為沒有必要再編造謊言了。

「查看犯罪現場？」史密斯重複地說，嘆了一口氣。「讓我猜猜，你一定是福爾摩斯的學生吧？」

「他是我最喜愛的教授之一。」亞瑟回答，驚訝地挑起了眉毛。「您認識他嗎？」

「在這個國家，沒有一個偵探是我不認識的。不過，福爾摩斯比大多數人都更有才華。我在很多年前曾和他一起共事過，雖然他的調查方法有些……不太尋常，但他都能得到精確無誤的結果。」

「探長，這就是我們來這裡的原因，我們想要知道福爾摩斯發生了什麼事。」亞瑟說。

「還有福克斯教授，」格羅佛補充道，「畢竟我不是很在乎福爾摩斯教授。」

「我能理解你們有多麼擔心。」史密斯說，無視於格羅佛的補充。「不過，維持犯罪現場的完整性是相當重要的事，福爾摩斯一定是第一個告訴你們這件事的人。越多人進入現場，破案的可能性就會越低。線索可能會被抹去，甚至黏在你的靴子底下。」

一想到自己可能讓探長的工作變得更複雜，亞瑟就內疚地皺起了眉頭。他原本只是想要幫忙而已。

「現在呢，請仔細向我說明你們接觸過哪些東西。」史密斯說，目不轉睛地盯著亞瑟。

「我們什麼都沒碰，除了這個。」他說，舉起了筆記本。「還有那支鉛筆。」

「還有窗簾。」格羅佛想了想說。「還有，亞瑟在桌子前坐下了，我記得他試著打開大部分的抽屜。」

「看來，福克斯教授在倒下之前，她做了一些，呃，通靈書寫。」亞瑟急忙插話，試著轉移話題。「而且在最後一頁……」

「是的，我明白了。」史密斯說，他看了頁面上的文字一眼，雙眼微微地瞪大了一些。「這很有意思。你們確定沒有碰其他東西了？」

「沒有了。所以您確信這不是一場意外嗎？您認為是有人故意針對福爾摩斯和福克斯嗎？」

探長盯著亞瑟看了一段時間。「我認為是。」他說。「但如果你們將這些訊息保密，我會非常感激。我只能說這麼多了。現在，我得開始清理這個房間，要繼續進行我的工作了。」

「當然。」亞瑟說。

當他們走向門口時，史密斯問道：「你叫什麼名字？道爾？」

「是的，先生。我叫亞瑟·道爾。」

「孩子，你來自蘇格蘭的哪個地方？」

「愛丁堡，先生。」

史密斯的臉上再度露出一抹溫暖的笑容。「原來是這樣。來自愛丁堡的亞瑟·道爾，你今天早上不是說想要找我談一談嗎？」

在他們談談之前，亞瑟需要先想清楚自己想透露多少事。「我……我想知道當一名偵探是什麼感覺。」他最終選擇這麼說，這樣他就能爭取更多時間來好好思考。「我在想，我或許有興趣成為一名偵探。」

「我很樂意告訴你自己所知道的一切，但今天不行。」史密斯說。「在這段時間裡，我希望你知道，無論任何事都可以來找我。我發誓，我會秉公處理福爾摩斯教授以及福克斯教授的事。並且會盡一切努力讓他們回到學生身邊，恢復像以前的樣子，甚至更好，而我從不違背我的承諾。」

亞瑟感覺到一股解脫的輕鬆感。他不再是獨自一人面對這項任務了，終於有其他人明白，當務之急就是要解決這件事。對亞瑟來說，他並不習慣輕易信任別人。不過，他覺得史密斯偵查探長或許能贏得他的信任。

17

Arthur Adrift

毫無頭緒的亞瑟

當他們將相機放回房間後，亞瑟迫不及待地想和其他人分享他和格羅佛的發現，但來到圖書館時，卻沒有看到口袋、吉米，**或是**艾琳的身影。失望的情緒沉重地壓在亞瑟的胸口上。

在上學期，無論做什麼事，他、吉米和艾琳都會在一起，口袋和格羅佛大部分的時間也會參與其中。他們曾一起合力解開格雷教授那一台永生機器的謎團。在聖誕假期時，亞瑟每天都在數日子，期待與朋友們再次相會。但自從回到學校以後，亞瑟卻覺得一切都變了。他討厭自己無法信任吉米這個最好的朋友，而現在就連艾琳也悄悄地疏遠了他。與此同時，口袋說她會在冶金實驗室，不過亞瑟根本不知道那是什麼地方。當然了，他無法責怪她，也無法責怪大家都全心投入於自己的發明作品，畢竟他們已經領先了好幾步，而亞瑟還是毫無頭緒，不知道自己究竟想發明些什麼。

由於今天的課程都被取消了，圖書館裡空著的桌子不多。亞瑟和格羅佛選了一張小桌子坐下，小得兩個人的膝蓋都碰在一起了。四周書架的間隙中，不時傳來低沉的交談聲，聽起來就像是坐在瀑布旁邊，卻少了美麗的景色。

史密斯偵查探長的出現，似乎讓大家都緊張了起來，就連安德希爾先生也不斷變換姿勢、無法安睡，似乎做了一個令人不安的夢。

亞瑟正想著該從哪裡開始時，突然看見格羅佛拿出了愛倫坡的故事集。「格羅佛，你不擔心自己要在大會上展示什麼作品嗎？」亞瑟問道。

格羅佛搖搖頭。「我已經知道要做什麼了。其實，是因為福克斯教授才讓我想到了這個點子。」

「什麼點子？」

「通靈書寫！如果她必須要填滿一整本筆記本，才能從靈魂那裡得到一句話，那我們其他人還有什麼希望呢？要與亡者溝通一定有更好的方式，而我一定要找到這方法。但首先，我得讀完這個故事。」

一說完，格羅佛就躲在書本後，讓亞瑟陷入自己的思緒中。

我曾保證過要給妳一記重擊，而這一擊現在已經落在妳身上。

福克斯筆記本裡的那一句話不斷在亞瑟的腦海中回響，直到他強迫自己去思考其他事情。例如他的發明。他唯一想得到的是，自己想做一些關於案件調查的發明。但他或許應該多想想自己想加入哪個學習圈。其他人至少還有一些想法，無論是對於未來的學習方向，或是自己想成為什麼樣的人。他心裡納悶著，如果他不屬於任何一個學習圈，那該怎麼辦？如果他的發明作品不夠好，而無法獲得進入任何一個學習圈的資格，又該怎麼辦？

他必須認真看待這件事，開始為家人努力。他來到巴斯克維爾學院的真正目的就是為了家人，但自從回來學校之後，他幾乎沒有再想起他們。

指紋逐漸被用來作為登記及識別罪犯身分的工具。還有其他辨識罪犯的方法嗎？是否有什麼化學技術可以用來區分血型？如果有這樣的發明，應該就能順利進入「鋼鐵圈」。他想起了福爾摩斯教室裡那具滿是刀刺痕跡的人體模型，或許可以研究不同力道對人體造成的影響？如此一來，他就會進入「曙光圈」。如果想進入「閃電圈」，或許可以試著以物理學來重建犯案過程。如果深入研究犯罪心理學的話，就有機會進入「城堡圈」。他嘆了一口氣，用兩根手指揉了揉自己的眉心。究竟該怎麼決定自己未來的方向呢？

「即使在墳墓裡，也並不代表一切都結束了。」格羅佛一邊說著，一邊盯著亞瑟。

「你剛才說什麼？」

「這是愛倫坡故事中的一句話，來自《坑與鐘擺》。」格羅佛解釋道。「你看起來有一些憂鬱，我想用一句振奮人心的話來鼓勵你。」

亞瑟強忍住笑意，只有格羅佛會覺得關於死亡的暗黑引言能夠振奮人心。

「謝謝你，格羅佛。」他說。「不過，我想格雷教授應該不會同意你的看法，綠衣騎士也是。要不然，他們為什麼要費盡心思，追求永生不朽呢？」

格羅佛若有所思地點了點頭。「你認為他還會繼續這麼做嗎？你覺得他是這一切背後的主謀？」

「我認為是。」亞瑟回答。「不過，我還是不明白，為什麼攻擊福爾摩斯和福克斯，有助於他實現永生不朽的目標？格雷的那台機器在上學期時就已經被摧毀了。」

「這真是個難解的謎題。」格羅佛問道。「也許靈魂能幫我們解開謎團，他們能看見我們看不見的東西。今天下午，我就要開始著手研究自己的發明了。」

「哦，謝謝你，格羅佛。」

雖然這不是亞瑟所期望獲得的協助，但他仍然覺得感激不已。

幾分鐘後，亞瑟獨自走向學院餐廳，留下格羅佛在原地繼續閱讀。當他走進走廊時，突然聽見有人倒抽一口氣，回頭一看，發現馬龍教授正捧著一疊書籍，上面疊著一個放滿燒杯的托盤，而托盤看起來快要滑下來了，亞瑟急忙伸手接住。

「哦，謝謝你！」馬龍教授驚呼。「我真是笨手笨腳！我總以為自己能一次處理許多事。」

她的聲音高亢尖銳，亞瑟注意到她的手微微顫抖著，這也難怪托盤會差點掉下來。他心想，連教授們也顯得緊張不安，這也不難理解，畢竟已經有兩位教授遭到襲擊了。

「需要我幫您拿這些東西去哪裡嗎？」亞瑟問道。

「哦，沒關係的。」馬龍教授說。「我只是要把這些書還回去，等一下就可以空出手來了。」

她快速走進了圖書館，把那些書放在安德希爾先生的桌上，然後又迅速地走了出來。在她從亞瑟手中接過托盤前，亞瑟就先聞到了一股濃烈的薄荷氣味。

「這些燒杯裡裝了什麼呢？」亞瑟好奇地問道。

「嗅鹽[9]。」馬龍教授答道。「這是我的獨家配方。我使用植物油——薄荷、薰衣草等，它們對身心都有很好的安撫作用。我打算拿去給華生醫師，希望能幫助福爾摩斯教授和福克斯教授。」

「您真是太貼心了。」亞瑟說。心中雖然懷疑幾滴薄荷油是否能讓教授們康復，但他意識到自己並非唯一一個迫切想要幫助他們的人。

「這是我媽媽教我的。」馬龍教授輕輕笑了笑，回憶讓她臉上浮現了一絲笑意。「我們從小在農場裡長大，她在農場裡種了各種美妙的香草和香料，也經常用混合香料的配方來治癒我們的紅腫及瘀傷。我們的小木屋裡總是充滿了香氣。」

亞瑟也笑了。原來馬龍教授也不是在什麼豪華莊園裡長大的，而是來自一個普通的家庭，就和他一樣。「嗯，希望這些東西幫得上忙。」亞瑟說。「華生醫生有沒有告訴您，福爾摩斯和福克斯的狀況如何呢？」

「據我所知，沒有什麼變化。」她以一種遺憾的口氣回答。「老實說，我覺得華生醫師現在已經無計可施了，但至少他們現在的狀況還算穩定。」

亞瑟點了點頭，向馬龍教授說再見。他不喜歡馬龍教授最後那句話的口氣。萬一福爾

---

9 smelling salts，「嗅鹽」的主要成分是碳酸銨（Ammonium carbonate），具有強烈的刺激性，常用於短時間刺激人體的腎上腺素分泌、心跳加劇、使神經更加敏銳，時常用於戰場、體育賽事中。

摩斯和福克斯的時間真的不多了呢？他努力要拋開這個念頭，但一推開學院餐廳的門時，卻發現自己瞬間沒有了食欲。

只有口袋坐在他們平時在長桌上的位置。當亞瑟走近時，她正在和艾哈邁德聊天。

「艾琳和吉米去哪裡了？」他有些煩躁地問道。關於這個問題，他今天到底還要問幾遍呢？

「我不知道艾琳去哪裡了。」口袋說。「但吉米說他要去見馬龍教授，似乎和他的發明作品有關。」

「但是——」

亞瑟剛剛才見到馬龍教授，她正要離開溫室，吉米根本不可能去和她見面。

「怎麼了嗎？」口袋問道。

「沒什麼。」亞瑟低聲說。「我想到我有東西放在圖書館裡忘了拿。」

亞瑟朝著走廊走去，心想吉米為什麼要說謊，騙大家說要去見馬龍教授呢？

他直接走向溫室，發現門是開著的。他看了一眼，裡面似乎沒有人，卻又立即注意到茂密的杜鵑花叢中，竟有一雙靴子露了出來。

有個人跪在灌木叢後方，躲藏了起來。

亞瑟悄悄地走近，直到他可以隱約看見躲在那裡的人。那個人不是吉米，而是一個女孩，她擁有一頭光亮的黑色頭髮，向後梳理得整齊，露出她那張栗色的臉龐。

是艾琳。

她背對著亞瑟，專注地凝視著手中的金色望遠鏡，對準了玻璃溫室的窗戶。她不僅僅是躲藏，她還正在**進行間諜行動**。

18

Eagle-Eyed Irene

目光敏銳的艾琳

「艾琳！」亞瑟輕聲呼喚。

艾琳嚇了一跳，立刻轉過身來，眼睛睜得大大的。

「妳在做什麼？」他問道。

「趕快蹲下！」她急促地命令，將他拉了下來。「安靜一點。」

亞瑟一時間不知道該說什麼。艾琳從來不曾如此強硬又急切地對他說話。他又看了一眼那個望遠鏡，發現它掛在艾琳脖子上的一條鍊子。「妳的懷錶！」他驚訝地說。「那不只是一個懷錶。艾琳，妳在監視什麼人？」

艾琳皺起了眉頭，咬著嘴唇。「我會解釋的。」她說，「我保證。但不是現在，讓我先處理完這件事。」

亞瑟還沒開口問「這件事」是什麼，艾琳已經把目光對準了望遠鏡。亞瑟瞇起眼睛看向溫室的窗戶，想盡可能看清楚她在看什麼。突然，他看見最近的一個玻璃溫室內有東西閃過，當他仔細一看，發現裡面站著兩個人，他的心一沉。

他看見的第一個人是湯瑪斯．胡德，三葉草之家的領袖。

第二個人是吉米。

「**他們**在做什麼？」他低聲說。

「那就是我想要搞清楚的事，如果你可以安靜——哦，他們現在要出來了。」她急忙把望遠鏡收了起來，將懷錶的錶面蓋回去，讓它看起來又像個普通的懷錶。她轉身，背對窗戶，示意亞瑟也一樣這麼做。當他們聽見腳步聲從玻璃溫室那邊傳來時，艾琳輕輕地將手指放在嘴唇上，示意他保持安靜。

「你明白我們對你要求的事了嗎？」湯瑪斯的聲音傳來。

「我明白。」接著傳來吉米的答覆。「如果我按照你們的要求做——」

「那麼我們就會考慮讓你加入我們。」

「我父親知道了一定會很高興。」

亞瑟的心像石頭一樣，沉入剛落下的白雪之中。根本沒等那兩人關上門離開，他便發出了低沉的嘆氣。看來，莫里亞蒂先生已經得到了他想要的結果，吉米**一直以來**都試圖再次加入三葉草。難怪他最近的行為如此反常，白天或夜晚總是不見人影。

然而，吉米並不是唯一一個對他說謊的人。

「艾琳，」亞瑟低聲說，「我現在就需要知道到底發生了什麼事。」

艾琳凝視著他好一會兒，眼中充滿了未曾說出口的痛苦。「我想，我必須從一開始的事開始說起。」她說。

「妳是指妳父母的事嗎？」亞瑟問道。「間諜？」

艾琳皺了皺眉，然後無奈地嘆了一口氣。

「原來你**真的**發現了。」艾琳說。「我以為上學期已經將你的注意力轉移到錯誤的方向去了。」

「妳確實成功了，大部分的時候。」亞瑟說。

「那你是怎麼發現的？」

「首先，我注意到妳父親的手上有些粗繭。」亞瑟解釋道。「長期握著武器的人才會長那種繭。第二，我注意到你母親的反應異常敏捷，尤其是口袋差點將果凍翻倒的時候。而第三點，妳現在手裡拿著的那個東西，妳聲稱是父親贈送的『懷錶』，但妳用來監視他人。」

「嗯，這麼說來，確實會被你發現。」艾琳說。「在假期時，我曾告訴過我父母，這些事遲早會被你發現的，但他們要我發誓保守祕密。嚴格來說，他們並不是間諜，但他們從事的工作確實很像。其實，他們是偵探。」

「**偵探？**」亞瑟重複道。「就像史密斯偵查探長一樣嗎？」

「有點類似。他們在平克頓偵探社工作，負責執行臥底任務。」

亞瑟驚訝地張大了嘴巴。雖然平克頓偵探社在美國，但他也讀過不少關於他們進行臥底行動的驚險故事。令他驚訝的是，他曾經親眼見過兩名平克頓偵探，卻從未察覺到他們的身分！

「他們也真的是歌劇演唱家，」艾琳繼續說道，「所以平克頓偵探社才會招募他們。他們有完美的身分掩護，能到世界各地執行任務。」

「那他們在忙什麼？」亞瑟問道。「而**妳**又在忙什麼？這一切和吉米有什麼關係？」

「嗯，說到這裡，事情就有一點……複雜了。」艾琳說，伸手摘下亞瑟衣服上的一片葉子。「你知道的，偵探社要求他們留意任何可疑的活動。他們的目標是滲透當地的犯罪網，試圖掌握海外發生的各種情況。一開始，他們並沒有尋找某個特定的人或目標。但無論他們到哪裡，都會聽見有關那名男子的傳聞。他的名字不斷出現在他們的耳邊。」

亞瑟盯著艾琳看，腦海中浮現出一個名字。

「莫里亞蒂。」他喃喃道。

艾琳點了點頭。「就是吉米的父親。上學期，三葉草之家寄給我的那一篇文章，作為他們忠誠度考驗的一部分，你還記得嗎？」

「是一篇關於莫里亞蒂先生的文章。」亞瑟說，一邊回憶著內容。「他……曾被指控犯下某些罪行，卻因為證人失蹤，指控就被撤回了。」

「沒錯。」艾琳說。「你看，他似乎就是大西洋這一側犯罪活動的中心。他就像一隻蜘蛛，盤旋在可怕的蜘蛛網中央，卻沒有人抓得到他。自從你讀過那篇報導之後，他就變得比較安靜了，但還是有一些消息流出來，說他正在策動一個更大的計畫。我父母的工作就是要查清楚他到底在做什麼，並想辦法阻止他。」

亞瑟開始在腦海中拚湊出事情的全貌。「那妳父母把妳送來這裡，是因為……」

「因為我需要到某個學校上學，而這裡是這個範圍內最好的選擇。」艾琳回覆。「不過，這也沒錯，他們知道吉米會在這裡。他們認為，讓我監視他會對他們的工作有幫助。」

「所以，今天早上——」

「我從窗戶看見他離開了塔樓。」艾琳說。「沒錯，我跟蹤他。」

「那麼，這段時間以來，妳都一直在監視他嗎？」亞瑟指責道。「妳根本不是真心想要當他的朋友？」

艾琳的臉色瞬間僵硬，露出一個驚訝的表情。「不，亞瑟，請你不要這麼想！第一次見到吉米時，我確實曾經對他心存疑慮，常常留意他的一舉一動。但隨著對他有更深入的瞭解之後，我就越來越喜歡他了。顯然地，他和他父親處得不好，而且，當關鍵時刻來臨時，他選擇幫助我們來反抗三葉草。因此，在聖誕節的時候，我告訴我的父母，我認為他與那個所謂的家族事業毫無關聯。我告訴他們，我會把他當成普通朋友對待。但是，當我們回到學校後，他的行為卻變得越來越奇怪……」

「所以妳才會一直跟蹤他。」亞瑟補充道。

「是的。現在我們知道，三葉草之家確實還在密謀著什麼，而吉米似乎也參與其中。」

亞瑟用手指輕輕揉了揉額頭。他希望能找到回到過去的辦法，可以將艾琳的話從腦海中抹去，但這樣也無法改變這些事的真實性。

從所有跡象來看，吉米確實背著他們和三葉草聯絡。

正當亞瑟認為情況已經無法再更糟的時候，卻有一個可怕的念頭浮現，讓他情緒更加低落。

「莫里亞蒂是福爾摩斯的敵人之一。」他緩緩說道。「吉米曾親自告訴我這一點。而且，吉米對福爾摩斯也沒有什麼好感。」

「你認為他們和那些攻擊事件有關嗎？」艾琳問道。

「我不知道。」亞瑟說。「我不想要這麼假設。但我們知道吉米現在和三葉草之家來往，而三葉草之家又和綠衣騎士有關聯。另外，福爾摩斯在昏迷之前畫下了綠衣騎士的符號。這些事之間一定有某種關連。」

艾琳點了點頭。「問題是……什麼樣的關連？」

一陣突如其來的風猛烈地拍著窗戶，嚇了他們一跳。他們交換了一個短暫而又不安的微笑，隨後艾琳伸手輕輕覆上他的手。

「對不起，我沒有告訴你這些事。」她說。「但是，我必須優先考慮到我父母，必須確保他們的安全。」

亞瑟現在可以理解了。當初，他之所以會答應來巴斯克維爾學院，也是因為他認為這裡或許能幫助他好好照顧家人，免受貧困帶來的威脅。

「我不會將他們的祕密告訴任何人。」他說。「也不會把你的祕密說出去。不過，我們現在不能向任何人透露吉米的事，至少在我們搞清楚狀況之前都得保密。我需要去找他談談。」

艾琳用力地抓住了他的手臂。「你不能這樣做，亞瑟。」她說。「我們無法確定他的忠誠。如果你告訴他我們所知道的事——或我們**認為**我們知道的事——就會失去從他那裡獲得更多訊息的機會了。而且，他有可能是我們能夠找出福爾摩斯跟福克斯發生了什麼事的關鍵。」

亞瑟想要反駁，但最終沒有說出口。艾琳說得對，至少目前是如此。如果他帶著他們的疑慮去找吉米談，而吉米**真的**涉入其中的話，就一定會提高警覺。反過來說，如果他並未參與其中，得知朋友們這麼不信任他，那他也會感到非常受傷。不管是哪一種情形，亞瑟都有可能會失去這一個朋友。

他眺望窗外的空地，看到一群閃電圈的高年級學生互相丟著雪球。他羨慕他們如此無憂無慮，讓堅實的雪球從他們的手中飛向高空。亞瑟多麼希望自己也能成為那個在雪地中快樂玩耍的人，而不是擔心著即將來臨的暴風雪。

「如果我們能證明他是無辜的，」亞瑟傷感地說，「那麼一切就能恢復正常了。好吧，這裡從來就沒有什麼事情是『正常』的，但妳明白我的意思。」

「是的，但**怎麼**證明？」艾琳再次問道。**怎麼**證明？這才是最重要的問題**！**

亞瑟忘了自己正蹲在一株很古老的杜鵑花叢下，猛然地撞到了其中一根最老、最堅實的枝條而跳了起來。

「好痛**！**」

「什麼事？」艾琳驚訝地問道。

「重點不是**什麼**，」他揉著頭，一邊試圖從叢中掙脫出來，「也不是**誰**，也不是**為什麼**，艾琳，我們一直都問錯問題了，方向完全相反了，難道妳不明白嗎？妳說得對，我們應該從**怎麼**開始。福爾摩斯和福克斯是**怎麼**被攻擊的？如果我們能搞清楚這一點，或許就能找到做這件事的人了。」

艾琳有些不耐煩地揮了揮手，「那我們要怎麼知道怎麼了呢？」她問道。「要是有這麼簡單的話，華生醫師應該早就知道了吧。」她皺起眉頭，「難道，他其實知道，只是選擇保持沉默？」

「我不認為。」亞瑟回答。「警方懷疑是有人下藥，但他們兩個在失去意識之前並沒有進食或喝水。而且，我還聽見哈德森夫人說，華生沒有發現任何注射的痕跡或傷口。但他只有檢查他們的身體。我們有一些他所沒有的線索！」

艾琳盯著他看。「那麼，你打算要告訴我嗎？」

亞瑟露出一個笑容。「不，」他說，「我打算要親自展示給妳看。」

19

A Thousand Words

一張照片勝過千言萬語

亞瑟和艾琳必須等到晚餐時間，才能偷偷地溜進《號角報》的辦公室。他向她補充說明了所有事，包括自己「借來」的相機、在福克斯和福爾摩斯的辦公室裡拍攝照片，以及《號角報》成員將儲藏室改造成暗房的事。如果他們可以搞清楚如何將這些照片沖洗出來的話，亞瑟或許就能從照片中找出一些線索，並解釋兩位教授昏迷不醒的原因。那一句話是怎麼說的呢？一張照片勝過千言萬語，足以說明更多的訊息。希望其中的一張照片能帶來解答。

幸運的是，當他們來到空蕩蕩的辦公室，並成功進入暗房時，牆面上貼著一份詳細的照片沖洗步驟說明。

不幸的是，一共有二十七個步驟，還需要混合像硫酸鈉和碳酸鈉等化學物質。除此之外，還要遵照一些詳細的數據，像是應該要浸泡底片多久，以及如何測量混合溶液的溫度。

因此，他們直到深夜才從暗房出來，疲憊的雙眼視線模糊，鼻子因為化學品的氣味而刺痛不舒服，手指也被凍到麻木。那些照片還掛在暗房裡，需要幾個小時才能完全乾燥，才能進行後續的調查。

當亞瑟打開莊園的門時，他們兩人都不禁嘆了一口氣。過去幾個小時裡，又積了好幾英寸的雪，樓梯上堆滿了一層滑溜溜的冰。

「那一捲底片裡最好有些值得一看的東西。」艾琳低聲含糊地說。他們小心翼翼地開始走下樓梯。儘管他們已經很小心謹慎了，但艾琳在踏上第三階樓梯時，她的腳下仍滑了一下。亞瑟及時地伸手抓住她，她才沒有一屁股重摔在地上。一看見她皺眉的樣子，亞瑟不禁笑了出來，輕輕地笑了一聲。艾琳則翻了個白眼。

「你覺得這樣很好笑嗎？我猜，如果我摔斷了尾骨，你肯定會笑掉大牙吧？」

如果看見艾琳皺著眉頭的是其他人，八成會以為她不高興，但亞瑟太瞭解她了，看出她抿著的嘴唇正忍著笑意。

「幸好我在這裡，才沒讓這場悲劇發生呢。」亞瑟一邊說，一邊和她一起搖搖晃晃地走下樓梯。

「我會在這裡，還不是因為你——唉，算了。」艾琳說道。

「希望底片能在那裡安然無事地等到早上。」亞瑟說。「我們得趕在早餐前去拿走底片，免得奧斯卡或其他校刊社成員進入。」

亞瑟走在艾琳前面，想讓艾琳更安全地下樓梯，但他才走了三步，就有東西狠狠地擊中他的背部。

「到底是什——？」

他一轉過身，就看到艾琳手裡拿著一顆雪球，眼中充滿了挑戰意味。

「我要做任何事之前，得先喝一杯茶，再來一大堆煎蛋和吐司才行，我都已經沒吃到晚餐了。」

隨後，她又將第二顆雪球丟向他，一邊跑一邊笑。

「妳最好跑快一點！」亞瑟小聲喊道，彎下腰用雙手一把抓起雪。「因為妳很快就會體驗到愛丁堡雪球的威力了！」

到達塔樓時，他們達成了休戰協議，各自花了一些時間清理自己頭髮及外套上的雪塊。儘管時間已經很晚，天氣也相當寒冷，但自從回到巴斯克維爾學院後，亞瑟就不曾這麼開心過。他再次找回艾琳這個朋友，而其他的事可以等到明天再說。

當他們打開咯吱作響的塔樓大門時，燭光照亮了兩顆巨大的眼睛，而那對眼睛正盯著他們，亞瑟瞬間僵住。他們真的太累了，竟然忘了托比的存在！

他微微地退縮，等待著那隻狼發出讓他們暴露行蹤的尖銳嚎叫，但托比卻仍然靜靜地躺在他睡覺的墊子上，只是發出一聲可憐的哀鳴，將鼻子深深地藏在自己毛茸茸的尾巴裡。

「這真是太走運了。」艾琳低聲說。

「他最近的舉止好像不太對勁。」亞瑟低聲地說，想起格羅佛提到關於動物感應得到鬼魂的事。

幾分鐘後，當亞瑟悄悄溜進自己的房間時，卻發現吉米還坐在桌前寫字，他不僅感到驚訝，還有一些慌張。吉米放下鉛筆，舉起手臂伸了伸懶腰。「你總算回來了。」他說。

亞瑟露出一個尷尬的笑容。「我很抱歉，老媽。」

吉米笑了笑，指向亞瑟桌上一張揉成一團的餐巾紙。「你沒去吃晚餐，我就偷偷帶了一些剩菜回來給你，但奇波把大部分的起司吃光了。」

「謝謝。」亞瑟接過餐巾，迫不及待要打開那張餐巾紙。「你去看奇波了？」

「我和口袋晚餐後去了，天氣這麼冷，我想確保牠沒事。本來想找你一起去的，卻一直找不到你。不過牠沒事的，一再地用臉部朝下的姿勢跳進雪裡，我覺得牠可能真的很喜歡雪吧。你忙著進行你的發明嗎？」

亞瑟心不在焉地點了點頭，即使此刻，他也不喜歡對吉米撒謊。「看來你也正忙著進行。」

吉米的桌上放了一疊書，亞瑟發現那些書的書背都對著窗戶，讓人看不見書名，他忍不住感到有些擔心。

「我之前確實在進行，但剛寫完一封要寄給家人的信。」吉米說道。

亞瑟的擔憂又再度加深，他完全沒印象吉米在上學期曾寫信回家。

「我想告訴我父親關於我的發明進度。」吉米說，又好像讀懂了亞瑟的心思，接著又開口說：「我覺得……我可能真的有所突破了。」

的確，吉米現在顯得輕鬆許多，不像這學期一直以來總見他悶悶不樂的樣子。他臉上掛著笑容，站了起來走向洗手台。亞瑟心想，如果他知道吉米心裡到底為了什麼事這麼開心，那該有多好。

突然間，一陣猛烈的敲擊聲打破了寂靜的氣氛。

「怎麼回事？」亞瑟問，抬頭看著天花板，有一陣石膏粉塵從高處落下，撒在他肩膀的外套上。

吉米翻了一個白眼。「我想我可不是唯一有所突破的人。」他說，「去探望奇波時，口袋只待了兩分鐘後就走了，她說她有了突破。她已經忙了一整晚，能夠把死人都叫醒了。」

「我猜格羅佛明天就會向我們更新進度。」亞瑟說。

吉米露出輕鬆的笑容，然後準備上床睡覺，口中哼著輕快的旋律，接著吹熄了蠟燭，隨著一片黑暗的帷幕降下，結束了亞瑟煩擾的一天。

「我們的方法好像不太對。」第二天早上，艾琳嘀咕著。

他們肩並肩坐在《號角報》辦公室的小小儲藏室裡，輪流檢視著那些沖洗好的照片。

「妳指的是什麼？」亞瑟說，拿起了放大鏡仔細盯著照片看。有呀，照片裡清楚顯示了福爾摩斯凌亂的書架和不整潔的書桌，所有細節都清晰可見。「我看得很清楚啊！」

「是啊，但看起來有點模糊。」她說。「像是無法對焦一樣。」

「我明白妳的意思了。」他承認。「這也太奇怪了，福克斯辦公室裡的照片就清楚多了。」在福爾摩斯辦公室裡拍攝的照片都帶著一層乳白色的光澤，看起來就像一場夢境中的快照。

亞瑟閉上雙眼，回憶起他發現福爾摩斯癱倒在桌面上的情景，**當時確實**像是一場夢境。他試圖在腦海中重現當天下午的畫面，希望自己的記憶比照片更加清晰。

當時，他一推開門，就看見福爾摩斯坐在那裡。亞瑟跑過去，試著要搖醒他，接著打開窗戶想讓煙霧散去，因為那些煙霧讓他感到頭昏眼花……

「煙霧！」他突然睜開了眼睛。「原來是這樣，所以那些照片才會模糊不清。」

「沒錯！」艾琳低頭湊近看那些照片。「我看到了一絲煙霧，就從他的——他的菸斗冒出來了，亞瑟！你怎麼沒告訴我他在抽菸斗？」

「別那麼大聲！」亞瑟低聲說。「會被別人聽見的。是的，他當時確實在抽菸斗。但這有什麼關係……哦！」

原來如此，他之前怎麼都沒發現呢？

「你說，警方排除了有人下毒的可能，因為受害人身旁沒有食物或飲料。」艾琳說，「但飲食不是毒藥進入體內的唯一方法，也可以透過**吸入**而進入體內。」

「你認為有人在他的菸草裡下毒嗎？」亞瑟問道。「這樣就可以解釋，為何我吸入那些煙霧時會感到那麼不舒服了！但我立刻打開了窗戶，大部分的煙霧都散去了。」

「如果有人在他的菸草裡下了毒，」艾琳說，她的下巴微微顯現出一道小小的凹痕，顯示她非常專注在思考，「那麼，他們一定很清楚福爾摩斯的習慣，而且有機會進出他的辦公室。哦，這一招真是太陰險了。那天的任何時候都可以下毒，而下毒的人根本不必擔心被人看見。」

「這真是一個聰明的計謀。」亞瑟同意地說。他拿起放大鏡放到眼前，仔細檢視另一張拍攝福克斯辦公室的照片。「而且，如此一來，所有的證據最終都會消失不見。但福克斯的部分呢？她的辦公室乾乾淨淨的，沒有食物和飲料，或是煙霧。」

艾琳把放大鏡拿了過來，開始仔細研究那張照片。「你說得對。」她說。「除非她把自己在靈異儀式使用的鹽拿來吃了，但這聽起來不太可能。」

她輕輕哼了一聲，似乎覺得這件事有趣，但她的話語卻在亞瑟的心中勾出了一條看不見的細線，彷彿引導他回想起什麼。

關於鹽以及它的各種用途。

突然思緒一轉……他打了一個響指，腦海中出現了馬龍教授的身影，還有她那一盤差一點從手中滑落的嗅鹽。

「艾琳，會不會有一種特別強效的毒藥，光是碰觸一下就會致命呢？」他問道。

「嗯，我也不是這方面的專家，」艾琳說，「不過，我想應該有。那種毒藥應該可以透過皮膚吸收，而且觸碰時間越長，後果就越嚴重。應該會是一種液體吧？」

「那有可能是一種油嗎？」

「亞瑟，你是不是想到了什麼？」

「馬龍教授告訴我，她最近在製作一些嗅鹽，」他解釋道，「她將薄荷油和薰衣草油混合在鹽中。會不會有人對福克斯的鹽做了同樣的事？只不過，這次加入的不是無害的物質，而是——」

「有毒的東西。」艾琳接著說下去，「就像他們將毒藥加入福爾摩斯的菸草一樣。這方法也許行得通！福克斯必須反覆將手伸入鹽晶中，才能畫出那個圓圈，而毒素可能就這麼透過她的指尖進入體內。」

「而這樣的效果不會像福爾摩斯一樣迅速發作，因為福爾摩斯是吸入的，而她只是觸碰而已。」亞瑟一邊說，一邊努力追上自己飛快的思緒。「因此，她還有時間坐下來進行通靈書寫，直到她被那個警告嚇到了，才趕緊跑出去尋求幫助。可是，當她找到我們時，毒素已經發揮作用了。」

「這也解釋了他們兩人最終都沒有死亡的原因。」艾琳說，她的思緒顯然也快速運轉中。「下手毒害的人很聰明，將毒藥偽裝得很好，但福爾摩斯和福克斯都沒有服下足以致命的劑量。如果他們當場死亡了，我們根本無法得知是毒藥造成的。」

亞瑟興奮地點了點頭。「這一切都說得通了，艾琳。如果可以找到福克斯教授其餘的鹽，我們就能送去化驗，看看裡面有什麼毒藥，或許就有機會找到解藥了！」

「但我們無法自己進行這件事，」她說，「我們根本不知道該從哪裡開始。」

「你說得對。」亞瑟同意。「我們需要協助，幸好援手昨天就來了。我想，現在是去見史密斯偵查探長的時候了。」

正當艾琳還沒來得及回答時，突然有人開了門，奧斯卡就站在門口。他皺著眉頭看著他們，平時溫和良善的樣子完全不見了。

亞瑟吞了吞口水，那一台「借來的」相機正放他面前的桌上，而奧斯卡的目光直接鎖定了那台相機。

「在開派對是嗎？」他問道。「太奇怪了，我的邀請函一定是在郵寄過程中弄丟了。」

20

Hojilla de la Muerte

死亡之葉

在奧斯卡斥責亞瑟偷拿走他的相機之後，他抓著亞瑟和艾琳的衣領，把他們踢出了《號角報》的辦公室。亞瑟明白，應該要為自己背著奧斯卡做這些事而感到愧疚，但還是忍不住心想，這個年長的男孩似乎很享受責罵他們一頓的過程。亞瑟樂觀地想著，也許他已經等很久了，終於找到機會使用這些創意十足的罵人字眼。

他們來到走廊上，發現學生們匆匆忙忙地推擠著，不是趕往圖書館，就是去上他們的下一堂課——去見那些還能清醒教課的教授。

「我們一定錯過了馬龍教授的那堂課了。」亞瑟說。

「既然我們都翹課了，那就乾脆去找史密斯偵查探長吧。」艾琳回答，一邊用手撫平她的外套。「亞瑟，安德希爾先生不會發現的。」

「真不知道他人在哪裡。」亞瑟問道。「我猜——」

他忽然聽見附近傳來一陣咳嗽聲，便住口不說話了。亞瑟在前一天早晨見到史密斯偵查探長時，他也因為在寒冷的漫長黑夜中趕路而咳嗽不止。

「這邊。」他帶著艾琳走向聲音傳來的地方。

在轉角處轉彎後，他就看見福爾摩斯的辦公室的門大開著。史密斯偵查探長一定在裡面進行他的調查工作。

然而，當他們透過門縫偷看時，發現探長坐在福爾摩斯的椅子上，低頭趴在桌上，和亞瑟發現福爾摩斯時的情況一模一樣。艾琳倒抽了一口氣，而亞瑟的胸口湧起一陣恐慌。難道，那個下毒的人也對史密斯偵查探長下手了嗎？

「探長！」他大聲喊著，急忙衝了進去。

那個男人蒼白的臉迅速從桌面上抬起，隨即跳了起來。「發生什麼事了？」他目光迅速地掃視這個空間。「哦，原來是你呀，亞瑟。」

「對不起，我嚇到你了。」亞瑟尷尬地說。「我剛才看到你趴在桌面上，還以為——」

「當然，難怪你會誤會。」警探一邊說，一邊坐回福爾摩斯的椅子，用手搓揉他那整齊的銀白色鬍鬚。他眼眶下掛著深深的黑眼圈。「發現福爾摩斯的人就是你吧？我想，當你看到我趴著，肯定又嚇了一大跳。請坐。」

他指了指桌子另一側擺放的兩張椅子。當亞瑟坐下來後，才發現史密斯偵查探長剛才將頭部趴在一本打開的書本上，書頁上畫有精美繪製的蜘蛛圖樣。

「我只是需要一點時間來恢復到良好的狀態。」警探說。「喘口氣，整理一下思緒。」

「然後，你就想到……蜘蛛了？」亞瑟問道。

「自從來到這裡之後，我見過各式各樣的奇異生物。」史密斯說，抬頭看了看那一本書。「我在想，或許有人將某種蜘蛛或昆蟲帶進學校裡進行研究，而這些外面的生物咬傷了你們的教授，才會發生這些不幸事件。」

「其實，這就是我們來找你的原因。」亞瑟說，心裡突然有一股緊張的感覺。「對了，這位是我的朋友艾琳。」

「我是艾琳．伊格爾。」她伸手過去，跨過桌子要與他握手。

史密斯偵查探長點了點頭，握住她的手。「很高興認識妳，小姐。那麼，你們有什麼事要告訴我嗎？」

「是的。」亞瑟深吸了一口氣。

「我們來這裡的目的就是要告訴你，我們懷疑教授們被下毒了。」艾琳在亞瑟還沒開口之前就說了。

「我一開始也有想到這件事。」警探說。「但是當時並沒有——」

「食物、飲料或注射的痕跡。」亞瑟打斷他。「我們都知道。不過，在我發現福爾摩斯教授之前，他正抽著菸斗，而那味道我聞了之後就感覺有些暈眩。我們認為他的菸草被動了手腳。」

「還有，福克斯教授稍早才使用進行儀式會用到的鹽劃了一個圓圈。」艾琳接著說。

「或許有人將強效的毒藥加入鹽中，這樣就能對她下手了。但是，這些方法也沒有將她置於死地——或是福爾摩斯——因為那種毒藥的效果並不如下毒者預期的那麼強大。」

史密斯偵查探長安穩地坐著，一邊聽他們說，銀白色眉毛之間的皺紋顯得越來越深。

「真是一個巧妙的推論。」他慢慢地說，帶著令人熟悉的蘇格蘭腔調。「這我得承認。」

亞瑟稍稍挺直了身體。

「但這裡有一個問題，」警探繼續道，「在英國，並沒有任何已知的毒藥會導致這些症狀，我已經查過了。」

他從那本昆蟲學的書籍下方抽出另一本書，這本書名為《英國毒性物質與其對人類及家畜影響之百科全書》。

「你剛才說，英國沒有這種毒藥。」艾琳指正道。「那麼，如果這毒藥是從外國來的呢？」

「這也是有可能的。」史密斯若有所思地說。「但我認為有困難。蘇格蘭場一直在密切監視那些從事危險毒物進口的罪犯。在相關的船廠集團裡，我們都有安插線人。如果真的發生這種不尋常的事……我們的人應該會聽到風聲。」

亞瑟的目光不自覺地停留在其中一幅蜘蛛的插畫上，凝視著那細長、彎曲呈鉤狀的腿。看起來，牠好像來自某個遙遠的熱帶雨林。學校裡如果真有這種毒性極高的蜘蛛，就應該將牠關起來，而不是讓牠在校園裡四處走動。

他想到馬龍教授實驗室裡那一道上了鎖的門。他曾經很疑惑，為什麼那些植物需要被保護，後來猜想或許是因為它們特別珍貴。難道那不是為了要保護植物，而是要保護學生不受植物的傷害？

「探長……你曾說過，你認為或許有人從外地帶回來有毒的昆蟲進行研究。」亞瑟心中閃現這個想法，便脫口而出。「但是，會不會有人帶回來的是有毒的植物呢？或許蘇格蘭場根本不會發現，因為這些植物本來就不是用來傷害人類的。」

「我想，這倒是有可能。」史密斯說，又忍住了一陣咳嗽。

「學校裡有一個溫室的門上了鎖。」亞瑟說。「我在想，那會不會是——」

「當然！」艾琳突然叫道。「毒植物園！在我們第一次上課時，洛林教授就曾經提過了！」

史密斯的臉色突然嚴肅了起來，「你剛說的是毒植物園嗎？」

「是的，但就像我說的，那道門上鎖了。」亞瑟繼續說。「沒人可以進出，除了——」

在他的腦海中想起了馬龍教授的樣子，那一天她的臉色因緊張而僵硬不已，書上的盤子當時差一點要從她的手中滑落。

突然間，他明白了三件事。

第一點，正是她的嗅鹽讓他聯想到福克斯教授進行儀式所使用的鹽。

第二點，她是學校裡唯一擁有毒植物園鑰匙的人。

第三點，在巴斯克維爾學院裡，他確信**只有**她能精準地將植物精油混入鹽晶。

但是，她如此友善，又這麼親切謙遜。這樣的人怎麼可能和他的懷疑有關係呢？

「亞瑟？」艾琳問道。「怎麼了嗎？」

「我昨天碰見了馬龍教授。」他慢慢說道。「當時是她在使用溫室，並且正在為福爾摩斯和福克斯製作加入草本精油的嗅鹽。」

「亞瑟，你剛才說什麼？」史密斯突然打斷他，語氣突然變得嚴厲。「她是為**福爾摩斯和福克斯**調製的嗎？」

那一瞬間，他們全都驚訝地看著另外兩人。

「你認為……」艾琳開口。

「這些嗅鹽也被下毒了嗎？」亞瑟把話接了下去，但一說完這些話，他自己都感受到一陣寒意。

史密斯立即大步地朝著門口走去。「如果馬龍教授真的是罪魁禍首的話，」他說道，「那她顯然打定主意要完成她的計畫。我們必須找到她……而且動作要快。」

他迅速穿過走廊，消失在視線中，亞瑟和艾琳匆忙地追上他的腳步。

過了一會兒，在他們衝進溫室後，並沒有看到馬龍教授的身影，只有幾個在裡頭照顧植物的學生。

「妳！」史密斯探長對著一位離他最近的女孩大聲喊道，「馬龍教授在哪裡？」

那女孩正戴著單片眼鏡檢查著葉子，結果女孩嚇得尖叫了一聲，單片眼鏡掉落在地上。

「在——應該在她的實驗室。」女孩小心翼翼地回答，用下巴指著玻璃屋的方向。

「那就是毒植物園的入口。」艾琳輕聲地說。

「希望我們不會來得太遲。」史密斯低聲嘀咕著，接著用力地推開門，快速衝進走廊。

亞瑟感覺胃裡一陣翻騰，他希望自己對馬龍教授的懷疑是錯的。但如果他的懷疑沒錯，希望至少可以在她造成更多傷害之前先找到她。

「就是那一扇門！」艾琳大聲喊道，指著他們右邊數來的第六扇門。

史密斯迅速地衝向那扇門，然後停了下來，而亞瑟和艾琳也在他身後突然停下了腳步。馬龍教授坐在一個工作檯面前，就在幾天前她為他們熬煮藥草茶的那個空間裡，她將一頭紅色頭髮綁了起來，正透過顯微鏡專心地觀察著。

她抬頭一看，臉上那些雀斑似乎瞬間失去了顏色。她驚慌地站起身，朝著實驗室的門走去，同時間，正在轉動把手的史密斯發現門已經鎖住了。

「史密斯探長，」馬龍說，打開門迎接這不尋常的三人組合，「有什麼我幫得上忙的嗎？」

儘管她的手隱藏於黑色的工作手套之中，但她的雙手和她的聲音一樣顫抖不止。

「我們打擾到什麼重要的事了嗎？」史密斯問道，經過她的身邊並直接走向顯微鏡，低頭查看她正在研究的東西。

「不要碰！」她驚聲尖叫著。

「不行嗎？」史密斯說，從顯微鏡下方拉出一個小銀盤，裡面擺放著幾片小葉子。

「為什麼不行呢？」

她用手摀住了嘴巴，眼神急速地掃視著整個空間，接著停留在毒植物園的入口處，那道門是開著的。

「馬龍小姐，女士優先。」史密斯說，對著那道門揮手示意，像是一位引領她進入舞廳中央的紳士。

馬龍教授以緩慢的步伐走向毒植物園。史密斯探長和亞瑟則跟在她身後，小心翼翼地不讓自己的手臂碰觸到任何植物。

「你能帶我去看這個切片來自哪一株植物嗎？」史密斯問，舉起那個小銀盤，輕輕搖晃了一下，而馬龍皺了皺眉。「還是你要讓我自己去找呢？」

她發出了嗚咽聲來回應史密斯。

亞瑟看向另一個方向，她的聲音有如夜裡窗外呼嘯的風聲，令他感到不寒而慄。她來自一個背景和家境都和他相似的家庭，她有可能是他的阿姨，又或許是他的鄰居。她真的有可能企圖謀殺兩個人嗎？但是，她的行為實在太奇怪了——看起來**充滿了罪惡感**。

他的目光移向旁邊的盆栽，植栽上長滿了引人注目的亮綠色葉子及粉紅色漿果，若將它的枝條放在聖誕花環中也不會顯得突兀。他注意到，有人最近才**剛剛**剪掉了其中一根枝條，露出一段嫩綠的莖幹，盆栽周圍散落著一地的泥土。

「探長。」他低聲地說。

史密斯順著亞瑟的目光望去。他舉起銀盤中的葉片，對照著那盆植物。「是的，它們確實是同一種植物。亞瑟，你的眼力真好。」他說道。隨後彎下身來，仔細閱讀那盆植物旁的木製標籤。

「Hojilla de la Muerte。」他讀道。

「這是指小小的死亡之葉。」艾琳翻譯道。她站在亞瑟身後一步的地方，手中捧著一本厚重且破舊的書籍。她看了馬龍教授一眼，然後立即轉開視線。「這本書正好翻到了這一頁。書中提到，這是一種相當罕見但致命的植物，只在高海拔地區生長，例如：喜馬拉雅山脈、安地斯山脈或阿拉斯加山脈。任何方式的接觸都可能使人陷入昏迷狀態，直到……」

她的臉部表情瞬間凝結。

「直到什麼，艾琳？」亞瑟問道。

「直到器官衰竭及死亡。」艾琳輕聲地說。

「求求你，」馬龍教授說，絕望的字眼從心底被一扯而出，「我可以解釋。這一株植物——在我來到這裡之前，我從來沒有見過它。」

「你還是留著跟法官好好解釋吧。」史密斯探長說。「馬龍小姐，我恐怕得逮捕妳了。」

21

Accusations Are Made

控訴之詞

史密斯偵查探長堅定卻不失禮貌地抓住馬龍教授的手臂，帶著她走向門口，而亞瑟和艾琳則目瞪口呆地看著這一切，並跟隨著他們走到走廊，正好遇見了迎面而來的洛林教授。

「啊，馬龍。」他說，「我正好要找妳，我還有些文件需要妳的批改──」

「馬龍小姐有其他事要忙。」史密斯偵查探長打斷對方的話。

洛林的胸口膨脹得像是一隻青蛙一樣，他顯然不習慣有人用如此尖銳的語氣對他說話。「你這是什麼意思？」他問道。

「馬龍小姐被逮捕了。」史密斯回應。「因為她試圖謀殺夏洛克．福爾摩斯和阿嘉莎．福克斯。」

一聽見這句話，洛林的下巴頓時掉了下來，而馬龍似乎陷入了極度震驚的狀態，她激動地搖了搖頭。「我沒有！」

史密斯偵查探長轉向洛林，說道：「現在，如果你能幫忙搜查馬龍小姐的辦公室，看看她是否還有任何可能對學生或教職員造成危害的物品，那對我來說將是很大的幫助。另外，請將毒植物園的門好好鎖上，明白嗎？」

洛林先是看了看史密斯，然後轉向馬龍。

「當……當然。」他結結巴巴地說，臉頰漲得通紅，剛才那股自信氣勢一下子就消失不見了。

史密斯點了點頭，「很好，我們在哈德森夫人的會客室見。」

沒有再多說一句話，史密斯以他的快速步伐立即轉身離開。馬龍教授一邊走一邊對他哀求辯解，但她的聲音如此微弱且顫抖，亞瑟根本聽不清楚她說了什麼。

「我們做到了，亞瑟。」艾琳低聲說，握緊了亞瑟的手，給予他安慰。「我們解開這個謎題了。福爾摩斯一定會為你感到驕傲的。」

亞瑟心想，如果這是真的，那為什麼他沒有感受到任何喜悅之情呢？相反地，他只感到一陣噁心不適。

當哈德森夫人準備去找查林傑校長時，她並不想讓亞瑟和艾琳待在她那間充滿黃玫瑰壁紙的溫馨會客室裡，但在史密斯偵查探長的勸說下，她最終同意了。

「或許其他偵探不好意思承認這一點。」他說，「但他們兩位所做的事情，遠比任何人還多，他們解開了這個案件的謎團。」

因此，處於慌亂狀態的哈德森夫人匆匆地離開了，幾分鐘後帶著校長回來。亞瑟很慶幸她迅速處理了這件事，因為他根本不敢直視馬龍教授的眼睛。

當查林傑走進會客室時，亞瑟忍不住看了一眼。那男人的頭髮比平常更凌亂，不僅油膩，而且沒有好好梳理，眼睛又紅又亮，看起來像是剛從惡夢中驚醒。

「這是怎麼一回事？」他問道，視線來回掃視著每一個人。至少，他的聲音仍然維持著校長的威嚴。

「校長，很高興終於見到你了。」史密斯偵查探長向他點了點頭。

他的語氣中似乎帶著一些指責的意味。亞瑟不禁想，為什麼查林傑會拖這麼久才來見這位探長？他確實是一個大忙人，但史密斯的案件調查，難道不應該是巴斯克維爾學院現在最重要的事嗎？

查林傑發出一聲他應該認為是問候的哼聲，史密斯偵查探長則繼續注視著他。

「校長，請讓我解釋一下。」馬龍教授說。「這一切都是誤會。你知道的，我正在進行一些研究，而我也開始懷疑福爾摩斯和福克斯曾接觸這些死亡之葉。那是我唯一找到能夠解釋他們症狀的東西了。我只是剪下了一些枝條，正尋求更進一步地發現——」

她話都還沒說完，氣喘吁吁的洛林教授突然從門外衝了進來，高高舉著手裡的一個信封。

「我在書桌抽屜裡——找到的——」他喘著氣說。

馬龍教授發出一聲低沉的嘆氣聲。亞瑟原本以為她的臉色已經夠蒼白了，但此刻卻面如死灰。

查林傑拿起了那封已經打開的信封，攤開裡面的信紙。他快速掃視了一下內容，然後瞬間僵住。

「這是一封解雇信。」他語氣平淡地說，目光直視著馬龍。「信中指出，你被指控偷竊前一所學校的財物，並在過程中危及學生們的安全。」

「我想，這就解釋了我那副最好的園藝手套為什麼會失蹤了吧。」洛林喃喃自語地說。「儲藏室裡有一瓶刺蕁麻萃取液也被用光了，我們通常只在需要時將它當作殺蟲劑使用，每次只用一兩滴，因為它非常強效。我完全不明白她為什麼需要大量使用那瓶萃取液。」

「這一切都不是真的！」馬龍大聲喊道。「我沒有偷東西，不管是這裡，或是我以前工作的地方。那是副校長編造的謊言，她認為一個來自下層階級的愛爾蘭女孩不配在她的學校裡教書，她想要解雇我！」

查林傑轉向洛林問道：「你有沒有仔細檢查過她的推薦信？」

洛林看起來更加喘不過氣來。「我需要——助手。」他說。「我真的沒注意到——我實在——太勞累了。」

「謝謝你，教授。」史密斯偵查探長說。「這解開了我最後一個疑問了——就是背後的原因。告訴我吧，馬龍小姐，福爾摩斯是不是發現妳的祕密？他想要揭露妳的祕密，是嗎？還有福克斯，她也知道了這件事，所以妳才決定要除掉他們兩個？」

「關於我的上一份工作，我承認我說了一個謊。」她說，「我那樣做是因為我知道，如果不這麼做，我就再也找不到工作了。我家裡還有依賴我的兄弟姊妹，我必須賺錢養活他們！」

她的目光與亞瑟交會，他沒有移開視線，那一瞬間的對望讓他感到沉重無比。這一刻，他第一次真正相信她可能有謀殺的動機……不是為了保護自己的祕密，而是為了保護她的家人。亞瑟深知，當人們陷入絕境，為了保護自己最愛的人，往往會不擇手段。還有什麼比這個更強大的動機呢？

那股緊張的氣氛並未完全消散，卻被一連串突如其來的噴嚏聲打破了。史密斯偵查探長再也無法忍住，當他舉手遮住嘴巴時，亞瑟注意到他手臂上的刺青，那是一條帶刺的藤蔓，這次一閃而過的還有帶著幾朵墨水繪製的花瓣。

「請保重。」馬龍輕聲說道，打破了沉默的氣氛。

史密斯低頭看了她一眼，臉上的輪廓稍微放鬆柔和了一些。「我也曾經有過心愛的人。」他說。「如果被逼到絕境了，我或許會做出一樣的事，也許陪審團會對妳心生同情。至少目前還沒有沒有人死在妳手上。校長，能否請您立刻派人報警？我會在這裡陪著馬龍小姐，直到他們到來為止。哈德森夫人，能否請您為馬龍小姐準備一些熱茶呢？」

查林傑銳利的眼神在史密斯身上停留了一會兒，然後點了點頭。「我馬上就請傑拉德准將過來。」他低聲說。「我想我應該要謝謝你。」

「不必客氣。」史密斯偵查探長說。他對亞瑟和艾琳點了點頭，而他們此時正悄悄地移向門口，遠離這個令人不安的現場。「其實最應該感謝的，是你自己的學生。」

查林傑朝著亞瑟和艾琳的方向看了一眼，眼神空洞且充滿血絲，然後便轉身離開。或許，他還未完全從自己的惡夢中清醒過來。

亞瑟和艾琳迷迷糊糊地回到了圖書館的一角。離午餐時間還有幾分鐘，他們該怎麼向其他人解釋這一切呢？亞瑟寧願一直躲在這裡，也不想面對。

「你覺得，他們應該不會判她死刑吧？」艾琳說著，然後輕咬著下唇。

亞瑟覺得胃裡有一陣不舒服的抽痛。「如果沒有人因此而死去的話，他們應該不會這麼做。但無論她的下場如何，這一切都和我們有關。史密斯偵查探長都親口說了。」

「不，這一切的根源還是她的所作所為，史密斯遲早都會發現她做的事。如果她能提供解藥的話，那麼——」

那麼，她仍然會在監獄裡度過她的下半輩子。如此一來，她在愛爾蘭的兄弟姊妹該怎麼辦呢？即使福爾摩斯和福克斯康復了，卻有其他人的生活因此被毀了。

「艾琳，但如果她說的是真的呢？如果她真的是無辜的呢？」

艾琳皺了皺眉頭。「那只能希望法官能看到這一點。」她說。「但是……證據確實挺有說服力的。」

「如果馬龍教授所做的一切都只是為了保護她的祕密，仍然無法解釋福爾摩斯畫的那顆五角星的原因，也解釋不了福克斯進行通靈書寫時，在筆記本裡寫下的訊息。」

「那或許只是巧合。」艾琳說。「當時，你正打算要和福爾摩斯討論綠衣騎士的事，也許他畫了那顆五角星是為了讓你看，或者只是隨手畫下的。或許，福克斯有事沒事就會在那本通靈筆記本寫些東西，我的意思是，這並不代表綠衣騎士和這件事沒有關聯，只能說他或許並不是**這件事**的罪魁禍首。」

「這也代表吉米和這些中毒事件無關了。」亞瑟說。「真是讓人鬆了一口氣。」

他轉頭望向窗外，卻驚訝地倒抽了一口氣。

有一張臉正盯著他看。

那是站在他椅子後方的一個模糊身影。他驚慌地轉過身，立刻發現自己正面對著他的室友。

亞瑟從椅子上跳了起來。「吉米！」他大聲驚呼。「你——你站在那裡多久了？」

吉米冷冷地回望著他。「夠久了。」他說，接著頭也不回地離開了。

22

A Confrontation in Kipper's Clearing

在奇波居住地對峙

「哦，不。」艾琳抱怨了一聲。「這下糟糕了。」

「我得追上他。」亞瑟說。

「我也要跟著一起去嗎？」

亞瑟搖了搖頭。這是他得自己去面對的溝通。他早該在他們回到學校的第一個晚上就進行這段對話，當時他無意間聽見了吉米和莫里亞蒂先生的談話。

「別擔心，我不會提到妳父母的事。」亞瑟說。

當他急忙跑下樓梯，來到圖書館一樓，吉米已經不見人影。他決定先去學院餐廳，因為他離那裡很近。但吉米不在那一群匆匆穿過門口的學生之中，也沒有坐在一年級學生的桌子旁。

接著亞瑟打算前去塔樓，他擠過那一大群學生們，回到了入口大廳。哈德森夫人會客室的門還關得緊緊的。史密斯偵查探長和馬龍教授應該還在裡面，等著警察護送她離開。

亞瑟急忙衝出門外，來到明亮且寒冷的戶外，正好看到一個身影迅速消失在遠處的森林中。他知道，那個矮小的身影和圓圓的肩膀肯定是吉米，正朝著奇波住的那塊空地走去。

亞瑟拉緊了大衣，心裡默默想著要是自己也帶上了毛線圍巾就好了，他急忙朝他朋友的方向追去。寒風仍然呼嘯而過，將一堆飛舞的雪花捲起，又輕輕落在另一堆積雪上。當他抵達森林的邊緣時，臉頰已經被冷風吹得刺痛麻木了。至少，吉米在樹林之間開出了一條路，這讓亞瑟追趕的路上變得輕鬆一些。

吉米坐在一棵巨大榆樹最底下的樹幹上，腳尖輕輕地觸碰地面，背對著亞瑟。他發出了一連串低沉的口哨，附近一棵白樺樹隨即發出沙沙的聲響，樹上的雪花靜靜地從樹幹上飄落下來。奇波從樹上的巢穴裡探頭出來，一看到吉米後，便發出一聲尖叫，接著朝著他的方向迅速地飛了下來。

「你在牠心中的地位變得越來越重要了，是吧？」亞瑟說。

他們同時轉頭看向亞瑟。吉米的臉上露出不悅的表情，而奇波一看到亞瑟走近，便激動地拍打著翅膀。亞瑟輕輕拍開樹幹上的雪，坐到吉米旁邊，然而吉米隨即站了起來。奇波趁機跳到亞瑟旁邊，取代了吉米的位置，用牠那像皮革般觸感的頭部輕輕蹭了蹭他的肩膀。

「別走，吉米。」亞瑟說。「聽我解釋。」

「解釋？」吉米的聲音冰冷且刺耳，有如樹幹上垂下來的明亮冰柱。「當然，我很樂意聽聽你究竟要說什麼，來解釋你怎麼會認為我想**偷偷謀殺我們的教授**。」

「我從來沒這麼想過。」亞瑟說，「至少，我從來不覺得你會是那個下毒的人。」此時，不耐煩的奇波想要得到一些關注，便咬了一下亞瑟的手，讓他忍不住嘶了一聲，吉米則發出一聲空洞的笑聲。

「拜託，你可以過來坐下嗎？」亞瑟知道吉米很生氣，但他的心情也不怎麼愉快，而且現在手套還被咬破了一個洞。「我向你保證，我有合理的解釋。」

吉米狠狠地瞪了亞瑟一眼，朝樹幹那邊走了半步，卻沒有再靠近的意思。亞瑟明白，這已經是他能得到最大的讓步了。

「我聽到了你和你父親的對話，」亞瑟說，「就在開學後的第一個晚上，當時你告訴他，你會去解決關於三葉草之家的問題。」

「亞瑟，我不過是說了他想要聽的話！」吉米抗議地說，高高地舉起雙手。「如果當時你直接問我的話，你早就得到答案了。」

「我知道。」亞瑟說，撿起了一根棍子丟給奇波，奇波高興地衝進雪地裡。「我本來打算要問你的，但你後來總是消失不見——」

「我忙著製作我的作品！」

「然後，我和艾琳又聽見了你和湯瑪斯的對話。」亞瑟接著說。「你答應要為他做一些事。」

吉米張開嘴想要抗議，但話語卻卡在喉嚨裡，他轉頭掃視了一下四周的空地。

「你們偷聽的事也太多了，」他最終這麼說，「難道你們兩個一直在監視我？艾琳一直都不信任我，你是知道的，特別是三葉草之家寄給她那一篇關於我父親的報導之後。她一直認為我會變得像他一樣，是吧？光是因為和他有關係，我就直接被入罪了。但是，亞瑟，我原本還以為你很瞭解我的。」

我真的很瞭解你！亞瑟想要這麼回應他，**不想成為像自己父親那樣的人，我真的非常清楚。**

不過，他必須先把自己的感受放在一旁。

「你和湯瑪斯到底討論了什麼？」亞瑟問道。「你為什麼要和他見面？」

奇波把棍子丟回吉米的腳邊，吉米用力扔出了棍子，讓它旋轉飛入了森林裡。

「你知道嗎？不是只有你們能當間諜。」他吐出了這句話。「如果有人能夠進入他們內部探聽消息，就可以有效地掌控三葉草之家的動向，你們有想過這件事嗎？」

「如果你真的在監視他們，為什麼不告訴我們呢？」亞瑟問道。

「因為我還沒贏得他們的信任！」吉米大聲地說。「在我還沒贏得他們的信任之前，他們什麼事都不會告訴我。所以，我才一直和你們保持距離，讓他們相信我是真心想要加入他們。我得按照自己的方式進行，亞瑟，不需要你像平常一樣總要主導這一切。」

這次輪到亞瑟沉默不語了，因為他被戳中了痛處。難道吉米真覺得亞瑟把自己當成了領袖，認為自己比其他人還要高人一等嗎？其實在回到學校那一刻開始，亞瑟心中最大的期望，就是他們五個人能再次團結起來。

但或許，吉米只是因為難過才說出這種話。畢竟，如果他說的全是實話——如果他真的要與三葉草之家對抗，而不是**和**他們合作——那麼，亞瑟就真的犯下一個天大的錯誤。

「好吧，那麼……湯瑪斯叫你做什麼？」亞瑟問，仔細打量著吉米。

吉米在腦中思考了一下該怎麼解釋，才接著說出口。「他想知道你對綠衣騎士的瞭解有多少，還有你是否認為他是攻擊事件的背後主謀。」

亞瑟的身體瞬間僵住了。「那你是怎麼回答他的？」

「當他問起攻擊事件時，我只能假裝成很驚訝的樣子。」吉米說。「我說我會多留意一下，之後再向他回報。」

「那萬一湯瑪斯又來向你索取情報時，你打算怎麼回答？」

吉米瞪了他一眼。「我還沒想好要怎麼回答。」

「他有表示是他們在背後策畫下毒的嗎？」

吉米搖了搖頭。「我只知道，福克斯教授的病情那麼嚴重，似乎讓奧利相當難過。我不認為她和湯瑪斯會下手傷害她。但是……我知道湯瑪斯對某個計畫相當興奮。他說，這個計畫將會讓三葉草之家變得比以往更加強大，也更有影響力。」

亞瑟的內心一沉。塞巴斯汀之前說，等亞瑟發現真相時就會感到懊悔，現在看來那都不是在虛張聲勢。寒風再次猛烈刮起，亞瑟緊緊站穩，努力抵擋它的侵襲。

「聽著，我真的很抱歉。」他說，牙齒因寒冷而顫抖不止。「我應該要立刻找你談談才對，我只是……不確定該信任誰。」

吉米不耐煩地用靴子踢了踢雪地。「好吧，現在你知道了，而我也知道了。」

他轉身朝遠方走去。

「吉米──」

他停下了腳步。「我父親從來不肯相信，我可以完全不依靠他的關係、不依靠三葉草之家，就能自己打拚出一片天。我一直知道這一點，但我從沒想過我的朋友也會這麼想。今天晚上不用等我回來，我有發明的作業要進行，信不信隨便你。」

吉米所說的話比寒風更加刺人。

「對不起，吉米，我真的很抱歉！」

但是，亞瑟的朋友已經消失在森林深處了，他那些道歉的話語也隨著刺骨的寒風消散不見。

23

A Blow to the Back

背後一擊

果然，就如吉米所說，一整晚都沒看見他的人影。亞瑟已經盡量放慢自己睡前的例行公事，但仍不見室友的身影，最終還是吹熄了蠟燭。

他根本無法安穩入睡，像是躺在一堆荊棘中。無論他怎麼翻來覆去，那些白天發生的事都像針一樣不斷地刺痛並折磨著他——馬龍教授聲稱無辜的喊叫、查林傑那雙充滿血絲的雙眼，以及吉米在圖書館裡站在他背後的模樣。

晚餐時，艾琳、口袋和格羅佛已經盡全力安慰他了。這個時候，馬龍教授被逮捕的消息已經在學校裡傳開，幸運的是，似乎沒有人知道是亞瑟和艾琳提供了線索，幫助史密斯偵查探長一路逮到她。他們一邊吃著雞肉派和豌豆，一邊向口袋和格羅佛詳述事件的經過。亞瑟不確定是否要和其他人分享他和艾琳對吉米的懷疑，但是當吉米坐到塞巴斯汀和羅蘭兩人中間，並且完全不看他們一眼時，他就知道自己不得不解釋清楚了。

「你相信他說的嗎？你相信他真的只是要當個間諜嗎？」艾琳問道。

「相信。」亞瑟誠實地回答。在吉米冷靜的外表下，通常不會讓自己的情感流露出來。但在森林裡，他卸下了自己的面具，臉上露出毫無掩飾的痛苦表情。亞瑟認為，吉米無法偽裝出那樣的傷心情緒。

這也代表著，不管其他朋友想要如何說服亞瑟，說他並沒有做錯什麼事，亞瑟也無法相信他們。

那麼，他現在到底還能相信什麼呢？

史密斯偵查探長似乎對這個結論感到相當滿意：馬龍教授是下毒事件的唯一罪魁禍首，並且獨自犯案。但是，他並不知道福爾摩斯畫下五角星的意義，對福克斯通靈筆記本中的胡言亂語也沒有太大興趣，並未深究。然而，艾琳雖然知道亞瑟的懷疑，卻仍然認為史密斯的結論是正確的。

那麼，亞瑟為什麼還是認為自己不只指控了一個無辜的人，而是兩個無辜的人呢？

他再也無法繼續翻來覆去，終於把被子掀開來。雖然無法處理自己對馬龍教授的疑惑，但他至少可以起床，試著去找尋吉米。他只是希望，自己還沒徹底破壞朋友對他的信任。

快要靠近莊園的大門時，亞瑟已經開始顫抖，擔心自己是否能完成撬開門鎖的任務。但他突然停下腳步，呆站在原地，因為已經有人搶先了一步。只見一個身穿斗篷的人蹲在門邊，過了一會兒站起來，輕輕推開其中一扇門。亞瑟第一個想到的人是吉米，但當月光穿透雲層照射下來時，他認出了那個人僵硬的姿勢和歪斜的鼻子。

是塞巴斯汀。

亞瑟等著塞巴斯汀悄悄穿過其中一扇門後，便向前奔去，飛快地跑上樓梯。當門快要關上時，他抓住了門片，進入後便注意到塞巴斯汀進門時所掉落的東西，是一隻皮革手套。奇怪的是，它的長度竟然長及手肘，看起來像是女用手套，但尺寸卻大得足以讓男人使用。

亞瑟沒時間再多想這個奇怪的情況，因為塞巴斯汀已經無聲無息地穿過了大廳。亞瑟悄悄跟著他，發現東翼走廊有一閃而過的燭光，便悄然跟了過去，穿過空蕩蕩的教室和實驗室。然而，當他彎過轉角，朝華生醫師的辦公室和後方樓梯走去時，那道燭光卻消失了。

塞巴斯汀去哪裡了？

過了一會兒，燭光再也沒有出現，而走廊上也沒有任何回聲，亞瑟掏出了自己的蠟燭，將它點亮。

他站在一大片空無一物的牆面下，而這面牆並非一直這樣空著。即使在昏暗的燈光下，亞瑟仍然看得見那幅畫作的輪廓，上學期還掛在這裡。那是一幅相當醜陋的畫，畫中的主角是學校的創始人貝克勳爵。這幅畫曾在掉落時差點砸到亞瑟，後來被送去修復。畫作後方隱藏著一個通往某個密室的入口，更重要的是，還有一條通往地下水晶洞穴的電梯井。

亞瑟眨了眨眼。難道塞巴斯汀早已發現了這個入口，並進去了嗎？不過，即使他知道，去年格雷教授的機器爆炸時所引發的山崩塌陷，應該也早就封死了通往水晶洞穴的唯一通道了吧？

亞瑟的手指急忙摸索著，終於在護牆板中找到了隱藏的旋鈕開關，打開了那一道隱藏的門。隨著門的開啟，一股濕潤泥土的氣味迅速蔓延開來，彌漫在整條走廊上。他彎下身體，探頭往裡面看，但只能看到一片漆黑。如果塞巴斯汀真的進去了，那麼他應該已經深入裡面，進入了通往電梯井的通道。

亞瑟更希望塞巴斯汀是上樓去了，這也是有可能的情況。然而，他到底選擇了哪條路？

他腦海中有一個聲音響起：**你是來找吉米的，這就是你來這裡的原因。**

他回想起自己上一次跟蹤塞巴斯汀時的錯誤選擇，那次讓他未能及時拯救福爾摩斯教授。更何況，吉米早就告訴亞瑟不要插手，也許他說的對，吉米從三葉草那裡獲取情報，總比亞瑟沒計劃地隨意行動來得好。這是一個機會，亞瑟可以向朋友展現自己對他的信任，也可以證明自己並非總是想要插手掌控一切。

於是，亞瑟關上那扇隱藏的門，站起身來，心裡已經做出了決定。吉米曾說過，他想要繼續研究他的發明，這代表他很有可能去了圖書館。除了研究資料，圖書館還有許多隱蔽的角落，如果吉米不回塔樓休息的話，他或許會在那裡找到一個角落，蜷縮在扶手椅上休息。亞瑟自己也曾在圖書館不小心睡著，甚至安穩地睡到了半夜。

亞瑟最後回頭看了一眼那條黑暗的走廊，隨後轉身沿著原路走回去。莊園內一片寂靜，當他走進圖書館，四周並沒有其他人影。他關上身後的門，然後轉身向室內望了一眼。接著小心翼翼地走到那寬廣巨大的中央空間，在星光閃爍的圓頂下慢慢轉了一圈。手中的蠟燭火焰閃爍不定，陰影隨著火光四散開來，但除了他自己微弱的光源，圖書館的其他地方完全籠罩在黑暗之中。

「吉米？」他輕聲呼喚著。

那個名字隨著回聲在他耳邊響起。

當亞瑟認為這就是他能得到的唯一答案時，突然聽到上方傳來一聲輕微的移動聲。

他轉向那個聲音傳來的方向，盡可能將蠟燭舉得高高的，但微弱的燭光根本無法照亮上方的一片黑暗。四周再次陷入寂靜。

亞瑟從最下方的樓層開始尋找他的朋友，他檢查每一個角落和隱蔽處，但是都沒有發現任何人影。或許亞瑟錯了，這個地方並不是吉米會選擇的去處。也或許這裡對吉米來說太過明顯，所以他選擇離開。如果真是如此，那麼吉米一定是故意避開亞瑟。

亞瑟無奈地嘆了一口氣，但他也不想回到房間裡，無所事事地等待天亮。而他剛才看見了那個小角落，想起他在上學期曾在那裡度過一個漫長的夜晚，專心研究那些關於亞瑟王傳說的書籍，尋找關於綠衣騎士的線索，最後卻不小心睡著了。

他一直認為，要理解現在那位自稱綠衣騎士的男人，關鍵就在於著名詩篇作品《高文爵士與綠衣騎士》中的故事。在詩句中，那位騎士在除夕夜來到了亞瑟王的宮廷，提議要進行一個遊戲。他給亞瑟的騎士們一個機會，可以拿著斧頭砍他，但條件是，在一年又零一天後，他會回來以同樣方式還擊。高文爵士接受了這項挑戰，果斷地將騎士的頭給砍下來，但綠衣騎士並沒有死，反倒輕鬆地撿起了自己的頭，消失在森林之中，並承諾會再度現身。

我們還會再見面的……比你想像中更快。

這時，亞瑟的腦海中突然浮現了綠衣騎士曾對他說過的話。那既是一個威脅，也是一個承諾。亞瑟不禁想，無論那位騎士現在要進行什麼計畫，他都會鍥而不舍地朝著實現承諾的方向邁進。

他找到了那本書，翻到故事的結尾，他早已相當熟悉開頭的詩句了。一直以來，他都對騎士避開死劫的那段情節感到著迷。不過，關於綠衣騎士的回歸呢？

他翻到了綠衣騎士與高文爵士在第二次會面的段落，讀到了高文爵士跪下，準備要迎接自己的命運。當綠衣騎士第一次揮下斧頭時，高文爵士畏懼地退縮了，這讓綠衣騎士有些不高興，告訴他要保持冷靜。第二次，高文爵士沒有退縮，但綠衣騎士也沒有動手。最終，在第三次揮下斧頭時，騎士只是輕輕地劃傷了高文爵士。

一直以來，這一切的詭計都是個遊戲，只是為了測試高文爵士的勇氣。**我曾保證過要給你一記重擊，騎士說道，而這一擊現在——**

亞瑟感覺一陣衝擊如閃電般貫穿全身。

「已經落在你身上，」他低聲唸了出來，「我曾保證過要給你一記重擊，而這一擊現在已經落在你身上！」

出現在福克斯教授的筆記本裡的，正是這一句話，就在她昏迷倒下之前。那並不是來自鬼魂隱晦不明的話語，而是故事中那位綠衣騎士曾說過的話！

亞瑟的思緒迅速飛轉，像一匹腳步穩健的馬在崎嶇不平的道路上飛奔。

當福爾摩斯畫出那個五角星時，他也揭示了攻擊他的人和那位騎士之間的直接關聯。但是，沒有任何線索能將福克斯的中毒事件指向那位騎士。因此，亞瑟曾一度認為，或許艾琳的說法有道理，福爾摩斯畫下五角星的時機只是個巧合而已。但是，現在他明白了，這兩個人在自己最後的清醒時刻，都指向了同一位嫌疑人。

然而，馬龍教授正坐在某處一間空蕩蕩的牢房裡，一邊顫抖著，一邊面對著自己悲慘的命運。他突然想到，馬龍教授是否有可能與綠衣騎士勾結，或是——

咯吱……

沉思中的亞瑟回過神來並猛然抬起頭。

咯吱……

「是誰？」他大聲喊道。

他沒有得到回應，於是悄悄地走向聲音傳來的方向。他正朝著三樓的一個角落走去，那裡存放著符號學的書籍。

正當他背脊上的那股緊繃感開始鬆開的時候——

咯吱……

他再度聽見了那個聲音，這次聽起來相當接近。

他快跑了幾步，帶著不安的情緒中轉了一圈，凝視著四周空蕩蕩的陰影處，根本就沒有人。

這時他才想到，這裡正是他之前找到那本簽名簿的地方，裡面有福爾摩斯、福克斯和查林傑教授當年在學校時的簽名。

也許這只是巧合，那本書從書架上掉下時正好落在亞瑟的面前，而他再次被吸引到這個地方。

亞瑟不相信這一切都是巧合。

只走了幾步，他就來到了書架上那本書所在的位置。他高舉起蠟燭，將燭光靠近書背，終於找到了那本簽名簿。難不成，這三個人在學校裡曾一起度過的時光，和其中兩人目前呈現活死人的狀態有關係？或許，這就是查林傑那天早上看起來如此焦慮不安的原因。儘管馬龍教授已經被拘捕帶走了，但他知道這一切還沒有結束，並且擔心自己會成為下一個……

亞瑟用手指輕輕翻著那本簽名簿，找到了有教授們簽名的那一頁。頁面上簽滿了各式各樣的名字，然而亞瑟卻一個也不認識。如果他想要答案，他就必須從查林傑那裡得到線索。

當他合上簽名簿時，突然感到一陣寒氣吹來，他看到蠟燭的火焰伸長並彎曲，就像蛇要發動攻擊一般。

四周明明沒有風的情況下，燭火為什麼會變得微弱呢？

一陣劇烈的顫抖向他襲來，但他確信剛才並沒有如此寒冷。

為了讓燭火不要熄滅，他急忙用手掌圍繞著燭光，但火光仍閃爍了幾下，接著發出一聲輕微的嘶嘶聲就瞬間熄滅了，彷彿有一隻無形的手以指尖掐住了燭芯，讓亞瑟瞬間身陷黑暗之中。

一股本能的恐懼感迅速貫穿他全身。

他突然意識到了一件事。

有人在我背後。

他對這一點如此確定，就像知道自己叫什麼名字一樣。他同時也知道，不管那個人是誰，馬上就要開口說話了。

他讓自己做好準備，靜靜等待著。

然而，一陣寂靜持續地蔓延開來。

接著，空間裡突然發生了變化。他感覺到背部傳來一股強烈且迅速的撞擊。

「啊！」

亞瑟被狠狠地撞飛了出去。他腦中浮現出綠衣騎士站在他背後的樣子，高舉著那一把閃閃發光的斧頭。

下一秒，他的雙手撐住了自己摔在地板上的身軀。他急忙爬了起來，心跳劇烈地加速。**快跑！**他的內心傳來了這個聲音，**跑、跑，快跑呀！**

但他強迫自己停下來。

「不管你是誰，」他開口說話，聲音有些顫抖——他將手伸進口袋裡迅速拿出了火柴盒——「你最好——」

他再次點燃了一根火柴，話停在嘴邊沒說出口。

藍色的微弱火光照亮了四周，亞瑟發現自己獨自一人站在書架間的走道上。他迅速地左右張望，想要尋找那個攻擊他的人，但什麼也沒看到，什麼也沒聽到。

他的視線又一次停留在那本簽名簿上，簽名簿在他被推倒之後便飛了出去，掉落在地，其中有一頁隨之脫落。

亞瑟再次點燃了蠟燭，伸出顫抖的手。他發現掉下來的不是其中的書頁，而是一張模糊的銀版照片，那是一種極為古老的攝影技術，看起來先前一直夾在簽名簿裡。照片上有五張面孔凝視著他，是兩個女孩和三個男孩。他們站得很近，臉上都帶著挑釁的表情。亞瑟把燭火拿得更近一些，目光鎖定在中間的那個男孩身上。

即使是少年時期，查林傑也一樣留著那一頭狂亂的黑色捲髮。從照片上看來，他的下巴有些模糊的陰影，應該是剛長出來的鬍鬚。奇怪的是，他似乎正指著鏡頭。

查林傑旁邊站著一個身材較高的男孩，擁有長長的鼻子和略帶傲慢的表情。儘管福爾摩斯年紀漸長，長相有些變化，但那副表情卻始終如一。他的兩根食指交叉形成了一個字母X。

接著是一位長髮女孩，擁有一雙聰慧靈敏的大眼睛。亞瑟不太確定她是誰，但覺得她和福克斯教授十分相像。照片中，她以雙手擺出了兩個L形。

在這三個人的兩側，分別站著他不認識的一個男孩和一個女孩。女孩身材瘦弱，從手臂的姿勢看來，她似乎隨時準備要逃跑的樣子。她的右手伸出三根手指，形成字母M。男孩則像查林傑一樣強壯結實，臉上帶著或許是因為不自在而顯現的苦笑，或者是輕蔑的表情。他的下巴有一道小疤痕，手中拿著一個類似獎盃的東西——也許是某個賽艇比賽的獎盃。

亞瑟猜測，這些手勢應該是他們之間的一種祕密代碼。或許，他們曾經是某一種組織團體，而在一次獲勝後慶祝並拍照留念。

最讓亞瑟驚訝的是，這張照片讓他想起了自己的那群朋友。這五個人的臉上都有一種意味深長的相似表情，頭部微微歪向一邊，顯得無所畏懼。從他們的站姿看來，彷彿保守著一個祕密，並故意擺出一個會讓人產生好奇心的姿勢，只給攝影師留下少許的線索。

有某個人——或某種未知的力量——有意要讓亞瑟看見這一張照片。他已經有兩次被吸引而來，來到這本藏有照片的簽名簿面前。無論如何，現在發生在巴斯克維爾學院的事，肯定和這張照片的歷史有所關聯，他對此深信不疑。

福爾摩斯、查林傑、福克斯和其他人，當年是否也像亞瑟、吉米、艾琳、口袋和格羅佛一樣，曾在巴斯克維爾學院經歷過某些冒險呢？他們看起來確實像是那種會參與這類冒險的人。

亞瑟不禁想著，**如果其中的某次冒險，從未真正結束過呢？**

24

Aboard the Airship Again

再次登上飛船

那天深夜，當亞瑟回到塔樓，吉米已躺在床上打呼。亞瑟則度過了一夜輾轉反側，終於醒來時，吉米仍然熟睡著。

「吉米？」他用猶豫的聲音叫道。

他的朋友——至少他希望他們仍然是朋友——對他的呼喚完全沒有反應。是因為他還沒醒過來嗎？還是因為他不想說話呢？無論如何，亞瑟決定還是等一陣子再與吉米談話，更何況他早上總是有起床氣。

不對，亞瑟現在最急著要聊聊的人是查林傑校長。他手裡握著那張夾在簽名簿裡的照片，並打算帶著它去找查林傑。或許當校長看到這張照片後，能給亞瑟一些明確的答案。

他悄悄地穿好衣服，然後朝著莊園大廳走去。一群又一群的學生開始陸續進來吃早餐。由於今天是星期六，學生們可以自行決定起床時間，而不像平日那樣由准將的法國號聲將他們喚醒。

亞瑟探頭進入餐廳，四處掃視著，看看查林傑是否坐在任何一張餐桌旁，但他並沒有看到校長的蹤影。正當他準備轉身離開，突然看見有個人向他揮手，他看見了熱情的格羅佛示意他過去坐下。亞瑟雖然不想留下來，卻也不想冒著讓另一個朋友不高興的風險。

「亞瑟，今天是你的幸運日。」格羅佛在亞瑟還沒開口時就急著說道。

「是嗎？」亞瑟低聲含糊地說。「我可不這麼覺得。」

「你將成為第一位看到我發明作品的人！」格羅佛興奮地宣告，並期待地眨了眨眼。

「你的——你的發明作品？你已經完成了嗎？」

亞瑟心裡感到一陣慌亂，就像是狐狸闖入雞舍時，雞群翅膀拍打的混亂場面。大家怎麼可能在短短一星期內就完成作品呢？

格羅佛展開了一卷粗糙的麻布紙，上面畫滿了各種符號：一隻眼睛、一棟房子、一個羅盤，以及許多其他的符號。

「這是……這是什麼？」亞瑟問道。

格羅佛皺了皺眉，神情顯得有些失望。「我不是跟你說過了嗎？我要找到一種更好的方法來與死者溝通。」

「哦，沒錯。」

「通靈書寫需要投入非常多的專注和努力——不僅對執行者，對靈體也一樣。」格羅佛解釋道。「即便如此，最終寫下的那些文字往往難以解讀。但是，如果那些靈體只需要召喚能量來移動這個呢？」

他舉起一個木製的三角形物件，底部有一塊橄欖綠的天鵝絨。

「這是個通靈的三角形乩板。」他解釋道。「負責操作的執行者──或是多位執行者──將它放在通靈板上，向靈體提問，並根據那些符號來解讀答案。」

「那麼，如果你直接用字母不是更簡單嗎？」亞瑟問道。看到格羅佛的發明這麼簡單，他仍交不出任何成果的焦慮稍微減少了一些。

「當然，我也想過這個問題，」格羅佛耐心地說道，「但如果對方是講不同語言的鬼魂呢？他們該怎麼進行溝通？符號是普及通用的。我也試過採用字母，結果每次用三角形乩板時，它拚出來的都是無意義的單字O-U-I-J-A。或者，那有可能是外語，你覺得那會是義大利文嗎？」

亞瑟聳了聳肩，凝視著那個三角形乩板。「格羅佛，你真的相信鬼魂可以把東西移來移去嗎？」他說。

格羅佛大笑了起來。「當然可以呀！」

「鬼魂的力氣可以大到推倒一個人嗎？那如果移動的……是人呢？」

他已無數次回想起圖書館裡的那一瞬間：有人在他背後推了一把，他接著轉身回頭，只見四周空無一人，心中充滿不寒而慄的恐懼。

格羅佛微微皺起了眉頭。「鬼魂嗎？如果祂儲備了極大的能量和一個強烈的動機，那或許可以吧。但你描述的狀況，更像是吵鬧鬼會做的事，祂們不太好惹。」

亞瑟正打算要問什麼是吵鬧鬼，但他又忍住了。他根本不相信這世上有鬼魂，至少他並不**認為**自己相信。在圖書館裡推了他一把的，是誰——又或是什麼東西——都不重要了，關鍵是為什麼，只有查林傑校長可以回答這個問題。他得趕快去見查林傑。

「我很期待可以試試看。」他匆忙地說，對著格羅佛的通靈板點了點頭。「不過，我現在得要去找校長了。」

「哦？」格羅佛問道。「要去做什麼？」

亞瑟環顧四周，確保附近沒有人聽得見，便低聲地說：「我覺得他隱瞞了許多事情，他知道許多我們都不知道的事。」他輕聲說，「他、福克斯，以及福爾摩斯曾是這裡的學生，而且還是朋友。我覺得，他不相信馬龍會毒害他們兩個人。他或許是擔心這些攻擊事件和過去發生的事有關。」

格羅佛拿起杯子，一口氣喝光了飲料。「我陪你一起去。」他說，「老實說，我一個人坐在這裡有點無聊。而且我也想問問校長關於福克斯教授最新的病況。」

亞瑟鬆了一口氣，終於不必再次獨自面對自己的想法了。他等著格羅佛把麻布紙捲起來，兩人接著一同前往查林傑校長的辦公室，但沒走多遠，就被哈德森夫人攔住了。

「不准在學院餐廳外面吃東西，道爾。」她說，一邊指著亞瑟偷偷帶出來的蘋果，接著伸出手來。

「對不起，哈德森夫人。」亞瑟說，並將那顆蘋果放到她的手心。

「你們兩個要去哪裡呢？」她帶著懷疑問道。「為什麼不好好待在餐廳裡吃蘋果呢？」

「我們要去見校長。」格羅佛搶在亞瑟開口前說道。

亞瑟希望自己先開口，畢竟哈德森夫人對他插手調查的事已經相當不滿了，他覺得她應該不會對他要去找查林傑的事感到開心。

果然，她搖了搖頭，「校長現在手頭上有許多事情需要處理，」她說道，「而且他還沒開始進行今天的工作呢。從開學以來，那可憐的傢伙一直背負著沉重的壓力。只有在壓力大到無法承受時，他才會在自己的飛船上休息，這樣可以讓他回憶起年輕時無憂無慮、四處環遊世界的日子。總而言之，現在別去打擾他。你們想見他到底是為了什麼事？或許我可以幫忙。」

妳已經幫了，亞瑟心裡想著。她已經告訴他們該去哪裡找查林傑了。

「仔細想想之後，」亞瑟說，「您說得對，這件事也沒那麼重要。可以把那顆蘋果還給我嗎？」

哈德森夫人一路將他們送回學院餐廳，將那顆蘋果歸還給亞瑟後，便匆忙地回到她的書房。亞瑟和格羅佛等了一會兒，才悄悄地跟著她走了出去。

「查林傑校長有飛船？」格羅佛問，兩人一起走下冷冰冰的門前臺階。

「是的。」亞瑟回答，「這就是我上學期到學校的交通方式，是他來接我的。飛船就停在森林裡的機棚裡。」

他和格羅佛沿著其中一條小徑步履艱難地走著，直到他們不得不離開小徑，走向樹林的邊緣。從那裡開始，有一連串巨大的靴印穿過雪地，指引著他們來到一座幾乎被許多冷杉掩蓋的倉庫式建築。

飛船就停泊在裡面，看起來比亞瑟印象中還要小，巨大的氣球已經拆卸下來並洩了氣。不過，即使在陰暗的倉庫裡，甲板上的木頭仍然閃耀著一種炫麗的光澤。

亞瑟在飛船的側面找尋著繩梯，因為他知道一定會有繩梯掛在船上，卻沒看見它從甲板垂下來。一定是查林傑在昨晚登船後便收起來了，彷彿擔心有人會試圖跟蹤他一樣……

於是格羅佛將亞瑟撐了起來，坐在自己瘦弱的肩膀上，亞瑟一時有些手忙腳亂，而格羅佛也步伐不穩，左右搖晃著。終於，亞瑟抓住了欄杆，自己先上了甲板邊緣的平台，再將格羅佛一起拉了上去。他們笨手笨腳地越過了欄杆、踏上了甲板，亞瑟立即就看見了捲成一圈的繩梯。

他們笨手笨腳地完成了這件事，亞瑟心裡有一種艙門會隨時打開的預感，查林傑會突然出現，然後要求他們好好解釋這件事。但當他們走到甲板的另一頭時，艙門依然緊閉著。

亞瑟猶豫了一下，然後彎下腰敲了敲門。他屏住了呼吸。雖然他知道這不會是一場愉快的相遇，但只要忍受查林傑對他們這種不請自來的行為發一下脾氣，就可以繼續追問自己需要的答案了。他提醒著自己，馬龍教授的清白已完全寄託在他身上。

四周仍是一片寂靜。

「或許他睡得很熟。」格羅佛說。「讓我來吧。」

他站在艙門上，用力地踩了幾下，直到亞瑟把他拉開來，真的沒有必要進一步激怒查林傑。

然而，他們仍然沒有看見查林傑的身影。也許他真的睡得很沉，但亞瑟還記得，當他上次登上飛船時，校長的鼾聲大得像是一頭憤怒的公牛。

也許哈德森夫人搞錯了，查林傑根本不在這裡。但如果真是這樣，為什麼繩梯會收起來了呢？

亞瑟低下頭，拉了一下艙門的鐵製把手，讓他驚訝的是，那道門竟然自己彈開了，下面只是一片漆黑。

「校長？」亞瑟喊道。「你在這裡嗎？」

沒有得到任何回應，亞瑟因此做出了決定。「我要下去看看。」他對格羅佛輕聲地說。「你還是留在這裡吧，以防有人出現。」

他小心沿著那個狹窄的木梯一步步地向下爬。

梯子因為他的體重而發出嘎吱聲，但船艙內仍然寂靜無聲。下方的一片死寂讓亞瑟心中充滿了恐懼。

他小心地向下踏出最後一步，瞇著眼睛以適應空間中的黑暗，眼前的景象漸漸清晰了起來。他第一眼看見的，是掛在兩根柱子之間的一張吊床，接著是書桌和椅子，還有在地板上的——

「校長！」亞瑟大聲呼喊。

查林傑像一團爛泥般倒在亞瑟的腳邊，雙眼緊閉，嘴巴微微張開。亞瑟顫抖著伸出手觸碰他的臉，幸運的是，他的臉還有溫度。

他瞇起了眼睛，仔細觀察這間小小的船艙，注意到三個細節。

首先，書桌上放有一瓶酒，瓶塞的形狀像是某種動物的頭部——亞瑟心想，那應該是一隻老虎。

第二，查林傑身旁的地板上有一只被摔碎的酒杯。

第三，空氣中彌漫著一股濃烈且酸澀的白蘭地酒味。

「格羅佛！」他大聲喊叫。「快去找人幫忙！我覺得校長中毒了！」

他聽見格羅佛在甲板上奔跑的腳步聲，接著是繩梯被拋下船側的聲音。過了一會兒，那種詭異的寂靜再次降臨。亞瑟希望有人能儘快趕到這裡，他不喜歡待在這一片黑暗之中，身旁只有徘徊於生死之間的查林傑，以及那股白蘭地的味道——

亞瑟緊閉著嘴巴。如果正如他所懷疑的那樣，那瓶白蘭地被下毒了，那麼，酒的氣味也可能有毒。亞瑟彎下身，伸手勾住查林傑的腋下，將他拖向另一側的地板。亞瑟無法帶著查林傑一路爬上樓梯，但他至少能讓查林傑靠在梯子旁，讓他呼吸到上方艙口吹下來的新鮮空氣。

然後，他匆忙地爬上了梯子，心情沉重地在甲板上來回走動。查林傑是唯一一個能幫助亞瑟瞭解學校裡發生什麼事的人。現在他也倒下了，就像福爾摩斯和福克斯一樣。

唯一能讓亞瑟感到一絲安慰的念頭是，如果有人在前一晚毒害了查林傑校長，那個人絕對不會是馬龍教授，因為她當時已經被拘留了。現在，即使他無法證明其他真相，但至少可以確信馬龍教授是無辜的。

25

Grover's Visitor

格羅佛的訪客

「馬龍教授並不是無辜的。」

亞瑟瞪大眼睛，看著站在飛船甲板上的史密斯偵查探長。哈德森夫人正低頭默默地用手帕擦去眼淚。

史東教授、傑拉德准將以及其他人也趕來了，已經先把查林傑校長送到華生醫師那裡進行檢查。格羅佛並沒有和他們一起回來。

「但是，如果校長是昨晚被下毒的話，那麼馬龍教授就是無辜的！」亞瑟反駁。「她當時已經被關進監牢裡了。」

史密斯偵查探長原本正在整理他的行李，卻被查林傑中毒的消息打斷，用手梳理了一下自己一頭亂七八糟的灰髮。他看起來憔悴且疲倦，甚至可以說是筋疲力盡。「亞瑟，我並不是要反駁你的看法，」他語氣溫和地說，「但你恰好指出問題的關鍵。你剛說了，**如果**校長是昨晚被下毒。但我想的不是這樣。我認為馬龍教授在福克斯的鹽、福爾摩斯的菸草裡下毒時，同時也在他的白蘭地裡下了毒。只不過，他剛好在昨晚才喝了那瓶白蘭地。」

亞瑟感覺得到自己的肩膀沉了下來。史密斯說得對，沒有任何證據顯示查林傑的白蘭地是馬龍被拘捕之後才被下的毒。

這時他想起了一件事，昨晚還有另一個人外出。「塞巴斯汀．莫蘭！」他大聲說道。「我昨晚在深夜看見他了，那時他甚至還戴著長長的手套。」他突然深吸一口氣，心中閃過了一個念頭。「那副工作手套就是洛林教授不見的那一副，那種接觸毒物時會使用的手套。」

史密斯偵查探長搖了搖頭。「當我們發現了那株植物之後，就立即將它從花園裡移走了，目前已經放在一個隱密且嚴密保管的地方，沒有學生可以接觸到它。」

「道爾，那你當時為什麼不在床上睡覺呢？」哈德森夫人突然回過神來問道。

「我——這件事不重要。」亞瑟含糊地說。

他的那一股自信瞬間被奪走了，取而代之的是對自己的粗心而感到惱怒。他迫切地想要證明馬龍教授是清白無辜的，才會草率地做出了結論。

但是，那一副工作手套該怎麼解釋呢？他心中充滿了疑惑。

他又想起了許多無法合理解釋的事情，就算馬龍有罪，也無法解釋福爾摩斯的五角星、福克斯筆記本中提到了《高文爵士與綠衣騎士》中的詩句，以及那張有福爾摩斯、福克斯、查林傑及另外兩人在學校裡拍的舊照片。

「亞瑟，」史密斯偵查探長低聲地說，一邊伸手拍了拍亞瑟的肩膀，「你還好嗎？還有什麼事情想要告訴我嗎？」

亞瑟張開了嘴巴，卻一句話也說不出來。

他知道，如果要向這位偵查探長解釋任何事，就必須從頭告訴他一切，從那台永生機器的事開始說起。那麼，對於像史密斯這麼理性的人來說，這些事聽起來就會像是瘋子口中的胡言亂語吧？或許，他會決定在回倫敦的路上將亞瑟安置在某個療養院。

「沒有。」亞瑟低聲說道，「我只是覺得馬龍教授不太可能犯下這種罪行。」

「需求是發明之母。」史密斯說，「而絕望正是多數罪行的根源。如果你未來想要當一位偵探的話，就得記住這一點。說真的，你會是很優秀的偵探。」

如果是平常，亞瑟聽見一位來自蘇格蘭場的探長這麼高度讚揚他的表現，一定會感到非常開心。但此刻他開心不起來，因為他突然明白了一件事：如果綠衣騎士是這些攻擊事件的幕後元凶，他就得自己去證明這一點——不能依賴偵查探長的協助。

「那你今天就會離開嗎？」亞瑟問道。

史密斯搖了搖頭。「我會留下來，看看華生醫師對查林傑的診斷結果如何。而且，我也必須找其他教授談談，以確保他們的安全。然後，我會去監獄裡見馬龍小姐，進行最後一次的審訊。」

「你覺得她會有解藥嗎？」亞瑟問道，光是想到福爾摩斯和其他人無助地躺在床上的畫面，他就感到十分驚慌。

「如果她有解藥的話，我就會把它找出來。我曾經答應你，會盡我所能把你的教授救回來的。」

亞瑟試著從偵查探長臉上的笑容中得到一些安慰。

「當這個時刻來臨，我肯定會捨不得離開這個地方。」史密斯說。「這裡真的太特別了，而亞瑟，你也在我調查時提供了許多協助。也許有一天我們會再次相遇。」

他伸出手，和亞瑟握了握手。

「謝謝你，先生。」亞瑟低聲說道。一陣紛亂的思緒湧上他的心頭，他卻只能說出感謝的話。

「我們現在該讓偵查探長繼續工作了。」哈德森夫人打斷他們的對話，一邊用手帕擤著鼻涕。「來吧，道爾，你在這裡的工作已經結束了。」

亞瑟真希望她的話是對的。

亞瑟在當天下午回到學院餐廳，他不曾見過餐廳裡如此安靜，這並不是指沒有人講話，而是每個人都在低聲交談。這些小團體分別聚集在一起，低聲耳語著，不時小心翼翼地環顧四周。甚至就連教授們也都拘謹地成群靠在一起，小聲地交頭接耳。

看來，查林傑受到攻擊的消息已經傳開來了。

亞瑟看到吉米再次和塞巴斯汀及羅蘭坐在一起，心中不禁一陣感傷。他們和其他人一樣，正專心地交談著。當亞瑟走近時，吉米沒有抬頭，他也聽不清楚他們的對話。儘管感到有些疲憊，但他看見了艾琳和口袋，終於鬆了一口氣。他坐到他們旁邊，發現艾琳穿著一件他沒見過的黑色洋裝，看起來像是為了悼念什麼才特別穿上的。

「我們聽說你今天早上很忙。」口袋說道，「格羅佛已經把所有事告訴我們了。」

亞瑟雙手捧著一碗湯，感覺到從指尖傳來的溫暖。他鬆了一口氣，因為不必再向他們一五一十地重述整件事。

「他還提到，你不太相信馬龍是下毒的凶手。」艾琳說。

亞瑟搖了搖頭，一邊從口袋裡拿出了那張銀版照片。

「你們看，」他說，「這張……是我在圖書館翻閱某一本書時掉出來的照片。照片上的人是查林傑、福克斯和福爾摩斯。他們當時一同在學校裡讀書，也是**好朋友**。而這三人都同時遭遇毒手，這不可能只是個巧合。」

口袋和艾琳仔細盯著照片看，亞瑟則大口地喝著熱湯。

「看起來的確很像他們，」艾琳說，「而且，你說得對，這也太巧了吧……」

「但另外那兩個人又是誰？」口袋問道。

「我不知道。」亞瑟承認。「這是我必須查明的其中一件事。」

「真是奇怪，不覺得嗎？」艾琳一邊說，一邊用手指輕輕地描著照片中人物的輪廓。

「三個男孩、兩個女孩，就像我們一樣。」

「如果吉米還願意和我們說話的話。」口袋說。

「他不跟你們兩個說話了嗎？」亞瑟問道。

口袋翻了個白眼。「他怎麼跟我們說話呢？他一直都和塞巴斯汀黏在一起。」

亞瑟還沒來得及回應，就感覺到有一雙手緊緊抓住了他的肩膀。

他嚇得跳了起來，迅速轉過身來。

格羅佛盯著他看。

「成功了！」他興奮地大叫。「快來！快點過來看看！」

「什麼成功了？」亞瑟問道。

「當然是通靈板呀！」格羅佛回答道，「你今天早上說過要試試看的。現在呢，你的好機會來了，我說過今天是你的幸運日！」

亞瑟確實記得自己說過這句話，但他並不是真的這麼想。

「你們也一起來吧！」格羅佛喊道，並對艾琳和口袋揮手示意。「快點吧，趁著靈魂還沒離開這裡之前！」

亞瑟把剩下的湯一口氣喝完。他還有很多事需要進行，像是調查。但問題是，他根本不知道**該從何做起**。如今，想要談話的那些對象都昏迷不醒了。更重要的是，他發現自己需要一些和朋友相處的時間。他必須聽從吉米的建議，暫時放開自己手中那一條緊抓不放的韁繩。而他也欠了格羅佛一個人情，當其他人不在他身邊時，格羅佛是唯一支持他的人。現在該是他支持朋友的時候了。

於是，他和其他人一起站了起來，跟著他們離開了餐廳，當四周那些同學的喧嘩聲漸漸遠去，他感到輕鬆多了，只剩下他們的腳步聲，還有口袋的裙子口袋裡神祕物品發出的叮噹聲。

他們跟著格羅佛上樓，繞過了幾個轉角，走進了一間很久沒有使用的教室，牆上掛滿了蜘蛛網，而格羅佛那張麻布紙被攤開於教室的中央。

「坐下。」他說，指著滿是灰塵的地板。口袋直接坐了下來，什麼抱怨都沒有，但艾琳卻皺了皺鼻子，最終還是跪在口袋旁邊，小心翼翼地捧起黑色洋裝的裙擺。格羅佛把亞瑟拉到他身邊坐下。

「現在，請大家將兩根手指放在這個三角形乩板上。」他說道，一邊指著那個像箭頭的木頭製品。「輕輕地把指尖放在邊緣，然後閉上雙眼。」

亞瑟和艾琳互相交換了一個懷疑的眼神後，便照著他的指示做了。格羅佛深吸了一口氣，當他再次開口時，聲音變得低沉，就像是從胸腔深處傳出的聲音。

「有靈魂……與我們同在嗎？」他問道。

一點反應也沒有。

「靈魂，我們歡迎祢來到我們身邊。」格羅佛說，「祢與我們同在嗎？」

亞瑟暗自希望，格羅佛並不會因為什麼事都沒發生而感到尷尬。

然後，三角形乩板上的箭頭突然快速滑動了。

他的雙眼睛瞬間瞪得大大的。

「格羅佛，移動的人是你嗎？」他問道。

格羅佛堅定地搖頭。「我已經跟你說過，」他說，「這真的成功了。」

他指著通靈板，上頭的三角形乩板正指向一個張開的手掌符號。

「這是一個問候。」格羅佛幾乎因為興奮而顫抖著。「我們有一位訪客來了。」

26

The Two Arthurs

兩個亞瑟

突然間，這個透風的房間裡僅剩的微弱暖意全都消失不見，就像前一天晚上在圖書館裡的情況一樣。亞瑟不禁感到背脊一陣發涼。艾琳眉頭深鎖地看著那個三角形乩板。

「我不覺得這代表了什麼意義。」她說。「即使我們沒有人故意移動它，也許是不自覺地——」

「噓！」格羅佛發出了一聲噓聲。「靈體不喜歡被人打斷！」

艾琳立刻閉緊了嘴唇，亞瑟的目光又再次回到三角形乩板上。

「靈魂？」格羅佛繼續問道，他的語氣低沉且緩慢。「祢與我們同在嗎？祢有想要傳達的訊息嗎？」

當亞瑟盯著它看時，三角形乩板再次動了起來。他仔細觀察每個朋友的指尖，試圖找出是否有人故意用力按壓，才讓那塊木頭材質的三角形乩板移動。

「書。」格羅佛低聲地說，當三角形乩板停在另一個符號上。「那可能代表著知識。靈魂，祢想試著傳達祕密的知識嗎？」

「祂知道我可以在哪裡找到毛毯嗎？」口袋低聲說。「我快要冷死了。」

當格羅佛看起來準備要再次發出警告時，三角形乩板便再次移動了。他們目不轉睛地看著三角形乩板指向一個裡面有些彎曲線條的圓圈。

「那是一顆用來打板球的球嗎？」口袋問道。

「那是地球。」格羅佛說，他緊抿著嘴唇，似乎在思考什麼事。「我不太確定——」

還沒等他把話說完，三角形乩板突然飛快地滑過了整張紙，直接脫離了那塊通靈板。

「亞瑟，這是你做的嗎？」艾琳問道，狠狠地盯著他。

「不是。」亞瑟說。不過，他明白她為什麼會問這個問題，因為三角形乩板就停在差一點要碰到他左邊膝蓋的地方。

「看來格羅佛還有些小問題要調整一下呢。」口袋嘲笑道。

格羅佛皺著眉頭，將三角形乩板放回板子中間，並示意大家再將指尖輕輕放上去。亞瑟還來不及照做之前，三角形乩板又飛快地移動了。三角形乩板先是指向書、地球，接著又朝著亞瑟的方向飛離板面。

「我覺得它沒有壞。」格羅佛說道，好奇地看了亞瑟一眼。「我覺得它要指的就是你。」

和格羅佛一樣，口袋和艾琳也同時注視著亞瑟。

但無法解釋的是，亞瑟突然感覺到背後有個人正在注視著他。

「這個靈魂為什麼要找亞瑟呢？」口袋問道。

「書、地球，還有亞瑟。」格羅佛喃喃自語。「書……地球……亞瑟。」

亞瑟倒抽了一口氣。

「推我的就是祢！」他突然大聲喊道。「就是祢把簽名簿推倒在地上的！」

當格羅佛再次將三角形乩板放回通靈板上時，它竟然一動也不動了。

「亞瑟，你在對誰說話？」艾琳問，臉上露出擔憂的表情。

「是啊，能不能向大家介紹你這位朋友呢？」格羅佛說。

「我知道這聽起來很奇怪。」亞瑟開口解釋。「嗯，對格羅佛來說或許不是。不過，我昨晚在圖書館發生了一些事。那一本我之前和你們提過的簽名簿，裡面就夾著查林傑和其他人的照片。但那並不是我自己發現的。當我第一次發現那本書時，它先從書架上被推了下來。我四處張望，想知道是誰做的，但當時只有我一個人在場。然後到了昨天晚上，我再次打開了那本書，當我正準備要合上時，有人推了我一把。那本書因此飛了出去，而那張照片也從裡面掉了出來。」

「你是不是在跟我們開玩笑呀？」艾琳有點疑惑地問他。

「不是，他沒有在開玩笑。」格羅佛說。「今天早上他才問了我，鬼魂的力氣是否能大到推倒一個人。你會開口詢問的原因就是因為這個，對吧？」

亞瑟點了點頭，嘴巴乾到說不出話來。

「但這太不可思議了！」口袋喊道。「這不可能是巧合。」

「對。」亞瑟嘶啞地說。「這不太可能。」

艾琳看起來仍然一臉懷疑。「但是，為什麼這個鬼魂要費這麼大的力氣，就為了讓你找到那張照片呢？」她問道。「我的意思是，查林傑、福爾摩斯和福克斯曾經是同學這件事很有趣，但你從第一次打開那本簽名簿時就已經知道了啊。」

格羅佛發出清喉嚨的聲音，示意大家注意看三角形乩板。根本沒有人碰觸它，它卻在原地嘎嘎作響，像風中的窗玻璃般顫動著。「我想，你的問題很快就會得到解答了。」

他們小心翼翼地將指尖放回三角形乩板上，保持沉默，看著三角形乩板滑過那張麻布紙，首先停留在一個男人的符號上。短暫停頓後，它又繼續滑動，這次停留在兩個倒立的「V」字符號上。

「那個符號是什麼意思？」口袋問道。

「山。」格羅佛輕聲地說。

最後，三角形乩板移到了左下角的符號。這一次，沒有人需要詢問這個符號代表的意義，那是個骷髏頭和二根骨頭交叉的十字骨圖形，這只代表了一種意義。

死亡。

亞瑟感到胃一陣收縮，他等著三角形乩板繼續移動，但它停在原地不動。看來，靈魂似乎已經把話說完了。

「男人，山，死亡？」亞瑟喃喃自語。「那代表什麼意思呢？」

「這些符號不該用字面上的意義來解釋。」格羅佛說。「它們更像是一首詩。那個人型可能代表了某個特定的人，或是指所有人類。山可能代表一個巨大的障礙，或是某種堅硬的東西，像是一塊岩石。而骷髏頭和十字骨或許代表著死亡，卻也可能象徵著一段旅程的結束。」

亞瑟忍不住想著，現在要是有一塊寫著字母的通靈板，或許會更有幫助。

他閉上雙眼，試著讓腦海中浮現出那些字詞，並將它們排列成有合理意義的組合。

那個人可能代表了亞瑟，或是那三位曾經遭遇毒手，目前正在生死邊緣徘徊的教授，甚至有可能是綠衣騎士。

至於那座山呢？亞瑟眼前確實有許多需要跨越的障礙，但他並不需要靈魂來提醒他這一點。

或是某種堅硬的東西，像是一塊岩石。

然後是骷髏頭和十字骨……

他的腦海中忽然閃現一個畫面。幾年前某個十月的寒冷夜晚，他和姐姐凱瑟琳一起穿過灰衣修士教堂墓地[10]。四周全是帶著恐怖面孔的墓碑。年幼的亞瑟緊靠著姊姊，目光停留在一個令人特別害怕的墓碑上，上面就刻著骷髏頭和十字骨。

「別害怕，」凱瑟琳曾這麼說過，「這只是在提醒我們，無論我們在世時是誰，每個人終究都要面臨死亡。到最後，我們都是平等的。從某種意義上來說，這是一種令人感到

10 Greyfriars Kirkyard，「灰衣修士教堂墓地」是蘇格蘭愛丁堡灰衣修士教堂周圍的墓地，位於愛丁堡老城南部邊緣，是傳說中愛丁堡陰氣最重、鬧鬼次數最多的地方。

安慰的事。」

當時的亞瑟並未從那些空洞的眼睛中得到任何安慰，反而急忙地離開了。但現在，他卻在這段回憶之中徘徊。

「有沒有一種可能，那座山、骷髏頭和十字骨，是要指引我們去某一座墓碑呢？或是某個人的墳墓前？」

「這是一個有趣的想法。」格羅佛點了點頭，看起來很有興趣的樣子。

亞瑟向前傾身。「那個靈魂，你能問問祂嗎？該說是他？還是她？」

「靈魂，祢想指引我們去墓地嗎？」格羅佛問道。

大家再次將手指放在三角形乩板上，但這次它並沒有移動。

「這裡好像變暖和了。」口袋注意到了這件事。

確實，亞瑟手臂上的雞皮疙瘩已經消失不見，他也不需要將雙臂緊緊環抱著胸口。

「我想那個靈魂已經離開了。」格羅佛說，失望地嘆了一口氣。

口袋四下張望，似乎希望能看到什麼幽靈存在的跡象。「那個靈魂根本沒幫上什麼忙。」

「如果真是靈魂在場的話。」艾琳說。「我還是覺得，可能是我們其中一個人——或是我們所有的人——在不自覺的情況下移動了那個板子。」

「靈魂要穿越生死之間的界線並與我們溝通，需要很大的能量。」格羅佛斷然地反駁。「我們應該要感謝祂的到來。」

「我們應該去墓地了。」亞瑟說，迅速站了起來。「如果我們能在那裡找到有用的線索，就會知道這不是個巧合。也能證明，我們真的在和……來自另一個世界的靈魂溝通。」

艾琳嘆了一口氣。「好吧。」她打開了懷錶，低頭看了一眼時間。「但我們得快一點，格羅佛或許已經完成了他的發明，而我還有自己的發明要做。」

幾分鐘後，他們站在寒冷的墓地裡，目光投向前方那些被白雪覆蓋的墓碑和紀念碑。再往遠處望去，隱約看得見那棟爬滿荊棘與常春藤的建築，那裡曾是三葉草之家的總部。亞瑟辨認出那扇被木板釘住的門，顯示已被封鎖的狀態。

「我們究竟在找什麼？」艾琳問道。

「可能是某座特定的墓吧？」亞瑟回答。「或許是屬於那個靈魂的墓？」

「但我們怎麼會知道是哪一個呢？」艾琳反駁道。她在冷風中蹲著，顯得有些不耐煩。

「這個墓地裡沒有任何一個刻有骷髏頭和十字骨的墓碑。」格羅佛說。「我早就注意到了。」

「如果我們該找的，不是一個死者呢？」口袋問道。

「你是指什麼？」其他人異口同聲地問道。

口袋踮起了腳尖，輕輕拂去旁邊一座天使雕像上的白雪，雕像露出一對悲傷的眼睛。

「如果我們該找的，是一個石頭刻成的人呢？」她問道。

「口袋，你真的太聰明了！」亞瑟驚呼道。他的目光開始掃視著四周的小空地，附近還有五座比一般墓碑更高大的紀念碑。「我們各自分頭來搜尋吧。」

亞瑟衝向離他最近的一座雕像，拂去上頭的積雪，直到他看見一位捧著花束的女人站在他面前。歲月已經侵蝕了上頭的玫瑰花瓣，也讓女人的耳朵磨損得十分光滑，就像蛋殼一樣。這座雕像顯然已經存在很久，久到連基座上的字跡都已模糊，幾乎無法辨認。

艾琳發現了一座巨大的十字架，而格羅佛則站在一隻巨大的狗石雕面前，這隻狗以後腳站立，好像正要向一位看不見的主人乞討食物。亞瑟打算仔細檢查每一座雕像，但從初步的觀察來看，它們沒有提供什麼有用的線索，也沒有任何一座有男人外型的雕像。

只剩下一座雕像還沒檢查，它比其他雕像還要高，而且更靠近那些樹林，亞瑟因此差一點就錯過了。他用冰冷的雙手拚命清除雕像胸口及肩膀上的積雪後，開始思考著如何碰到那個比他還高的頭部，這時忽然聽到一陣嗖嗖聲。一顆雪球擊中了雕像的臉，並打落了大部分的積雪，露出了一位頭上戴著大皇冠、嘴角緊閉而表情嚴肅的男人。

「那是一把劍嗎？」口袋從他身後問道，準備再捏出一顆雪球投擲出去。

他後退一步，仔細打量這一座雕像。這個男人穿著鎖子甲，其中一隻手倚著一把雄偉的劍。

亞瑟的內心湧現一股敬畏之情。雖然他以前從未注意過這座雕像，但他一眼就認出了這個男人，那套鎖子甲、那頂王冠，還有那一把宏偉的劍。

兩個亞瑟凝視著彼此，一位是個男孩，另一位則是個國王。

27

The Secrets of Morgan le Fey

摩根·勒菲的祕密

「是亞瑟王！」

艾琳和格羅佛離開了他們身旁的雕像，慢慢走到亞瑟和口袋旁邊。他們一起抬頭看著那座高大的雕像，凝視著它厚實的肩膀與陰沉灰暗的臉龐。

「喔，是啊，我記得上學期看過這座雕像。」格羅佛說，「不過，我當時並沒有太在意，只是覺得他擋住太多光線了，對製作墓碑拓印來說有點麻煩。他們真的有必要做得那麼高嗎？」

亞瑟本來一眼就能認出那座雕像，但他之前都是在夜晚時造訪這座墓園。「我真不敢相信，它一直都在這裡。」他喃喃自語。

「抱歉，可否再說明一下，亞瑟王到底和這一切有什麼關聯嗎？」艾琳問道。

「一切都與綠衣騎士有關。」亞瑟解釋道，一邊仔細地檢查著那座雕像。「在故事中，斬下綠衣騎士頭顱的那位高文爵士，就是亞瑟王宮廷內的騎士之一。綠衣騎士第一次出現的地方就是亞瑟的宮廷，這一定是那個靈魂要指引我們前來此地。」

艾琳看起來還是不太信服，但她還是蹲下了來，開始用手清除基座上的積雪。

「我們要找的東西是什麼？」口袋問，加入了他們的行列。

「我不確定。」亞瑟說，「也許是什麼雕刻在石頭上的東西，或是任何看起來不太尋常的跡象。」

艾琳還在基座上繼續搜尋，而亞瑟則沿著雕像的腿部向上檢視。格羅佛則扶著口袋讓她爬上基座，她開始拍掉雕像胸前的積雪。

亞瑟氣喘吁吁地掃視著石雕上每一條細小的裂縫。直到目前為止，所有的線索都讓他們在原地打轉，一切似乎都回到了綠衣騎士身上，卻毫無揭示他真正身分的證據。這可能是最後能為他們指引方向的線索。

「我什麼也沒看到。」艾琳過了幾分鐘後說道。

「這裡也沒什麼。」口袋補充道，她正趴在雕像的肩膀上，像是在檢查雕像的頭頂是否有任何禿頭的跡象。「抱歉了，亞瑟。」

格羅佛走到旁邊去查看一塊墓碑。

「我們一定遺漏了什麼？」亞瑟喃喃自語，又繞著雕像走了幾圈。「這不可能又是一條死路。」

口袋小心翼翼地爬下來，並利用劍柄——劍鞘頂端的圓形部分——作為支撐點。它有些不穩，讓她的腳滑了一下，接著就直接從雕像上滑了下來，最後直接摔到基座上。她站了起來，拍掉裙子上的雪。「如果這裡不適合攀爬，就應該放個告示啊，」她說，「不然實在太不負責任了。」

亞瑟仍然不停注視著亞瑟王的劍。無論雕刻這座雕像的人是誰，奇怪的一點是，他將大拇指和手指分別刻在劍柄兩邊的對稱放置，而不是像傳統的握劍方式一樣，將手指集中在劍柄的頂端。或許，這位藝術家不太懂劍術吧？亞瑟自己雖然不精通劍術，但連他都知道這樣的握法不太對……

「口袋，」他說，亞瑟突然靈光一閃，「你能從那裡摸到劍柄嗎？它有沒有鬆動，可以拔出來嗎？」

他屏住呼吸，看著口袋踮起腳尖，伸手去握住劍的頂端。她拉了一下，劍便從劍身上脫落了。

「奇怪，」她說，仔細地檢查著它。「它並沒有壞掉。你們看，這裡的邊緣很光滑，看起來就像是一個瓶塞。我想它應該可以拔出來才對。」

艾琳倒抽了一口氣。「這是一個隱藏的隔間！口袋，快伸手摸摸裡面。」

口袋將手肘舉得更高，將手伸進劍身的空心處，拉出一個捲起來的皮革卷軸。

「太好了！」亞瑟大聲喊道，這或許是從他回到巴斯克維爾學院以來，第一次感受到勝利的滋味。

「你說得對。」艾琳說，臉上露出一絲茫然。「但那就代表——」

「真的有個靈魂移動了那個三角形乩板。」亞瑟接續她要說的話。「我知道，但我們晚一點再來擔心這件事。現在得先看看卷軸裡有什麼。」

收到了指示後，口袋大聲喊道：「接著！」並將卷軸扔給他。艾琳伸手協助口袋爬下來，亞瑟則開始解開綁著皮革卷軸的繩索。他的手微微顫抖著，當他把皮革卷軸打開時，裡面有一疊小小的紙張。

亞瑟花了一些時間，才搞清楚自己眼前看到的東西是什麼。

最上面的幾張紙，看起來像是從一本日誌本撕下來的。因為時間久遠，紙頁已經泛黃，墨水也變得模糊不清。大部分的文字因為長時間的濕氣而模糊，幾乎無法辨識。不過，仍然有一些清晰可見的字跡，他立即認出了這份文件。它怎麼會出現在**這裡**呢？

「格羅佛。」他喊道，「你上學期找到的那一本屬於格雷教授的研究日誌，是不是有幾頁被撕掉了？」

格羅佛一邊點頭一邊走近。「是的，怎麼了嗎？」

「因為亞瑟現在找到那幾頁了。」口袋說，低頭盯著最上面的那一張紙，平時紅潤的臉色此刻變得無比蒼白。當大家發現格雷教授就是永生機器的發明者，並且綁架了奇波，還差點殺了亞瑟以便保守這個祕密時，口袋比任何人受到的打擊更大，因為她曾經那麼崇拜格雷教授。

格羅佛找到的那本研究日誌，其中記錄了格雷教授早期開發機器的筆記。根據亞瑟的判斷，這幾張紙是她先前研究記錄的成果，至少他能辨識出一些基礎的電路圖。格雷的機器將電流導入銅線，再導入一種叫鉍的金屬中，接著再導入巴斯克維爾學院地下洞穴中生長的稀有水晶。透過銅、鉍及水晶的結合，格雷成功地創造出一個電磁場，讓任何身處其中的人都能夠重獲青春。這些年來，格雷教授曾三次來到巴斯克維爾學院教書，每次離開前都會使用那台機器，讓自己看起來年輕了數十歲。幾年之後，她又會再次出現，假裝成上一任格雷教授的女兒，但事實上，她始終都是同一個人。

「我還以為我們已經處理完格雷的事情了。」口袋說，語氣異常地尖銳。「這些紙怎麼會在這裡？」

她一把搶過亞瑟手中的紙張，開始快速翻閱，瞇著眼讀著上面那些潦草的字跡。在他們當中，她是最擅長辨識格雷字跡的人。她翻動每一張紙，仔細地研究上面的內容好一會兒。

「我看懂的部分並不多，不過她似乎想要清楚地闡述那台機器的理論……就像是一個證明。她假設，延長人類生命的最佳方法，就是使用一種煉金術溶液——我猜應該是鉍和學校地下的水晶——來改變各個實驗對象的狀態，然後利用電力創造一個可以圍繞他們的電磁場。」

「**各個實驗對象**？」艾琳問道。「她是想製造一台可以同時對很多人發揮作用的機器嗎？」

亞瑟回想起水晶洞穴即將崩塌時，格雷教授為自己辯護的情景。她曾說過，她的研究是為了造福全人類。或許，她真的是想將她的突破性發明用來「幫助」其他人。

「最後一頁有一處註解被劃上了底線。」口袋說。「我看不懂前半部分，但最後一段寫著：『如果沒有提供適合的容器，可能會導致能量釋放而帶來致命的風險。』先無論這句是什麼意思，但我也看不懂其他內容了。」

口袋翻到了下一頁。這一頁比其他紙張更厚一些，色調看起來也比其他紙張更新一點，而紙上的字跡也完全不同，看來相對飽滿但缺乏自信，顯得更為謹慎，花了更多心力仔細寫下。這不是格雷個人研究日誌的一部分，完全是由另一個人所寫的——很有可能是某個年輕人。

不過，這張紙的紙質比格雷的日誌好一些，字跡看來是用鉛筆寫的，而不是墨水。相較於格雷的字跡，這部分的文字較為清晰、不模糊。

「大聲唸出來吧。」艾琳說。

「『我真心希望不會有人讀到這些文字，除了我自己之外。』」口袋開始唸了出來：

然而，如果今晚命運不站在我這邊的話，我就必須留下格雷教授的研究成果紀錄，還有我們將她的理想轉化為現實的簡單回顧。我明白有些人寧可摧毀她的研究成果，這也是為什麼我要將這些文件藏在亞瑟王的胸口，而不是交給我的最後一個朋友，儘管他值得信任，然而，一旦我離開了，他肯定會成為其他人的目標。而且，如果今晚失敗了，至少我們曾擁有過這一次的機會，或許我們不配再擁有下一次機會——畢竟，第一次已經付出了如此高昂的代價。如果我們無法成功，我希望後代子孫能夠接續我們的探索任務，並從我們失敗的地方獲得勝利。

一開始，我們大家都是朋友。起初不過是一些偷偷摸摸的祕密行動，或一些下課後的娛樂消遣。我們五個人有個共同目標，就是揭開並掌握貝克學院的所有祕密，而我們也做到了。我們發現了學校裡一些不會有人知道的地方。我們明白，只要你懂得仔細觀察，一條死路也能成為一扇門。

然而，即便是我們這樣的學生，也沒預料到會偶然發現這個永生的祕密。想像一個沒有病痛的世界！沒有死亡的恐懼，也不必生離死別！這正是已故的格雷教授在她的實驗中所開啟的志業，也是我們繼續進行的研究工作。我們將我們的小團體命名為五角星，象徵那些想要征服死亡的人。我們自封為探尋者。並立下了神聖的誓約，要成為永生之人，但如果必須死去的話，也必須死在追求永生的道路上。」

正因為我履行了我的承諾——因為我徹底搜尋了我們所擁有的資料——最終發現了格雷這些研究日誌的頁面就藏在另一本書裡。我立刻明白了其中的智慧，我承認，當我與朋友們分享這些發現時，我曾試圖要將這一切冒充成是我個人的成果，我以為這樣能讓他們更願意接受我的計畫。畢竟，為了成就一個更遠大的理想，不需要為一個小小的謊言感到羞愧。」

當加拉哈德、凱爵士，以及湖中女神[11]都未能看見這項計畫的潛力時，想像一下我有多麼驚訝，甚至陷入了極度的失望。他們違背了他們的承諾，打破了我們的誓約。現在已到了關鍵時刻，他們卻認為我們的探索過於危險，不應該繼續下去。然而，偉大的探索使命不可能毫無危險。如果當初亞瑟王的騎士們過於膽怯而放棄追尋聖杯，他們就永遠無法到達那不朽的境界，而亞瑟王也就永遠無法成為那位「過去與未來的永恆之王」[12]。

我們本該成為永恆的國王與皇后，主宰死亡。這是我們的神聖誓約，但如今誓約已被打破。不過，我依然忠於我的承諾，我別無選擇，也沒有什麼好失去的了。幸運的是，我也並不完全孤單，當今晚踏上這未知的旅程時，我有唯一真誠的朋友與我同行。綠衣騎士將引領我走到最後，而這最後，也許只是另一個開始。

摩根·勒菲[13]

當口袋讀到這裡，似乎有一股洪流在亞瑟體內湧動，越來越急促，直到他幾乎聽不見任何四周的聲音，只聽得見急流的轟鳴聲。

「所以綠衣騎士和其他人合作？」他聽見艾琳的聲音從遠處傳來。「這位摩根似乎找到了格雷日誌中的其他部分。他們稱她『已故的格雷教授』，所以在他們發現日誌的時候，格雷教授已經使用過那台機器並消失了，他們當時誤以為她已經死了。但他們是誰？是這裡的學生嗎？」

五個人。他們原來有五個成員。

五角星。

---

11 加拉哈德（Galahad）、凱（Kay）及湖中女神（Lady of the Lake）都是亞瑟王傳說中的關鍵人物，分別代表著不同的英雄主義、忠誠與超自然的力量，共同塑造了這個傳奇世界。

12 the Once and Future King，出自亞瑟王傳說，象徵亞瑟王會在未來重返王位，帶來正義與希望，並且強調他作為永恆的英雄，在過去和未來對王國產生重大的影響。

13 Morgan Le Fay，「摩根・勒菲」的形象在亞瑟王傳奇中會因版本不同而有很大相異樣貌，但都代表著魔法、智慧與權力的象徵，她既是反派女巫，也是悲劇性人物，在家族、命運與權力的衝突中扮演關鍵角色，反映了人性中的複雜與矛盾，也在不同的文化和時代背景下被賦予了多種解釋和詮釋。

「這些名字應該是亞瑟王傳說中的幾個人物。」口袋回答。「也就是這些人的代號吧？」

亞瑟在口袋裡翻找著東西，掏出了前一晚發現的照片，也就是引領他前來的照片。他把照片攤開，盯著那五張笑容滿面的面孔。

阿嘉莎·福克斯高舉雙手，擺出兩個「L」字型的手勢，她是湖中女神。

福爾摩斯交叉的手指呈十字形，加拉哈德騎士不就拿著一面裝飾著紅十字的盾牌嗎？所以福爾摩斯就是加拉哈德。而查林傑則直指著鏡頭，他就是凱爵士，也就是亞瑟宮廷裡的另一位騎士。

那麼，剩下另一邊的瘦弱女孩，她將中間的三根手指倒過來，擺成字母M。

女孩一定就是寫信的人，即摩根·勒菲。

而另一側，那個結實的男孩手裡則握著一個杯子。

那男孩，就是綠衣騎士了。

28

The Poisoned Chalice

下了毒的聖杯

「所以，那個人就是他了，。」口袋低頭看著那張照片問道。「就是綠衣騎士？我一直以為他應該不會這麼……矮小。」

「這是很久很久以前的事了。」亞瑟說。「我們完全不知道他現在是什麼模樣。」

不過，當他瞇起眼睛盯著照片中的那個男孩，鼻子幾乎貼在照片上，試圖要在那張臉上尋找一些熟悉的特徵。難道，他真的感覺到某種熟悉感了嗎？還是他的錯覺呢？

「其實，」艾琳輕聲說著，緩緩拉近亞瑟手中的照片。她瞇起眼睛一會兒，然後又突然睜大了。「我覺得——我不太確定，但……」

「但怎樣？」亞瑟追問道。「艾琳，你認為那個人是誰？」

「他的肩膀看起來有些駝背。」她說，「你有看見他那濃密的眉毛嗎？這個人的長相不會讓你想到……吉米嗎？」

另外三個人也一起盯著那張照片看。

「是的，我也看出一些相似之處了。」格羅佛說道。

「拜託，別告訴我吉米也使用了格雷的永生機器。」口袋大嘆了一聲。

「不、不，」艾琳急於解釋，「我不是說那個人是吉米，我是指……」

「那個人可能是吉米的父親。」亞瑟把話接了下去。「莫里亞蒂先生。」

現在亞瑟確定自己在尋找什麼了，他一開始覺得，那張照片上的男孩和莫里亞蒂先生有些相似，但那並非是五官上的相似，而是他的雙眼流露出一種對於成就的強烈渴望。但莫里亞蒂的下巴上有沒有像這個男孩一樣的疤痕呢？如果有的話，亞瑟也不記得，疤痕也許已隨著時間的流逝而淡化不見。

艾琳點了點頭。「他也曾在這裡讀書。他應該和福爾摩斯他們年紀差不多，而且我們也知道他曾是三葉草成員，而三葉草又與綠衣騎士有密切的關係。」

「還有，我們也知道他討厭福爾摩斯。」亞瑟說。「或許這就是原因。他覺得福爾摩斯背棄了他的承諾，所以莫里亞蒂一直無法原諒他。」

「這一切都說得通了。」艾琳低語著。亞瑟知道，艾琳正思考著她父母之前所獲得的情報——莫里亞蒂正在策畫一項重大計畫。

關於三葉草之家，吉米也曾經提過類似的事。

或許，他們從一開始就一直在做同樣的事情，也許這就是關鍵所在。

亞瑟曾經在心中無數次地幻想這一刻。即使是白日夢，只要一想到能解開綠衣騎士的身分之謎，就感到一陣喜悅。但此刻，他卻什麼都感受不到。

原本應該是他們五個人一起在此解開謎題的，現在卻只剩四個人。就像幾十年前的五角星一樣，他們的團隊早已分裂，而這個事實只會讓他們之間的距離越來越遙遠。

吉米知道嗎？

亞瑟強迫自己停下所有思緒，避免失控，曾幾何時，他指控吉米背叛了自己，而吉米也確實有合理的解釋。

「我們無法確定那是不是吉米的父親，」他說。「而我們必須去確認這件事。」

「那我們是不是直接問吉米就好了？」格羅佛問道。

「不行。」亞瑟和艾琳異口同聲地回應。

「我們應該去找其他人。」亞瑟繼續說。「找一個瞭解真相的人，一個我們可以信任的人。」

「但知道背後實情的幾個人，就是福爾摩斯、福克斯和查林傑。」艾琳說。「現在他們顯然幫不上忙。」

亞瑟揉了揉雙手，將溫暖的氣息吹過指縫之間，心中思索著。

「其實。」他回應道，「他們也許幫得上忙。」

過了一會兒，亞瑟走進了閃電圈的學生住所，那是一棟堅實且質樸的紅磚建築，門前的一株紫藤已經枯萎，纏繞著一扇綠色的拱形大門。

除了塔樓之外，亞瑟從未進過其他學生宿舍，因此當他悄悄走進那條黑白相間的瓷磚走廊時，覺得自己像是個不速之客。他穿過一個衣帽間，裡面堆滿了橡膠靴子，掛滿濕透的雨衣，接著又經過了一間小小的圖書館，裡面的爐火正旺，兩位學生激烈地討論著某個定理。

他不敢問他們福爾摩斯的房間在哪裡，但隨即又想到，根本不必開口問。當他繼續在走廊上前行時，菸斗的菸味越來越濃，似乎早已滲入厚重的窗簾和老舊的地毯裡了。走廊的盡頭有一扇門，門上釘著一塊字跡整齊的告示：

敲門自負後果。

最好乾脆別敲門。

亞瑟忍不住笑了一下。他認出那是福爾摩斯的字跡，彷彿聽得見他以冷酷的語氣說出這些話。亞瑟決定依照指示行事。畢竟，現在若有人敲門，福爾摩斯也不可能來應門了。

但當他試著要轉動門的把手，卻發現門鎖著。

他早有準備。福爾摩斯之前曾遭受過攻擊，肯定不會讓自己身處於一個沒有上鎖的房間，讓敵人有機會再來進行未完成的任務。因此，口袋早就將自己的開鎖工具借給亞瑟，接著與其他人前往《號角報》辦公室搜尋一八二八年的報紙，希望能找到一些足以確認莫里亞蒂就是綠衣騎士的線索，或是查到照片中的那個女孩，也就是信件主人的真實身分。

他回頭瞥了一眼，確保沒有人注意到他，然後準備要動手開鎖時，門卻忽然打開了。

「亞瑟！」

一看見亞瑟到來，華生醫師臉上帶著驚訝和如釋重負的表情。亞瑟猜測，門把的搖動聲可能驚動到他了。

但華生見到亞瑟時的那種放鬆心情，恐怕沒有像亞瑟見到他時那麼強烈。

為什麼亞瑟不早一點去找他呢？

在上學期，當時他、吉米和艾琳告訴華生關於他們無意間發現永生機器的整個過程，以及隨後發生的所有事，這一切，他都參與其中。他知道格雷教授的事，也知道綠衣騎士的事。關鍵是，華生現在並不處於昏迷狀態。

「孩子，你來這裡做什麼？」華生問道。「來看福爾摩斯的狀況嗎？」

亞瑟點了點頭，因為他覺得直接說出真正的原因——來這裡翻閱福爾摩斯的文件，看看是否能找到一些足以證明綠衣騎士身分的線索——並不是進行對話的最佳切入點。

華生醫師把門打開得更大一點，並示意亞瑟進入。隨後，他把自己的輪椅推到房間另一頭，停在一張窄小的床旁邊。

「我真希望能有什麼好消息告訴你。」華生一邊說，亞瑟跟在他後頭。「但你也看到了……」

他話說了一半，便轉身看向床上的身影。亞瑟也盯著福爾摩斯那張從被窩上方露出來的蒼白臉龐。他試著掩飾自己的驚訝。福爾摩斯的臉看起來像是被雕刻過的樣子，顴骨如此尖銳，顴骨下方則特別凹陷，嘴唇蒼白且龜裂，皮膚呈現病態的黃色，即使在深沉的睡眠中也緊緊皺著眉頭。他幾乎只剩下極為虛弱的殘存身影。

亞瑟轉過頭去，他不認為福爾摩斯會希望有人看見他這副模樣。

「他的狀況越來越差了。」亞瑟低聲地說。

「廚師每天都會為他送來幾次湯。」華生說。「但人不能光靠喝湯活著，我只希望他可以撐到我找到解藥為止。幸運的是，福爾摩斯也是一位出色的化學家。」

他揮手示意房間的四周。後方的桌面上堆滿了各種燒杯、試管和夾鉗。玻璃罐裡裝滿了各種液體和粉末，整齊地排列在旁邊的架子上。書桌上有堆積如山的文件和書本。

「您快要找到解藥了嗎？」亞瑟問道。

華生嘆了一口氣。「很難說。我已經試了所有常見的解毒方法——那些用來對付各種毒藥的通用解毒劑，像是奎寧、樟腦，甚至是古老的解毒劑配方，像是密特里達特解毒劑和萬靈藥，雖然我知道機會可能微乎其微，但是當這些方法全都無效時，我還是感到失望。我從沒見過這樣的毒藥，它的發作過程如此緩慢。一開始，我以為是毒藥的劑量不夠，才沒有立即致命，但現在看來，如果三次下毒的劑量都估算錯誤就不太可能了。我認為這正是這種毒藥的特點，首先對大腦造成影響，讓受害者失去意識，但對身體的影響卻是慢慢地顯現。」

「為什麼有人會選擇這麼緩慢的毒藥？」亞瑟問道。「直接用老鼠藥不是比較簡單？」

除非，這個下毒的人想讓受害者承受更長時間的痛苦……

「我也一直在問自己這個問題，」華生答道，「甚至也詢問了馬龍小姐。我已經將一封寫給她的信交給了史密斯偵查探長，懇請她提供任何關於解藥的資訊。我也聯繫了所有我認識的專家，並查閱了我想得到的每一本書籍。」

「如果找不到解藥怎麼辦？」亞瑟焦急地問，吞了吞口水。

華生的臉上顯現出一抹悲傷。「福爾摩斯看起來開始有黃疸的狀況了。」他說。「這代表毒藥已經侵入他的腎臟。如果我們找不到解藥，他會持續地惡化，直到……」

亞瑟的心情瞬間沉重了起來。他不需要華生把這句話說完，因為他已經明白華生醫師想要告訴他的事。華生不安地用手揉了揉自己憔悴的臉及灰白的頭髮，顯然，僅僅是面對可能失去朋友的念頭，就讓他無比痛苦。

一想到可能失去福爾摩斯，亞瑟也感到相當難過，然而，如果是他的朋友躺在床上等死，那樣的痛楚將更加難以承受。

「如果福爾摩斯現在還在這裡——我是指他還清醒著的話——他肯定早就解開一切謎題了。想想看，上星期的這個時候，我們還在慶祝新學期的開始。而直到昨天，我和校長還一起喝酒，試著安慰他一切都會順利，現在他卻——」

他指著福爾摩斯。

「您剛剛說什麼？」亞瑟急切地問道。

「哦，我偏離主題了。」華生回答，對亞瑟露出了微弱的笑容。「我真的不應該告訴你這些事的。」

「您和校長一起喝酒？」亞瑟繼續問道。「是昨天嗎？什麼時候？」

華生歪著頭說：「就在馬龍小姐被逮捕後，我去看了他一下。他的狀況非常糟糕，儘管已經已經抓到了下毒的人，卻仍無法放鬆心情。」

「你們喝了什麼東西？」

這時，華生的眉頭皺了起來。「白蘭地。亞瑟，你——？」

「是一瓶有個老虎瓶塞的酒嗎？」

「對，確實是這樣，可以告訴我你想到什麼嗎？」

亞瑟聽了之後鬆了一口氣，因為華生的話證實了他的猜測。

「那瓶白蘭地正是查林傑校長中毒的元凶。」亞瑟說。

華生醫師臉色一變。「他們告訴我，他喝下了有毒的東西。」他說，「卻沒說是他的白蘭地！」

「不過，您就完全沒事。」亞瑟繼續說，「因此，在您喝酒時，那瓶酒應該還沒有被下毒。校長是直到昨天晚上很晚的時候才倒下的，也可能是今天早上。所以，一定有人在這段時間裡對那瓶酒動了手腳，而馬龍教授根本不可能在白蘭地裡下毒！是她被帶走後，才有人對那瓶酒下毒。」

「你說得對。」華生低聲地說。「天啊，亞瑟，你說得完全沒錯！我現在立刻去找史密斯偵查探長。但如果不是馬龍的話，又會是誰呢？」

「我希望您能幫我找出答案。」亞瑟說，從口袋裡拿出那張五角星的照片，並遞給了華生。「福爾摩斯、福克斯和查林傑曾一起在這裡讀書，您知道他們是朋友嗎？」

華生從外套口袋裡拿出一副眼鏡。「是的，我知道這件事。」他說。「他們在此度過的時光一定對他們造成了深遠的影響，因為他們回來之後就從貝克家族手中買下了這個地方。正是他們三個人將這所學校變更成巴斯克維爾學院。」

「真的嗎？」亞瑟問道。「我不知道這件事。」

「嗯，他們都不是特別愛吹噓的人。那麼，我們來看看這是什麼東西。」

華生戴上了眼鏡，開始盯著照片仔細看。

「這張照片裡有他們三個人。」亞瑟說，指著照片中的福爾摩斯、福克斯，以及查林傑。「但這個團體中還有另外兩個人，一個女孩和一個男孩。這個男孩……他就是綠衣騎士。我幾乎可以肯定他就是這些中毒事件背後的指使者。您認得他是誰嗎？」

華生挑起了眉毛，更仔細地看著那個男孩的臉。

「我不認得。」他低聲說。「我應該不認得。」

「您認識詹姆斯・莫里亞蒂嗎？吉米的父親？」亞瑟追問道。「這個人有可能是他嗎？」

「我**聽過**詹姆斯・莫里亞蒂這個人。」他語氣緩慢。「但我只在遠處見過他一兩次，所以我不確定這個人是不是他。但有可能是嗎？我猜是有可能。如果我沒記錯的話，莫里亞蒂比福爾摩斯晚一、兩年畢業。沒錯，他和校長的弟弟威廉是同一屆的學生。」

「我並不知道查林傑校長還有個弟弟。」亞瑟說。

「是的，你當然不會知道。他和他哥哥一樣熱愛冒險，後來當了水手，幾十年前死於海上，應該是船難。我一直很好奇，福爾摩斯對莫里亞蒂的厭惡到底從何而來。如果他們在學校時曾是朋友……但如果他們曾有過爭執……那就說得通了。」

「他們確實**曾經**有過一場爭執。」亞瑟說。

醫生摘下了眼鏡，盯著亞瑟看了一會兒。「我在想……這是否與蘿絲有關。」

亞瑟眨了眨眼睛。「誰？」

華生指著照片中的那個女孩——就是寫信的那一位。亞瑟根本忘了要詢問關於她的事。

「這位幾乎肯定就是蘿絲．巴斯克維爾了，她也是他們團體中的一個成員。」他說。

「巴斯克維爾，也就是指……巴斯克維爾學院的名字？」亞瑟問道。

「沒錯。」華生回答。

亞瑟的心跳漸漸加速，像是宣告暴風雨即將到來的雷聲。**蘿絲．巴斯克維爾**，她就是解開整個謎團的關鍵。「她現在人在哪裡呢？」他問道。

華生在椅子上稍微挪動了坐姿，目光短暫停留在福爾摩斯身上，接著又移開了。

「死了。」他說。「她還在這裡讀書時就過世了，應該是在這張照片拍攝不久之後。」

29

A Word from Rose

來自蘿絲的訊息

「蘿絲．巴斯克維爾於一八二八年五月二日去世。」格羅佛嚴肅地讀出文字。

趁著奧斯卡離開《號角報》辦公室去吃晚餐，格羅佛、艾琳和口袋便偷偷溜了進去。他們不停翻閱著一八二〇年代的舊報紙，這時亞瑟趕了過來。當他到達後不久，他們就找到了關於蘿絲．巴斯克維爾的頭條新聞，上頭有一張相當清楚的素描畫像，證實蘿絲．巴斯克維爾確實就是亞瑟那張照片中的女孩。那份報紙又薄又舊，紙張邊角似乎輕輕一碰就會碎裂。

「事情是怎麼發生的？」口袋問道。

格羅佛繼續讀下去。「巴斯克維爾小姐，十四歲，在五月二日凌晨被發現的時候已經死亡。根據老師們的描述，她是一個勤奮努力的學生。在死亡的三個星期以前，她被診斷出患有傷寒，但她仍持續努力完成學業，直到生命的最後一刻。醫生認為她的死因主要是傷寒。她的室友阿嘉莎．福克斯發現她死於森林之中。然而，關於巴斯克維爾為何會一整晚都沒有回房睡覺，沒有人知道答案。根據屍體所在的位置來看，她很有可能是想前往貝克迷宮或是從貝克迷宮返回。這座樹籬迷宮是由貝克勳爵所建造，但在十年內，由於有許多學生被困在迷宮中多日，因此已禁止學生進入。」

「格羅佛，那就是那位殯葬師向我們提過的那座迷宮！」亞瑟說，「就在我們回到學校的路上，你記得嗎？我記得我當時說森林的陰暗處好像有東西，他說那裡應該就是迷宮。」

格羅佛繼續讀著文章的下半段，強調了蘿絲在工程學上的成就以及她對擊劍的熱愛，並引述了學生和教職員對她離世的哀悼之意。「這是一場不該發生的悲劇。」年輕的阿嘉莎·福克斯這麼說。「蘿絲是我最好的朋友，我會一輩子懷念她。」

「這篇訃聞寫得有點平淡無趣。」格羅佛讀完後如此評論。「如果能以一個亮眼的結語來收尾就更棒了。」

亞瑟仍專注地看著福克斯所說的那句話。

一場不該發生的悲劇。蘿絲的早逝，確實是一場悲劇……但真的是不該發生的事嗎？亞瑟從來沒聽過有人用這種字詞來形容自然死亡，這通常會用來形容那些原先可以避免的悲劇，例如：火車出軌或是工廠大火之類的，這些都是人為錯誤所造成的事故。

艾琳也同樣皺著眉頭看著那篇文章。「如果她病得這麼嚴重了，為什麼還要進入那座迷宮呢？」她問道。

「我有一個阿姨死於傷寒。」口袋說。「那真的是一件可怕的事。她病了好幾個星期，就像蘿絲一樣。最後，她因為發高燒而精神錯亂，或許蘿絲當時也早已神智不清了。」

口袋不自覺地顫抖起來，大家都朝她靠近了一點。

「能再給我們看看蘿絲的那封信嗎？」艾琳問道。口袋將那封信和格雷的日誌一起藏在她裙子裡一個特別深的口袋裡，還將一顆銅製鈕扣扣得緊緊的。她拿了出來，小心地將它放在報紙旁展開。

艾琳的目光快速掃視了信件內容。「她顯然知道自己快死了，因為她都說了也已經沒有什麼好失去的了』。」

亞瑟幾乎和艾琳一樣快速地讀完內容，手指著另一段文字。「她還說了『如果今晚命運不站在我這邊的話』」，他補充道，「最終命運沒有站在她那邊，她當天晚上就過世了。但是，這不符合邏輯吧？我的意思是，如果她真的是死於傷寒的話，她怎麼可能知道自己會在什麼時候死去？」

「或許她從靈界得到了什麼預示。」格羅佛說。

「但一個因發高燒而神智不清的人，真的能寫下這封信嗎？」艾琳問道。

「嗯，這聽起來確實有**一點**瘋狂。」格羅佛回答。「連我都這麼覺得了。」

「到最後，我阿姨甚至連自己的名字都忘了。」口袋回答。「她根本連筆都拿不穩。」

突如其來的頓悟有如一記重擊，幾乎讓亞瑟喘不過氣來。他倒抽了一口氣，其他人轉過頭來看著他。

「亞瑟，怎麼了？你想到什麼事了？」

口袋的眼睛亮了起來。「哦，我最喜歡這個環節了。」

「艾琳說得對。」亞瑟說。「蘿絲**確實**以為自己將要死於傷寒，但她也覺得自己還有一線生機。」

他把手放在格雷日誌的那疊紙張上，輕輕地用指關節拍了一下，像是要推開一扇已經開了小小門縫的門，想將它推得更開一點。「她以為格雷在這裡找到了解答。但是，根據他們的認知，格雷早就過世了，而蘿絲想要成為完成她這項志業的人。」

「我們本該成為永恆的國王和皇后，」艾琳讀道，「主宰死亡。」

「當時，為了拯救蘿絲，他們試著拿格雷的筆記來打造屬於他們的永生機器！」亞瑟大聲說。「福爾摩斯、福克斯和查林傑不願意這麼做，但蘿絲和綠衣騎士卻願意，於是他幫她打造了這台機器。」

口袋不停地搖著頭。「但是……這些筆記裡的資料不足，全都是理論而已，根本無法精確複製格雷的那一台機器。」

「你說得對。」亞瑟說。「他們無法複製。」

「他們試過了，但結果出了錯。」艾琳說。「蘿絲就在過程中死去。」

「接著，其餘的五角星成員們開始彼此指責。綠衣騎士責怪其他人沒有幫忙，而其他人則怪他害死了蘿絲。其實，傷寒不一定會致命——如果蘿絲當時沒那麼害怕死亡的話，或許還有機會活下來。」

「這真有意思。」口袋說，視線又回到了報紙上。「你們看看這一篇文章，『小比格斯比村的某個小女孩在失蹤後被尋獲』——」

砰。

所有人都被這一聲撞擊聲嚇了一跳。亞瑟急忙轉頭看向窗戶，想確認聲音是從那裡傳來的。

有一隻黑色的鳥無力地躺在窗台下方，一動也不動。

「牠一定是撞到玻璃了。」口袋說。

「這是一個前兆，」格羅佛斷定，「或者是一個徵兆。或是——等一下！我明白了！這一切說得通了！」

他突然間就往地上一坐，亞瑟和艾琳對視了一眼。口袋又繼續閱讀著那份報紙，目光快速掃視著每一行文字，皺著眉頭，全神貫注。

格羅佛從包包裡拿出了他的通靈板。

「格羅佛，我不認為——」艾琳開口說道。

他示意請她安靜。「過來坐下。」他說。「大家全都過來，就是現在。」

格羅佛的指令異常地堅定，其他三人於是不再提出異議，乖乖聽從他的指示。他們每個人都將自己的兩根手指放在木製的三角形乩板上。

「靈魂，歡迎祢加入我們。」格羅佛聲音沉悶地說。「如果祢與我們同在的話，請表明祢的身分。」

他話才剛說完，三角形乩板便開始移動。它有目標地前進，就像在軌道上推進的列車一樣，突然停在靠近板子上方的某個符號旁。

是一朵從帶刺的藤蔓中生長出來的花，讓亞瑟突然想起了一件事。

格羅佛的身體向後靠。「如同我猜想的一樣。」他說。「各位先生女士，這位就是蘿絲．巴斯克維爾，巴斯克維爾學院的鬼魂。」

在他們的手指下方，三角形乩板輕輕地上下顫動，好像正在點頭同意格羅佛的話，或是以鞠躬來打招呼。

亞瑟愣住了，目不轉睛地盯著板子看。格羅佛說的是真的嗎？這麼多年來，蘿絲的靈魂真的一直待在巴斯克維爾學院嗎？指引亞瑟找到五角星及墓地中的那封信，真的就是她嗎？

「那些不相信的人，老是要拿福克斯教授與學校裡的鬼魂開茶會的事來取笑她。」格羅佛說。「但她只不過是想要和老朋友聯繫而已。」

「我曾保證過要給妳一記重擊，而這一擊現在已經落在妳身上。」亞瑟低聲說。「這不是威脅，而是警告！蘿絲想要警告福克斯，綠衣騎士現在要來找她了。」

三角形乩板再次顫動了起來。

「所以，綠衣騎士從未放棄過追求永生不朽。」口袋若有所思地說。「對於他們的約定，他是唯一一個始終堅守承諾的人。這麼多年後，雖然不知道他是怎麼發現的，但他最終還是知道格雷根本沒有死……她一直在使用那台機器。」

「所以他上學期才會回來，想要偷走機器。」亞瑟同意道。

「但我們卻阻止了他。」艾琳補充道。「所以他必須換個不同的方式。他想要完成他和蘿絲一同展開的計畫。」

「不過，第一步就得要先排除一些障礙，也就是福爾摩斯、福克斯和查林傑。」亞瑟說。「最有可能發現他這些計謀的人就是他們三個人，而我認為福爾摩斯已經開始察覺到不對勁了。」

艾琳搖了搖頭。「我真不敢相信，」她說，「但不知為何，我現在是信了。」

「無論對我們來說有多麼不合理，但這是唯一合乎邏輯的結論。」亞瑟回應。

他再次將視線轉向那個板子上，那個花朵符號不斷吸引著他的注意力。有個問題像是在耳邊嗡嗡作響的一隻蚊子，讓他無法忽略，卻也無法理解。他試著要揮手驅趕它，但無論困擾他的是什麼，還有一個問題更加重要。

「靈魂？也就是蘿絲嗎？」他問道。「妳可以告訴我們綠衣騎士的身分嗎？他就是詹姆斯．莫里亞蒂吧？」

三角形乩板停在了那朵花旁。

「蘿絲？」格羅佛問道。「妳還在嗎？」

他們等待了一會兒，但三角形乩板仍然毫無動靜。

「我想她離開了。」格羅佛說。

然而，正當格羅佛準備解開他盤著的雙腿時，三角形乩板忽然快速滑過整個板子，彷彿有個看不見的敵人緊追在後。

它先指向一個腳印的符號，然後又快速移動，指向一個粗略描繪的房子符號，停留了一下後，又迅速移動至另一個雲朵的符號旁。

「旅行……房子……天空……」格羅佛解釋著。

三角形乩板又急切地重複了指示的動作。

「去……建築物……雲，是嗎？」格羅佛問道。

「去那個雲中的房子。」口袋說。「我想，她想叫我們去塔樓！」

三角形乩板又再次返回那個腳印的符號，並一遍又一遍地指向它。

去、去，快點去！亞瑟幾乎聽得到那個聲音在呼喊著。

「我覺得口袋說得對。」亞瑟說。「我覺得祂——她——想叫我們去塔樓，就是現在。」

他努力壓抑胸口那一陣突如其來的恐懼感。但當他們站起來，匆匆收拾好東西跑下樓梯時，他的恐慌只有不斷地增加。

這一次，他發誓自己聽見了一個女孩急迫地在他耳邊低語。

快去，亞瑟！快一點！趁現在還來得及！

當亞瑟推開他的房門時，他們四個人早已氣喘吁吁，亞瑟眼前的黑點像墨滴一樣飄移著。他一路狂奔上來。但即使視線還殘存著因為暈眩而出現的黑點，他也看見他們已經來不及阻止這裡發生過的事。椅子被推倒了，床頭櫃上面的書本散落一地，而吉米有一根床柱斷裂並倒在地上。

亞瑟第一時間想到的是吉米自己做的，可能是他一時憤怒的發洩。不過，在他還沒來得及喘一口氣時，就打消了這個念頭。吉米才不會毀壞自己的床，也不會把自己的書本扔得滿地都是。

但如果不是他做的，又會是誰呢？

「亞瑟。」艾琳在他耳邊低語。

她顫抖的聲音讓亞瑟感到一陣寒意。她站在他身後，凝視著火爐的格柵，就在裡面的石板上，竟然有幾滴小小的猩紅色液體。

是血。

30

The Pact

誓約

「這裡發生了什麼事？」口袋問道，指著火爐中的血跡。「吉米怎麼了？」

亞瑟掃視了一下房間，試著重建這場顯然發生了打鬥的場景。血跡仍然有濕潤發亮的光澤，這代表著無論剛才發生了什麼事，距離事件發生的時間不過才幾分鐘而言。

他的目光停留在書桌前翻倒的椅子上。突然之間，他完全明白了整個情況的全貌。

「第一，吉米當時坐在書桌前，有個人走進來。」他喃喃自語。「他突然站了起來，就撞到了椅子。」

他又看了散落一地的書本。

「再來，吉米便和那個人打了起來。」

他再看了一眼斷裂損壞的床柱。

「吉米被對方壓制了，於是他緊抓著床柱不放，想阻止這個人將他拖出房間外。於是床柱被扯裂了，然後——」

最後是火爐上的血跡。

「第三，攻擊吉米的人將他逼到了火爐旁，並給了他一擊導致他昏了過去。他有可能鼻子出血或是嘴唇割傷，因此才留下了這些血跡。」

「然後呢？」格羅佛問道。

亞瑟搖了搖頭。「然後他們就把他帶走了。」

「但帶走他的人是誰？」艾琳問道。「去哪裡了？」

「我覺得，應該是他的父親。」亞瑟說，本能地將手掌握成了拳頭。「莫里亞蒂先生，也就是綠衣騎士。」

他再次檢查了房間，確認是否忽略了任何其他的線索。

「我不知道，亞瑟。」口袋說。「他真的會攻擊自己的兒子嗎？」

「我想，那得看他們之前曾發生過什麼事。」艾琳說，她正低頭查看著床單和靴子裡的東西。

「這種情況有很多種可能。」亞瑟回答，彎下腰看著吉米床底下。「或許是吉米威脅要揭露他的身分，或許是莫里亞蒂想要吉米為他做點什麼，但吉米拒絕了。」

一直以來，吉米總是對他唯命是從。

亞瑟感到胃部一陣翻騰。都是因為他讓朋友深陷危險之中。如果他可以信任吉米的話，他就不會在獨自一人的狀態下受到攻擊。

「不管他們之間發生了什麼事，」艾琳說，「看樣子，莫里亞蒂似乎已經不想再隱藏自己的行蹤，甚至不打算清理現場，這代表他已不在乎自己會被發現。」

亞瑟用意味深遠的眼神看了她一眼。「那就代表他已經快要完成他的計畫了。」

「那計畫到底……是什麼？」格羅佛問道，他坐在亞瑟的床上，一邊吃著從學院餐廳偷來的食物。「我現在完全搞不清楚狀況。」

「他之所以回來，是為了完成他和蘿絲．巴斯克維爾當初未完成的計畫。」亞瑟說。

「現在他年紀大了，不希望在還沒找到變年輕的方法之前就死去。」

「但是，他們當初製造的機器對蘿絲一點都不管用，不是嗎？」口袋問道。「那台機器害死了她。然後，綠衣騎士——或者說是莫里亞蒂——又把主意動到格雷的機器上，但後來對他也沒用了。於是，他又回到他們一開始的計畫，肯定有某個原因讓他覺得這次會成功，這中間發生了什麼改變？」

口袋把手伸進裙子的口袋裡，拿出從格雷日誌中撕下來的那些紙。她的眼睛來回掃視著，重新閱讀著格雷教授所寫下的潦草字跡。

「格羅佛，你在吃什麼？」艾琳問，一聞到一股魚腥味便皺起鼻子。

在格羅佛還來不及回答之前，一聲震耳欲聾的哀嚎聲充滿了整個房間。

亞瑟的第一個念頭是外面有人在呼喊救命。

第二個念頭則是吉米。

然而，當他往窗外一看，卻看到傑拉德准將站在位於塔樓和莊園大宅之間的草地上，急促地吹著他的法國號。

「所有學生立即前往學院餐廳集合，**馬上！**」他一邊吹著法國號，一邊喊道。

艾琳和亞瑟對視了一眼，兩人都開始擔心了起來。

片刻之後，哈德森夫人從塔樓裡走了出來，急忙地加快了腳步，要求正要回到塔樓裡的艾哈邁德和蘇菲亞到餐廳去。

亞瑟打開窗戶，看著他們轉過身。

「艾哈邁德！」他大聲喊道。

艾哈邁德困惑地四處張望，直到看見了亞瑟為止。「哦，亞瑟。你要我們等你嗎？」

「發生了什麼事？」亞瑟說。「哈德森夫人有告訴你嗎？」

艾哈邁德一向是不容易慌亂的人，這時卻緊張地四下觀望。

「他們突然失蹤了。」他說。

亞瑟皺起了眉頭。「他們？」他問道。

「福爾摩斯、福克斯，還有查林傑。」艾哈邁德說。「他們全都消失不見了。」

亞瑟感到震驚，有如一記重拳打在他的胸口。

消失不見了？還是被帶走了？

「我們就學院餐廳見吧。」艾哈邁德說，蘇菲亞正拉著他的袖子。「快一點吧。」

「好。」亞瑟喃喃自語，再次關上窗戶。「為什麼莫里亞蒂要把教授們帶走呢？」他轉身看向其他人。「他已經對他們下毒了，如果想要終結他們的性命，為什麼不直接讓他們在病床上死去呢？」

亞瑟看著來自四面八方的學生走向莊園大宅，他試著在人群中找出塞巴斯汀的身影，或是湯瑪斯和奧利的白袍，但都不見人影。

亞瑟感覺到身體裡發出的那種不安預感。他熟知那種感覺，正是他和吉米下棋時，當吉米突然喊出「將軍」時的感受。那一瞬間，他意識到整盤棋早已布置成一個精密的陷阱。他四周的棋子早已開始移動。只不過，那是一場棋局，而這是真實的情景。有許多人的生命岌岌可危。

莫里亞蒂到底想要做什麼？

「他們曾立下一個誓約。」口袋低聲說。

「什麼？」艾琳問道。

口袋把格雷的日誌放到一旁，開始唸蘿絲．巴斯克維爾的信件。

「**我們**本該成為永恆的國王和皇后，主宰死亡。」她讀道。「這是我們的神聖誓約，但如今誓約已打破。」

亞瑟希望她能直接切入重點。「口袋，重點到底是什麼？」

然而，她沒有回應亞瑟的疑問，而是繼續讀下去。「報紙上還有另一篇報導，就在蘿絲的訃聞下方，關於當地村莊裡的一名失蹤少女，在失蹤了兩個夜晚後被尋獲。當格羅佛試著與蘿絲交流時，我正讀著那篇報導，內容提到這個女孩無法解釋自己去哪裡了，對發生的一切毫無記憶。她身上有不尋常的燒傷，但這是有原因的，因為電擊會導致記憶喪失。接下來……」

她翻閱著格雷日誌的頁面，直到看見她想尋找的那一頁。「就在這一頁，格雷提到

『如果沒有提供適合的容器，可能會導致能量釋放而帶來致命的風險』。」

「那是什麼意思？」艾琳問道。

隨著時間一分一秒過去，口袋的臉色越來越難看。「這是一個警告。」她說。「『會導致能量釋放而帶來致命的風險』——這代表著，你的能量如果無法附著在某個物體上，可能就會死去。對靈魂來說，就是指一個適當的容器。」

「所以……那是指人體嗎？」亞瑟問，眼睛睜得大大的。「你覺得村莊裡的那個女孩就是發生了這種事嗎？你覺得他們試著要……將她的身體拿來給蘿絲使用？」

口袋點了點頭。「也許這就是蘿絲還在這裡的原因。」她輕聲地說。「也就是他們實驗出錯的地方。他們收集了她所有的生命能量，並試著用電流來轉移，但這還不夠，他們還需要正確的『煉金術解方』。學校底下的那些水晶有治癒功效，你們還記得吧？那應該就是他們需要的東西，這樣一來，能量才能在離開蘿絲的身體後仍不衰減。但是，唯一有提到水晶的記錄在格羅佛找到的那些日誌裡。所以他們手上顯然沒有那些資料，一定是格雷自己撕掉了這幾頁。蘿絲的信裡不是說了，她發現這幾頁藏在某個地方嗎？也許，格雷自己也察覺到她做的事已經太過頭了。」

「那個村莊裡的可憐女孩真是幸運，幸好他們手上沒有那幾頁。」亞瑟說。「聽起來，她差一點就要喪命了。」

艾琳伸出手抓住了口袋的手臂。「但現在就連吉米也失蹤了。為什麼綠衣騎士會需要他呢？除非——」

「莫里亞蒂想要換一個身體。」口袋接著把話說完。「他肯定已經發現蘿絲那場實驗中出錯的地方。當時，他們沒有正確的解方能保存她的生命能量，但現在他有了。」

「他發現了那些水晶。」亞瑟低聲地說，突然想到之前塞巴斯汀消失在進入水晶洞穴的祕密入口處。

「所以他才會對教授下毒，同時也要確保他們還活著。」口袋說。「他根本不想殺死他們。他要強迫他們履行自己的誓約，參與他的這項實驗，成為永生不死之人。只要他能成功從一個身體轉移至另一個身體，之後就再也沒有人可以阻止他重覆做這件事。他可以永遠地活著，他們全都可以。」

亞瑟緊握窗台來站穩腳步，他覺得自己快要吐了。「那麼吉米……」

「可能就是下一個容器。」艾琳低聲說。

一陣沉默之後，窗戶上傳來拍打的聲音，但外面什麼人也沒有。至少他們看不見任何人。狂風又開始刮了起來。

無聲的叫喊在亞瑟的耳邊響起。

「去！去！**快點去！**」

他不需要被提醒第二次了。

「我們得快點去找吉米。」他說。「趁現在還來得及。」

31

Fish Crumbs

鯡魚碎屑作為線索

「我們到底要如何找到吉米？」口袋問道。

他們四個人站在塔樓外，每個人各自望著不同的方向。最後一群學生們正要進入大廳，當厚重的門在他們背後砰地一聲關上時，寂靜籠罩了整片土地。天色陰沉、烏雲密布，他們彷彿站在一個玻璃罐裡，突然有人蓋上了上頭的瓶蓋，把他們囚禁在裡面。

「我們可以找找看有沒有腳印。」亞瑟說，目光掃視著被白雪覆蓋的地面。

「但亞瑟，這裡有太多腳印了。」艾琳回答，毫無目的地指著令人眼花撩亂、向四面八方延伸的無數鞋印。

「我們要找的腳印應該會特別明顯才對。」亞瑟爭辯道，即使他也明白艾琳說的話有道理。「攻擊者應該會把吉米背在背上，或者是拖著他走吧？相較於其他的腳印，那些足跡一定會有明顯的不同！我們得要試著找找看。」

「哦。」格羅佛彎下腰，撿起他們右邊地面上的東西。「看看這個。」

「那是什麼？」艾琳問，瞇著眼看著那塊顏色偏淡的小小碎片，不知道是什麼東西。

「是煙燻鯡魚。」格羅佛回答。「不是**我們的**奇波[14]，而是來自學院餐廳的煙燻鯡魚碎片。」

「那是你剛才吃的東西嗎？」口袋問。

「我沒有吃，我是在進行調查，只是有時候很難插上話。我在吉米的床底下找到一條手帕，裡面放著幾片煙燻鯡魚，一定是他從學院餐廳裡拿回來的——」

「為了餵奇波。」亞瑟接著說。那隻翼手龍看到這種油膩的魚類總是胃口大開，這也正是牠名字的由來。

在說話的同時，格羅佛又往森林的方向走了幾步。又開始下雪了，厚厚的雪花落在他的外套上，當他再次彎下腰，撿起另一塊魚肉。

「我猜想，吉米的口袋裡還藏了一些存貨，」格羅佛說，「他找到了為我們留下線索的方法。不是麵包屑，而是**魚片碎屑**，如你所見。」

「格羅佛，你真是天才！」亞瑟驚叫道。

「哪裡，哪裡。」格羅佛回答，顯得有些害羞。「我只是讀了很多愛倫坡先生的偵探

---

14 在第一集中，亞瑟意外帶回了一隻翼手龍寶寶，艾琳在取名時提議叫他「Kipper」，因為牠最喜歡的食物是煙燻鯡魚（kipper），故譯名為「奇波」。

故事。亞瑟，你也該讀讀那些書才對，杜邦可真是一流的偵探。」

「我們是不是應該先找到吉米呢？」口袋催促著大家，「在他父親奪取他的身體之前？」

亞瑟心中閃過一絲疑惑。根據他所聽過的一切傳聞，莫里亞蒂先生是個壞人，他不僅冷酷、殘忍，還相當危險。但是，他真的會不擇手段地犧牲——**竊取**——自己獨生子的生命嗎？

亞瑟曾無數次感到被自己的父親辜負及背叛。但他確信，如果道爾先生必須在自己和兒子的生命之間做出選擇，他必定會選擇救亞瑟。

在跟著朋友們走向塔樓後方的森林邊緣時，亞瑟想著，**如果真如我們所推測，莫里亞蒂真的是個怪物的話，那吉米……**

吉米與他的父親完全不一樣。從一開始，他就一直在對抗莫里亞蒂，並且至今**仍然**堅定地奮戰著。他為他們留下了這一條線索，好讓他們可以追蹤他，他仍然深信他們會來拯救他。

「好，走吧！」亞瑟同意道。

「你們看！」口袋叫道。當他們踏入森林的昏暗處時，她彎下腰撿起另一塊魚片。在樹下的昏暗光線下，好像進入了傍晚時分一樣，微弱的光線就像從地面上的積雪折射出來，而不是從天空射下的日光。

「在那裡。」艾琳說，一邊指向兩棵雪松之間的一個狹窄縫隙。「看起來像是……一條小徑。」

果然，的確有好幾組腳印沿著一條狹窄的小徑向前延伸，那裡的雪已經被踩得泥濘不堪，被許多疊在一起的腳印踩實了。就在那裡，地面上出現了另一塊魚肉碎片。

他們沒有出聲，默默地排成一列沿著那條小徑走進森林。亞瑟快速行走，並同時來回掃視著四周，不時注意樹林間晃動的陰影，準備好應對突如其來的攻擊。

這條小徑顯然被踩踏過許多次了。只不過，是同一個人走過許多次，還是不同的人來來往往呢？如果是莫里亞蒂綁架了吉米，那麼，將教授們從床上帶走的人又是誰？一股恐懼感開始在亞瑟的背後拉扯著他，像要催促著他回頭看看。他究竟把他的朋友們捲入了什麼樣的麻煩之中？

亞瑟甩開了這股恐懼感。他們現在已經無法回頭了，吉米正指望著他們的救援。

當他們越往森林深處走去，四周就顯得越原始，彎曲的樹木向他們靠攏，像是在他們的頭頂上輕聲訴說著祕密。那些雜亂的灌木叢伸長了枝條，像是要先掐住他們的腳踝，接著再抓住他們的膝蓋。

突然一聲低沉的咆哮，讓他們全都嚇了一跳。但那並不是動物藏匿於樹叢中所發出的咆哮聲，比較像是某種來自遠方的轟鳴聲。

亞瑟抬眼望向天空。「那該不會是……雷聲吧？」

「下雪的時候，**也會**打雷嗎？」艾琳問道。

「雖然不常見，但也有可能發生。」口袋說。「大氣層不穩定就會引起雷電，在暴風雪中，大氣不穩定的情況很常見。那是什麼？」她指向前方高大的影子。

他們放慢腳步，悄悄向那個影子靠近，直到亞瑟可以完全看清楚它的輪廓為止，**當然是如此**。

「那看起來像是一片樹籬，而且還是長得過於茂盛的樹籬。」艾琳說。

面前出現一大片灌木叢形成的樹牆，雖然雜亂地長出了許多細長的樹幹，但原先的邊緣仍然清楚可見。

亞瑟猜它原本設計為六英尺的高度，但現在有幾處已經接近十英尺高了。荊棘穿過那些樹籬肆意生長，如同一窩蛇一般來回地纏繞盤繞。亞瑟的視線被一個黑暗且大開的洞口所吸引，是有人穿越灌木叢時所留下的。

「這就是一道門，」他低聲說，「也就是貝克迷宮的入口。在蘿絲死去的那個夜晚，她若不是想要進入這個地方，就是想要從這個地方離開。」

蘿絲信中的一段話突然浮現在他的腦海中，靈光一閃的瞬間就像是突然有隻兔子從灌木叢中跳出來。

我們發現了學校裡應該不會有人知道的地方。

幾乎沒有人知道這個迷宮仍然存在，這正是一個理想的藏匿地點。

「照理說，這個迷宮應該是解不開的不是嗎？」口袋問道。「我們該怎麼找到行進的路線呢？」

至少，亞瑟可以輕鬆地回答這個問題。「我們繼續跟著腳印走就好了。」他說。「莫里亞蒂已經為我們解開這個迷宮了。」

他們在迷宮的起點站了好一會兒，凝視著前方那一片黑暗。在迷宮的另一頭，他們將會找到吉米。

還有綠衣騎士。

還有必然的危險，那種能將他們吞噬，接著撕咬成碎片並吐出來的危險。

「準備好了嗎？」亞瑟開口問他的朋友們。

「準備好了。」他們齊聲回答。

32

Baker's Maze

貝克迷宮

如果說，進入森林裡的感覺像是傍晚時分一樣，那麼在迷宮裡就像是無月的黑夜了。樹籬之間的空間相當擁擠，灌木又長得特別高，幾乎將所有的光線全被阻擋在外。小徑上只輕輕覆蓋了一層雪，其他大多是泥濘的土地。他們每走一步，靴子都會被泥土牢牢吸住，讓他們的步伐變得緩慢。不過，也因為有這些泥濘，才會因此留下前人走過的足跡，若沒有這些足跡，亞瑟根本無法找到通往迷宮中心的路徑，更別提安全地走出去了。

每走幾步，路徑就會分岔為兩個、三個、甚至四個不同的方向。有些小徑已雜草叢生，幾乎無法通行，除非手上帶有一把剛打磨過的鋒利鐮刀。一開始，他們走的那條路徑還能勉強單排行走，不會碰到兩側的灌木，但不久之後，眼前的足跡轉向一條更狹窄的小路。正當亞瑟開始擔心這條路越來越狹窄，無法繼續通行時，突然走入了另一個入口，並進入一條較為寬敞的小道。

當他們轉向較寬廣的路徑時，亞瑟注意到前方地面上有個東西。那東西是白色的且形狀方正，顯然不像迷宮裡會有的東西。他彎下腰查看。

「是一條手帕。」他對其他人說。「上面有血。」

「一定是吉米的吧，也許他當時要為自己的傷口止血。」艾琳說。

「或許吧。」亞瑟說。但他並不完全相信這說法。手帕上的血跡是飛濺式的，並不像是有人將它壓在傷口上那種被血浸透的痕跡。

「至少我們知道自己走對了方向」艾琳說。「來吧，我們繼續前進。」

他們繼續走著，亞瑟的目光從下方的泥濘腳印轉移到前方的道路上。每走一步，他的心情就越來越不安，不只是因為前方充滿未知的危險，而是他總有一種錯失了某些重點的感覺。整個調查過程就像是一個迷宮，充滿了各種算計和謊言。他是否在哪個轉角選錯了方向？是否犯下了某個錯誤而——

「亞瑟，小心看前面！」

他感覺有人大力拉扯了他的衣領，是口袋用力地將他向後一拉。他眨了眨眼，才發現自己差點踏入一個淺淺的坑洞，裡頭插滿了像針一樣的尖刺，足足有一英尺長。

「可惡，」他嘀咕著，「這裡居然還設下了陷阱。」

「我們每一步都要小心走。」艾琳說，停下腳步要跳過那個坑洞。

他們繼續前行，在迷宮裡彎彎曲曲地穿梭著，又經過了幾個帶有尖刺的坑洞。當口袋在角落轉彎後，突然看到前方有個男人正隔著樹籬盯著她看，嘴巴張得大大的，像是要發出可怕的尖叫聲，但卻沒有任何聲音，口袋嚇得跳到亞瑟的腳邊。

「那不是真的。」亞瑟說，等到他自己從驚嚇中恢復過來之後。「那只是一個石製面具。」

接著他們繼續前行，路上出現越來越多的石製面具——每一個都張著嘴巴，做著鬼臉，露出咆哮的表情。接下來的道路迴環轉折，彷彿不停在原地打轉，不斷回到他們曾經走過的地方。最尖銳的轉角旁邊出現了幾個深不見底的坑洞，隨時可能掉進去。當亞瑟幫助格羅佛跨過最後一個坑洞時，天空再次傳來雷鳴。

「為什麼會有人建造這種地方呢？」艾琳問道，擦掉臉上沾到的泥漬。「到底是誰會覺得這樣很好玩？」

「顯然是貝克勳爵。」亞瑟說，回想起那一幅他看過的醜陋肖像畫。他看起來就像是那種以折磨他人為樂的人。

「對綠衣騎士來說，這個地方很方便——」口袋開口說。

然而，就在這時候，一道閃電突然照亮了迷宮。這道亮光閃過之後，每個人都注意到了不同的狀況。

「亞瑟，你的手臂被勾住了。」格羅佛說。

「快看這個腳印！」艾琳大聲驚呼，彎下腰來仔細看泥巴裡的形狀。「是馬蹄的印子。」

「我想我們走到死路了。」口袋在前面幾步的地方哀嚎著。

亞瑟低頭盯著那根勾住他外套袖口的灌木，在那一瞬間的亮光中，他發現這不僅是灌木，也是一朵攀附在他前臂上的野玫瑰[15]。

突然間，他的腦海中湧現了一個新的線索，讓脖子和手臂的汗毛都豎了起來。

不，這不可能。

艾琳追上了口袋，接著在原地慢慢轉了一圈。

「口袋說得對，」她說，「根本沒路可走了。但怎麼可能呢？我們一直跟著這一串腳印走。」

當格羅佛和亞瑟走到他們身邊時，發現自己只能盯著有如一堵高牆的堅固樹籬。

15 Wild rose，文中的「rose」不僅指「玫瑰」也暗指「蘿絲」。

「如果這是一條假的路徑呢？」口袋問。「也許我們漏掉了什麼事，這裡絕對是一條死路。」

亞瑟仍然在努力整理那些模糊不清、尚未成形的思緒。一條死路……蘿絲在她的信中曾說過關於死路的事嗎？

我們明白，只要你懂得仔細觀察，一條死路也能成為一扇門。

「檢查一下樹籬，看看那裡有沒有隱藏的一道暗門。」他接著說。

他們用自己冰冷的手摸索著樹籬裡的每一層。亞瑟的手指在小樹幹、葉片和粗枝之間摸索著，直到他碰到一個堅硬而光滑的物體。那物體太過光滑，顯然不是樹籬的一部分。它是金屬材質，是某種結構，像是偽裝成樹籬的一扇門。

他試著推動那扇門，但它一點反應也沒有。

於是他使勁地試著拉開門。

樹籬突然打開了，讓他跌進了泥濘之中。

亞瑟是對的。有人將一扇金屬門建造於這一區的樹籬中，然後任由灌木在上面茂密地生長，這樣看起來就像是一條死路，也難怪一直沒有人能破解這座迷宮。

當其他人扶著亞瑟站起來後，他們目不轉睛地看著那一扇開啟的門。另一道閃電劃破天際，光線照亮了門的另一端。

亞瑟覺得他們好像意外闖入了另一個世界、另一個時代的場景。一片小小的草地中央矗立著一座殘敗的石造建築，由兩座高約三層樓的塔樓組成，塔樓之間有一個拱形的房間。這棟建築看起來就像是小孩子所畫的古堡，正是亞瑟王故事中所描繪的那種樣子。

城堡上的窗戶和門散發出微弱的閃光。

「我想，我們到了。」艾琳低聲說著，抬頭看著那一座建築。

「這一定是貝克勳爵另一個好笑的裝飾性建築。」亞瑟低聲回應。學校的創建者總是特別喜愛建造一些外觀華麗但沒有任何實際用途的建築，就像他的樹籬迷宮一樣。

突然，一聲輕微的哼聲打破了沉默。那座裝飾性的城堡前繫著一匹馬，即使在昏暗的光線下仍然明亮潔白。這匹馬不停地拉扯著牽繩，焦躁不安地在原地踱步，雷聲在空中轟隆作響。

當亞瑟看到這匹馬時，心跳突然漏了一拍。

他曾經看過這匹馬。

「我去看看窗戶裡的情況。」亞瑟對其他人低聲說道。隨後他蹲下身來，快速向前衝去。

手帕、玫瑰，還有那匹馬。

所有線索都拚湊在一起了。

他小心翼翼地走向最近的窗戶，抬起頭的高度剛好能看見窗沿上方的情況。他將嘴巴抿成一條線，不讓自己驚呼出聲。

火把的光線照亮了一個被綁在一張低矮手術台上的身影，手術台底下是龜裂的石板地。吉米閉著雙眼，下巴鬆弛，皮膚蒼白得像個死人一樣，乾涸的血跡從他的鼻孔流下。

那一瞬間，亞瑟感到恐懼，難道他最擔心的情況發生了。不過，當他繼續仔細觀察後，發現吉米的胸膛仍上下起伏著。

他悄無聲息地吐出一口氣，隨後檢視了房間裡的情況。吉米旁邊有另一張銀色的手術台，台面空無一物。兩張手術台都懸掛在粗大的鐵鏈上，手術台之間隔著一個基座，上面放著一個大銅杯。在最遠的角落裡，超出火炬照射範圍的兩側牆壁，隱約能看到幾個較大的塊狀物體。乍看之下，那些物體看起來像是裝穀類的麻袋或衣物袋。直到一支火把忽然猛烈地閃爍了一下，亞瑟才看清那些物體是人。

是福爾摩斯、福克斯和查林傑，他們動彈不得而且身體無力地靠在一起。

這個房間並沒有屋頂，天空中的雪花緩緩飄落，覆蓋在大理石地板上，也飄落在三個人的身體上。

房間裡似乎空無一人，也許綠衣騎士和他的同夥正藏匿在某座塔樓內，準備開始他們的可怕儀式。亞瑟知道，他所剩的時間或許只有幾秒鐘，必須立即拯救吉米和其他人。

他急忙地要衝進門內。

他只走了幾步，就感覺到有人將他拉了回來。

「亞瑟，好孩子。」一個男人的聲音說道。「我就知道很快就會再見到你了。你一路跟著我留下的線索前進，做得好。」

亞瑟慢慢轉過身，面對那個人，他確信這個人早已藏在門口的另一側，巧妙地隱匿在視線範圍之外。

這是一個陷阱。

把他們帶來這裡的人不是吉米，而是綠衣騎士。

亞瑟不需要等待下一道閃電來照亮那張對著他露出微笑的面孔。那個聲音的主人，他早已認得。當他們一路蜿蜒穿越迷宮時，那些線索早已在亞瑟的腦海中成形。

亞瑟回頭望向男人那雙冷靜而穩定的眼睛。「我想，我也可以對你說同樣的話，史密斯偵查探長。」

「哦，我想，我們不必再拘泥於禮節了。」那個男人說，一邊伸出了手。「請叫我威廉・查林傑。」

33

The Green Knight's Vow

綠衣騎士的誓言

威廉．查林傑仰起頭放聲大笑。「你最後終於發現了，對吧？」他問道，拍了拍亞瑟的背，這溫暖的舉動卻只讓亞瑟感到一陣寒意。當查林傑說話時，他的蘇格蘭口音漸漸轉變成標準的英國腔。他伸手摸了摸自己的臉，接著將銀色的假鬍鬚撕了下來，露出了一個突出的下巴及一道明顯的傷疤。

根本就沒有史密斯偵查探長這個人的存在，那不過是個偽裝的身分。

亞瑟快速掃視男人的肩膀後方一眼。

「在找你的朋友嗎？」威廉．查林傑問道。「別擔心，會有人好好照顧他們的。」

他指了指門外的方向，陰影中似乎有東西正在移動著。

「別碰我，你這個笨蛋！」口袋咆哮著，努力想掙脫那個迫使她往前走的蒙面人。

隨後，艾琳和格羅佛也從黑暗中走了出來，分別被同樣穿著黑色斗篷、戴著綠色面具的人看守著。是三葉草之家的成員，終於得到了他們想要的報復。

亞瑟和每位朋友對視，眼中滿是擔憂。至少他們沒有受傷……至少現在沒有。

我們該怎麼逃出去？

「亞瑟，到底發生了什麼事？」口袋問道。「那個探長怎麼會在這裡？」

「他才不是什麼探長。」亞瑟說。「他是威廉・查林傑，校長的弟弟。不過，我們更熟悉的身分是綠衣騎士。」

「我們就是同一個人。」威廉・查林傑一邊說，一邊彎腰鞠躬，彷彿在舞會上和大家打招呼一樣。「我想，你們已經見過我這幾位朋友了。」他指向他那些戴著面具的同夥，這時又有更多的人從通往城堡塔樓的陰暗入口處走了出來。「好了，既然大家都已經介紹過了，我們就可以開始了！不過，你先告訴我，你是如何識破我的？」

他們在人數上處於劣勢，亞瑟需要一些時間冷靜思考。

「首先，我曾經看過你的刺青。」他說，試著讓自己的聲音保持沉穩。現在威廉・查林傑以一個老朋友的姿態向他打招呼，亞瑟必須趁機利用這種出乎意料的熱情友好。對話的時間越長，他就有越多的時間思考對策。「當你第一次以史密斯偵查探長的身分和我初次見面時，我就注意到那個刺青，你還記得吧？你發現我正在偷聽的時候。」

「啊，我當時不確定你有沒有注意到。」威廉說。

「我第一次只看到了那條藤蔓。」亞瑟解釋道。「當時，我覺得探長身上有刺青這件事很奇怪，但我後來就忘記這件事了。直到後來，華生醫師告訴我，查林傑校長有個曾經當過水手的弟弟。大部分的水手身上都有刺青，但一條帶刺的藤蔓卻不常見。但後來我想起來，自己曾經看過這個圖樣。結果，它根本不是藤蔓，而是——」

「一朵玫瑰。」威廉接著把話說完，捲起左手的袖子，露出前臂上的玫瑰刺青。

「對於一個一輩子都在海上漂泊的人來說，這確實是一個不太常見的刺青。」亞瑟說。「除非……它是為了紀念某個人，一個你深愛的人。」

「蘿絲．巴斯克維爾。」艾琳低聲說道。

「非常好。」威廉點了點頭，表示讚賞。「你就是艾琳．伊格爾？」

當亞瑟仔細觀察後，他發現查林傑兄弟之間的相似之處。威廉就像是他哥哥的翻版，只不過像是被擀麵棍擀得更長一點的樣子。他的雙眼就像校長一樣炯炯有神，但由於眼窩深陷，臉上布滿皺紋，那種光芒似乎顯得有些黯淡。儘管威廉比哥哥年輕幾歲，他卻看起來更像個老人。

那男人的目光迅速轉向吉米，接著又舔了舔嘴唇。亞瑟知道，他必須要轉移他的注意力。

「第二點，」亞瑟大聲說道，「我認出了你外面的那一匹馬。那就是『史密斯偵查探長』騎來的馬匹，所以你一定也在這裡。」

「又答對了！」威廉說，露出特別高興的笑容。「那第三點呢？應該還有第三點吧。」

亞瑟點了點頭，他將最為關鍵的證據留到了最後。他小心翼翼地抓住口袋裡那條手帕的邊緣，並掏出那條沾滿血跡的手帕。

「第三點，」他說，「我們在迷宮裡找到了這條手帕，一開始我們還以為它被用來止住吉米傷口的血，但血跡的分布並不符合這樣的情況。上面的血跡飛濺四散，像是有人咳出來的血，這條手帕屬於一個病情嚴重、生命所剩時間不多的人。而你之前咳得非常嚴重。」

「是肺癆。」威廉確認道。「這真是可怕的病，幾年前，當我在南美的山區研究某些開花植物的再生特性時，就染上了這種病。」

「所以你才會回來。」艾琳若有所思地說。「你快要死了，所以回到了那個讓你開始對永生不朽產生執念的地方，想要完成你和蘿絲當初未完成的計畫。」

威廉的嘴角微微扭曲，露出不悅的神情。「你稱它為執念，我稱之為熱情。」

「你堅決要活下去……無論代價有多高。」當亞瑟一邊說著最後幾個字時，一邊盯著那些戴著面具的人，暗自希望他們會改變主意，不再幫助威廉進行這個邪惡的計畫。

「你應該已經從蘿絲的悲劇中學到了教訓才對。」格羅佛悲傷地搖了搖頭。

「你又知道我學到了什麼？」威廉說，臉色變得陰沉，以威脅的步伐向前逼近。

「那就告訴我們吧！」亞瑟突然脫口而出。「我們知道故事的開端。當年，你和蘿絲是福克斯、福爾摩斯以及你哥哥的好朋友，而你們找到格雷早期寫下關於永生機器的筆記，當蘿絲得了傷寒，你試著要自己打造一台機器來拯救她。我們也知道她最終過世了。但是，接下來發生了什麼事？這幾年你到底去了哪裡？」

「亞瑟，你天生就是當偵探的料，」威廉說，「你從來不會漏掉任何一個細節。這是我最欣賞你，也最討厭你的一點。因為你，我偷取格雷機器的計畫才會失敗，也正是因為如此，我們今晚才會在這裡。都是你讓我不得不進行另一個計畫，一個**更好的**計畫。」

「這是什麼意思？」亞瑟問，盡量表現出他好像只在意能夠聽見威廉的答案。

「讓我們往前回溯吧，」威廉說，「正如你所說的，回到故事的起點，當我還只是個學生的時候。你一定知道，當時的貝克學院，可不是現在的巴斯克維爾學院。當時，不會有人鼓勵我們自發地思考，他們只希望我們死背那些已知的事物，而不是去探索那些**未知**的領域。如果不是因為我哥哥，如果不是因為我們遇見了其他人，我早就逃離這裡了。」

「福爾摩斯、福克斯，以及蘿絲・巴斯克維爾。」亞瑟說。「你們五個人自稱為五角星。」

「啊，你果然都做好功課了！」威廉贊同地道。「是的，當時我們有五個人，那段日子很美好。每個人都很聰明，卻也覺得無聊。我們總會一起惹出各種有趣的麻煩事。當我們聽說了那個禁止學生進出的難解迷宮時，便決定將破解迷宮當作我們的使命。我們花了好幾個星期，徹底搜尋了每一寸土地，卻始終無法成功。我們想，或許這只是一個整人的遊戲。後來，夏洛克想到了測量迷宮尺寸的方法，結果那些尺寸完全不合常理，迷宮的中心**必定**藏著什麼東西。我們發現，迷宮裡肯定有一個隱藏的入口，而最終也找到了。我們找到了**這個**地方。」

他高舉並揮動雙臂，轉了一個半圓，邀請他們欣賞這座搖搖欲墜的兒童城堡。當他轉過身時，胸口發出了沙啞的咳嗽聲。亞瑟注意到威廉的呼吸變得急促短淺，儘管天氣寒冷，他的額頭卻布滿了汗水，臉上帶著一種詭異的興奮表情。

「但是，這裡只是一個空無一物的裝飾性建築。」口袋說。「你不會感到失望嗎？」

「你就是那個曾是格雷助理的女孩吧？」威廉問，仔細地打量她。

口袋不高興地皺眉，卻點了點頭。

「當我們發現這個裝飾性建築時，它可不是空的，」威廉繼續說道，「完全不是這樣子。塔樓裡堆滿了各種關於古代煉金術的書籍，還有一罐罐的草本藥水，甚至有大量的簡陋電池、銅棒、銀板、各式各樣的螺絲、螺栓和彈簧。這裡曾被改造成一座實驗室，有人費盡心思要隱藏這個地方。」

「是格雷。」口袋低聲說道。

「是戴娜．格雷教授。」他同意地說。「雖然我們當時不知道。她非常小心謹慎，幾乎沒有留下任何有關她的線索，以免有人揭露她的祕密。直到蘿絲找到那些日誌，才明白打造這個地方的人是誰。格雷在她的日誌裡簽了名，也標註了日期。蘿絲將這些日誌和我分享，卻沒有向其他人透露。面對他們時，她將那些概念說成是自己的想法，希望可以藉此說服他們，讓他們知道我們擁有足夠的智慧來完成使命。」

如果蘿絲當時**確實**將日誌與所有人分享，格雷就無法在幾十年後回來，並冒充是她自己的女兒。當她再度現身時，福爾摩斯和其他人就能夠將所有線索拚湊起來。

「據我們所知，當我們來到這裡時，格雷已經死了。我懷疑是她設計了那道假牆來隱藏入口，她原本希望這一切能夠保密，直到她回來的那一天。當然，我們當時對她幾乎一無所知，但當蘿絲和我開始閱讀她的日誌後，我們才明白她當時在研究什麼。」

「追求永生不死。」艾琳補充道。

「就像亞瑟的騎士們尋求能讓他們獲得永生的聖杯一樣，我們也將她視為另一種騎士的化身。當時的我們也在追求相同的目標。我們取了亞瑟王傳說中那些騎士們的名字，原因就在此。我們五個人曾立下誓約，永不分離——因為我們將會永生不死。」

當亞瑟看著那些倒在地上的教授們，感覺到一股寒意從背脊竄了上來。他們真的曾經做過這種承諾嗎？他們是否也像綠衣騎士一樣渴望永生不死？

「蘿絲甚至在這裡發現了一個聖杯！」威廉說著，指著放在基座上的聖杯，就在吉米旁邊。亞瑟認出那是出現在五角星團體照中的聖杯，當時威廉正握著它拍照。

「我們發現它是銅製的，具有極大的治療功效，你知道的。我們開始將所有時間都投入在這裡，在這裡讀書，也進行各種實驗。從遺留在此的材料看來，打造這座實驗室的人相信電力是解答一切的關鍵。果然，當蘿絲找到了格雷的日誌時，我們才明白，她已經找到一種方法，能藉由電流來傳遞生命能量——某些人稱之為靈魂。但這個方法需要一種溶液來過濾電流，以保護實驗對象的生命能量，使他能夠承受強大的電流和轉換的過程。她從未透露過這種溶液的成分，也未能在死前完成她的研究。至少，我們當時真的以為她已經死了。」

他停頓了一下，準備好再次咳嗽，卻只是深吸了兩口氣，又繼續說下去。亞瑟的喉嚨開始變得相當乾燥，而從他們臉上的表情看得出來，他的朋友們也和他一樣感到恐懼。

「我們五個人全心地投入這項任務之中。」威廉說道。「還有什麼使命，能比終結死亡更崇高、更值得追求呢？我們將被世人讚揚，而我們的名字也永遠不會被世人遺忘。蘿絲是我們的領袖，花了最多時間在嘗試草藥和金屬粉末的不同配方，將它們放入聖杯中，再餵食我打獵抓回來的老鼠和兔子。然而，就在我們即將成功之前，她就病倒了。」

威廉的手不自覺地觸摸著另一側前臂上的刺青。

「而你的使命也因此改變了。」亞瑟說道。「你不再只是想著終結死亡，而是想要拯救蘿絲。」

「我當然想救她。」威廉說道。「自己明明有能力救朋友，卻要眼睜睜看著她死去，這算是什麼朋友？」

「或許是一個不惜犧牲無辜生命，只為了讓蘿絲換一個新身體的朋友吧？」口袋問道。「你還沒提到你實驗中另一個必要元素。為了轉移她的靈魂，你必須要有一具身體，也就是一個**受害者**。告訴我們，你是不是用獵捕那些動物的方式，去綁架了村子裡的一個可憐女孩？」

亞瑟聽見幾聲因驚呼而倒抽一口氣的聲音，還有從他背後傳來的一聲急促吸氣聲。那些聲音並非來自亞瑟的朋友們——他們早就知道威廉的故事——而是來自三葉草的成員。這意味著，威廉並沒有向成員透露計畫中的所有細節。亞瑟心中閃現一絲希望，這或許代表他仍有機會說服他們放棄威廉的計畫，就此住手。

威廉的眼睛瞇了起來。「在我們的實驗中，會死亡的只有那些生命能量被轉移的動物，而不是接受靈魂轉移的對象，」他語氣嚴肅地說道，「我們的推論是，如果這個轉移過程對蘿絲無效，另一個女孩也不會受到傷害。但如果這方法**確實**有效，那麼對那個女孩來說，無疑是件幸運的事——她能夠逃離平庸而貧困的生活，獲得蘿絲的卓越智慧。」

艾琳看了亞瑟一眼，開口說道：「但其他人卻有不同看法，他們最後也不會同意幫你和蘿絲。」

威廉的臉色變得陰沉，帶著尖酸的語氣說道：「不，我哥哥、夏洛克，以及阿嘉莎——他們全都拋棄了蘿絲。他們說，對動物進行實驗是一回事，對人類又是另外一回事。他們認為不值得冒這麼大的風險，做這件事只會得不償失，並帶來更多傷害。」

「嗯，他們說的話也有道理。」格羅佛說。「你差一點電死村子裡的可憐女孩。而且，要不是你用這種方式救蘿絲，她甚至有可能自己康復。傷寒並不一定會致命。」

「她不願意冒這個險。」威廉急切地回應，擦去額頭上的汗水。「每過一天，她的狀況就越虛弱。她知道自己沒有病情好轉的跡象。所以她告訴我，時候到了。」

「所以，你就把她帶到了這裡，」亞瑟說，「將她和那個女孩綁在手術台上，就像你對待吉米的方式一樣？」

他壓抑著心中的恐懼，告訴自己必須集中注意力，才能徹底明白威廉的計畫。

「根據過去所有的研究，我們一起調製出最終的靈藥配方。」威廉一邊說，一邊用指尖輕觸聖杯的杯緣。亞瑟注意到，聖杯裡裝著一種渾濁不清的液體。「其中混合了硫磺、鐵和汞，藉由銅製的聖杯喝下時，就會是一劑長生不老的靈藥，至少我們曾經是這麼盼望的。當她喝下之後，就叫我啟動機器，所以我就照著做了。」

「你就把她電死了。」口袋冷冷地說。

「我試著要**拯救**她！」威廉低吼著，這倒是第一次他的口氣聽起來像極了他的哥哥。

「我當時是唯一試著要救她的人，也是唯一在她臨終時陪在她身邊的人。」

「那其他人呢？」艾琳問道。「他們對此有什麼看法呢？」

「他們疏遠了我。」威廉說。「我試著讓他們明白繼續進行這件事的重要性。我不希望蘿絲的生命毫無意義地結束！我請他們幫我找出格雷的筆記，那些筆記在蘿絲死亡的混亂場面中不見了。但是，他們就是不願意聽我說的話，甚至連我哥哥也背棄了我。他們的態度，幾乎是在指控我謀殺了蘿絲，並綁架了另一個女孩。不過，我給那女孩喝下了安眠藥，她根本不知道發生過什麼事，也並未受到任何傷害，但蘿絲……蘿絲以她想要的方式離開了這個世界，她的死是有意義的，而且充滿了勇氣與榮耀。」

威廉望向角落，看了查林傑的身體一眼。格羅佛本來想開口說話，但艾琳輕輕地踩了一下他的腳。

「所以，我離開了貝克學院。」威廉繼續說道。「搭上了第一班從利物浦出發的船。我只想遠離這個地方，越遠越好，但是……無論我走到哪裡，我們的夢想——蘿絲的夢想——始終跟著我。在中國，傳聞中有一種可以讓人永生不死的蘑菇。在美洲，則流傳著青春之泉的謠言。希臘人有供眾神飲用的仙饌蜜酒，埃及人則有液態黃金。你明白嗎？我根本無法忘記這件事，所以，我又回歸到我們的使命，遵守我對蘿絲及其他人的承諾。」

「我在世界各地進行調查，也做了許多研究。我花了多年的時間，深入紅樹林和險峻的高山，尋找稀有的蘭花、礦物及鹽類，任何可能提供關鍵線索的東西。我開始在那些充滿老鼠的船隻上進行實驗，這些船就是我長期居住的家。不過，實驗還是失敗了。我還是找不到製作長生不老靈藥的必要元素。後來，我染上了肺癆。我知道，不管怎麼樣，我的探索之旅就快要結束了。於是，我沒有其他選擇，只能回到英國，開始尋找格雷的後代。我最後的希望，就是他們或許保留了格雷的一些筆記文件，或許資料中隱藏著我們未曾發現的全新線索。」

「那時候，你才發現了她的祕密嗎？」口袋問道。

「正是如此。」威廉說，「我得知有一位女性聲稱是她的孫女，卻找不到她或她母親的出生紀錄。我只好進行更深入的調查，卻發現她剛好在同一所學校裡任教，也就是巴斯克維爾學院，而這所學校後來由我哥哥經營。你可以想像嗎？我那時覺得自己怎麼這麼愚蠢，這麼多年來，我從來沒想到，格雷——我那不知情且受人敬重的導師！——實際上早已完成她的研究。她實在太狡猾了，沒留下任何關於她最終解方的文字紀錄。她早已找到她所尋求的力量——我終其一生都在追尋的力量——早在我踏上這條路之前，她就已經找到了。」

「當我發現自己被愚弄了，我便決定回來尋找格雷的機器。想像一下，當我發現她根據她舊有的理論，開發出一種可以再生**自己**身體的技術時，我有多麼驚訝。」

他不屑地笑著，又似乎有些不悅。「在短期內，這確實是個巧妙的聰明方法，但一個人可以經歷多少次再生？如果這個身體就像我一樣，早已被疾病侵襲了，那麼這些病痛也會不斷地出現嗎？沒錯……她的肉體轉換方法才是正確的，但正如人們常說的，身為乞丐沒有資格挑三揀四的，所以我也只能勉強接受了。」

亞瑟再次聽到他身後有長袍輕輕磨擦石板的聲音，有人正不安地移動著腳步。

「一開始，我不確定該如何接近她的機器。我根本不可能直接從前門進入，如果碰到我哥哥、夏洛克，或是阿嘉莎怎麼辦？幸運的是，我遇到一些……志趣相投的朋友，也有相同的目標。」

他對著亞瑟背後的兩位三葉草成員點了點頭。亞瑟確信，那兩個人就是湯瑪斯和奧利——對生死交界的聯結充滿熱情的兩個神祕主義者。「**一直以來**，他們幫了我不少忙，雖然他們來不及奪走機器，因為被你和你的朋友們早一步摧毀了。」威廉說。「但從他們提供給我的資訊中，我得知能讓實驗最終成功的那個元素，一直都藏在巴斯克維爾學院的地底下。」

「水晶。」亞瑟說。

「是水晶沒錯。」威廉同意。「這些水晶與世上其他地方找到的水晶完全不同。因此，當我在這裡繼續進行實驗時，我的新朋友們也忙著進行他們的工作。多年來，我已經成為一位植物學專家，並且收藏了相當豐富的藥物……以及各種毒藥。這些東西發揮了相當有效的作用。」

其中較高的那個人影——湯瑪斯——輕輕地彎腰鞠躬，讓亞瑟產生了想揍他一拳的衝動。

「那小小的死亡之葉，」艾琳低聲說道，「它不是來自毒植物園，而是你帶來的！」

「確實，當我發現它早已生長在巴斯克維爾學院時，那真是個美好的驚喜。」威廉說。「這讓馬龍小姐成為完美的代罪羔羊。我在想，亞瑟，當你這位朋友看著馬龍那本植物百科全書，非常幫忙地朗讀了關於死亡之葉的條目時，你會不會聯想到我呢？文中明確指出它生長於像安地斯山脈這樣的高山地區。還記得嗎？我曾告訴過你，我在返回英國前曾在智利住了一段時間，你自認為是偵探，但實際上還不夠資格，現在你拚湊出事實的真相了……卻根本來不及阻止我。」

亞瑟感到一陣恐慌。如果他真的太遲了怎麼辦？

不會的，他還有時間，現在不算太遲，他只要讓威廉繼續說下去就好了。

「那福克斯呢？」他問道，注視著他認為是奧利戴著面具的身影。「妳真的對她下毒嗎？」

「他們做的事，還不止如此。」威廉回答，帶著一絲得意的語氣。

亞瑟恍然大悟，當他第一次去上福克斯教授的課程時，湯瑪斯和奧利送了一些聖誕禮物給她，其中有巧克力，但她完全沒有碰，還有其他的東西——福克斯曾說那香氣真是太迷人了。當時，亞瑟以為那是香水，但現在他明白了。

「妳給她的東西是下了毒的鹽，」他說，「那可是妳最敬愛的導師。」

奧利看了湯瑪斯一眼，然後又低頭看著自己的靴子。他似乎聽見她發出了顫抖的嘆氣聲，而湯瑪斯卻一動也不動。

「你們這些骯髒又背骨的懦夫！」格羅佛大聲喊道，隨後站在他身旁的三葉草成員便用手捂住了他的嘴巴。

「你們還利用塞巴斯汀在查林傑的白蘭地裡下毒。」亞瑟接著說，怒瞪著威廉。「查林傑中毒的那天晚上，我看見他戴著厚重的園藝手套，讓自己免受毒藥的侵害。但是，你卻不斷說服我，要我相信自己搞錯了——就是馬龍下的毒手。」

威廉無所謂地聳了聳肩。

「你怎麼知道這一次的靈藥配方是對的？」口袋問道。亞瑟覺得她也一樣在拖延時間。「你的結局或許會和蘿絲一樣。」

這時，威廉開懷大笑了起來。「哦，不會的！自從我開始在靈藥裡加入研磨成粉的水晶後，我的動物實驗就一直很成功。」

「而你打算要偷走吉米的身體嗎？」亞瑟問道，心中的憤怒及恐懼終於爆發出來。「還有你已經為其他三個朋友準備了身體嗎？」

威廉瞬間挑起了眉毛。「我已經和你說過了，我這個人從不違背誓約，不是嗎？而且，我不是發過誓了，要讓你們的教授們恢復成以前的樣子，並且變得更好嗎？」

「那麼……你打算要使用誰的身體？」口袋問道。

一股恐懼感像針一樣刺進了亞瑟的心頭。他早已為查林傑帶來了四個年輕健康的身體，任由他選擇。

威廉看著亞瑟的臉，露出得意的笑容。「啊，現在終於明白了，是吧？」他說，「很好，我想我們該開始進行了。」

34

To Live to See Tomorrow

活著迎接明日到來

威廉開始走向吉米，亞瑟猛然衝向前要阻止他。然而，他還沒來得及攔阻，就感覺到有一雙手抓住他，並強行將他的手扣在背後。

「道爾，你不該與我們作對的。」其中一人低聲說道，是湯瑪斯。

威廉走到基座前，拿起了聖杯。亞瑟驚恐地看到他抬起了吉米的頭部，將他的頭向後仰，接著將聖杯中的液體倒進吉米的嘴巴裡。

「住手！」他聽見一個朋友大聲喊道，但亞瑟無法分辨出是誰。他拚命想要掙脫控制雙手的束縛，但根本無力抵抗。他們的人數三比一，處於劣勢。唯一能拯救他們的辦法，就是拉攏更多的人加入他們這一邊。

「湯瑪斯，你不能這麼做。」亞瑟低聲說，咬緊牙關。「你難道看不出來威廉已經瘋了嗎？」

「有時人們也會這麼形容我和奧利。」湯瑪斯回應道。「他們總是說我們迷信於靈界的存在，就像瘋了一樣，才會認為生死之間能架起一座橋梁。但這位騎士的實驗將證明，靈魂**能夠**超越肉體的限制。一旦實驗成功，大家就不會再取笑我們的理論荒謬了，不僅如此，我們還會成為全世界最知名的人物。只要掌握了永生的祕密，我們將擁有比任何一位國王都強大的力量……甚至超越亞瑟王。」

威廉再次將吉米的頭放低，自己也開始喝下聖杯中的液體。亞瑟聽見背後傳來一陣混亂的聲音，有位朋友似乎打算要奮力脫身。時間快要到了，吉米的時間所剩無幾。

「你說得對。」亞瑟說。「確實有靈界的存在。我之所以會知道，是因為蘿絲・巴斯克維爾一直在聯繫我們，並試著警告我們她的老朋友在做些什麼，並幫助我們阻止他。她不希望他繼續進行這些實驗，所以在死前，她才會將格雷的筆記藏起來，而非交到他手中！威廉，我們找到那些筆記了，還有蘿絲的信，她說你沒有能力完成這項任務。」

威廉用手臂擦了擦嘴巴，對亞瑟露出一抹輕蔑的笑容。「孩子，你根本不知道自己在說什麼。」

然而，另一個抓住亞瑟的人卻倒吸了一口氣。

「湯瑪斯，」她說，聲音顫抖不止，「我**早就**告訴過你了，蘿絲就在這裡。」

說話的人是奧利。亞瑟立刻察覺到這是個難得的機會，迅速改變了策略。

「福克斯教授不會同意這麼做的。」他焦急地說。

「等一切抵定後，她就會明白。」湯瑪斯厲聲地說。「她會感謝我們的。她就會多出好幾十年的時間繼續進行她的研究。全世界都會因為我們的行動而受惠——」

「如果像上次一樣出錯該怎麼辦？」亞瑟逼問道。「她有可能會死，而你得為她的死負責。」

奧利發出了一聲微弱的嗚咽聲，這方法發揮效果了。作為湯馬斯的副手，如果連奧利都對這項任務產生疑慮，其他的三葉草成員也肯定會動搖。

「今晚，這裡沒有人想成為殺人犯，」亞瑟大聲說，「也沒有人需要這麼做。」

「誰說要殺人了呢？」威廉說，「把它看作一種重生，亞瑟，一個比你更偉大的智者將繼續存在著。誰知道呢？或許你部分的靈魂將與夏洛克的靈魂並存。對我來說，把你的身體交給他再合適不過了，畢竟你是他忠實的追隨者。這件事多麼有詩意啊。我的哥哥就只能勉強接受你那位朋友的身體了。」

他朝著格羅佛點了點頭，格羅佛的臉色因恐懼而變得慘白。

「而且，我甚至會讓你在這兩個女孩中選擇一個。對我來說，選誰成為阿嘉莎都無所謂，她們看起來都是強壯健康的宿主。」

口袋咒罵出幾句亞瑟從未聽過女孩使用的髒話。

「如果你們全都拒絕幫助他，他就無法成功了。」亞瑟大聲對三葉草成員們呼喊著。

「他無法對抗我們所有人！」

幾個戴著面具的人轉頭，彼此對看著。

「如果我們有任何一位客人逃走了，」威廉低聲說，「我就得要找其他的身體來取代，有人要自願嗎？」

大廳裡陷入一片死寂，閃電劃過天際，吉米發出一聲微弱的哀嚎聲。

「沒有吧，我就知道不會有人自願的。」威廉說，看了一眼毫無反應的吉米。「現在時候到了，該讓你們看看成果了！」

他跨了兩個大步走到吉米身旁的手術台，開始將自己固定在上面。他兩側的太陽穴上都滲出了汗水，下巴不時咬緊又放鬆，肌肉彷彿抽搐著。

「你，」他指著一個站在他身旁並戴著面具的人。「拉動操作桿。」

這個人身材高大，亞瑟隱約看見他兜帽下露出一縷金色的頭髮。他的目光似乎在吉米身上停留了一會兒，亞瑟幾乎確定那個人就是塞巴斯汀。

「塞巴斯汀，不要！」他大聲喊道，「別聽他的！」

「快一點，」湯瑪斯冷冷地說，「不然就換我來。」

那個人又猶豫了一會兒，接著抓住了操作桿，用顫抖的手使勁地往後一拉。

「不要！」亞瑟大叫，再次奮力地想掙脫束縛。

機器發出一陣刺耳的聲響後啟動，隨後傳來一聲低沉的轟隆聲，最後變成了強烈的嗡嗡聲。

亞瑟根本無法預料接下來會是什麼情況——兩張金屬手術台竟然從地面升了起來。鐵鍊開始劇烈顫動並收緊，手術台突然開始向空中移動。

有人尖叫了一聲。

亞瑟一時說不出話來，只能無助地看著威廉和吉米越來越高地升至空中。

接著，鐵鏈開始發出爆裂般的聲響，並閃現出一陣詭異的藍色光芒。

「天空！」口袋大聲喊叫。「那是他用來產生電力的裝置！這台機器必定會從大氣中收集電流，然後透過金屬傳導再進入身體！但這場暴風雨……太強烈了，吉米絕對無法生還的！」

亞瑟的目光掃視著四周，想要尋找一個樓梯、梯子，或任何能幫助自己爬上去拯救吉米的東西，但他卻只能待在原地動彈不得。

「奧利。」他懇求道。「奧利，放開我吧。」

就在此時，他聽見格羅佛大聲喊著：「艾琳！」亞瑟回頭一看，看見他的朋友艾琳的突然身體一斜倒在地上。

「她昏倒了。」其中一個戴著面具的人說道，他正緊抓著艾琳。「讓她躺在地上吧。」當那兩個人將艾琳放在地面上時，有一股預感湧上亞瑟的心頭。

艾琳可不是那種會輕易昏倒的人。

果然，當其中一人鬆開她的手臂時，艾琳的手從她的黑色洋裝裙擺下伸了出來，迅速拔出一把看似把錨和步槍融為一體的武器。她微微睜開一隻眼睛，看向亞瑟的方向。正當亞瑟感覺到奧利的手稍微放鬆時，他毫不猶豫地鬆開了左臂，以手肘猛烈地攻擊湯瑪斯下巴和脖子中間的柔軟處。

湯瑪斯大叫了一聲，亞瑟立即轉身躲開。艾琳把東西滑過地面朝亞瑟的方向扔過去，亞瑟迅速撲過去一把抓住。。

「朝著上面發射！」她喊道。「就是現在，亞瑟！」

亞瑟幾乎來不及好好檢視自己手裡的東西。

原本是步槍槍管的地方，竟被一個大大的金屬鉤子取代。他的手指觸碰到扳機，但他完全不知道自己在做什麼，只是下意識地將鉤子指向躺在手術台上並懸浮於半空中的吉米，然後扣下了扳機。

那個鉤子迅速射向空中，下方隨即出現了一條繩索或纜線，將它與武器連接在一起。鉤子在兩層樓高的地方勾住了某個物體，那條繩索瞬間拉緊了。

「現在再扣一次扳機！」艾琳指示道，「然後緊緊抓牢！」

亞瑟吞了吞口水，再次扣下了扳機。

一瞬間，他的雙腳便離開了地面。那條收回的繩索將他拉了上去，越拉越高。他的雙手緊緊地抓住那個發射出抓鉤的武器——**艾琳到底給了他什麼奇怪的東西**!?隨著越飛越高、越來越接近塔頂，雪花不斷落在他的臉上，他看到抓鉤已經勾住了塔頂的邊緣。腳踩上塔頂邊緣上小小的突出處後，他便牢牢抓住石塔邊緣那塊搖搖欲墜的石塊。

他大口喘息著，轉身就看見兩張手術台懸浮在下方幾英尺的地方。

他應該有機會跳到吉米的台子上，將他鬆綁——如果他敢這麼做的話。他小心翼翼地往塔樓的邊緣移動，離開了那根抓鉤所提供的安全保障。

「哼，你別想得逞。」一個聲音低沉咆哮著。亞瑟一轉頭，立刻看到威廉的手術台正朝著他搖搖晃晃地靠近。威廉此時已經坐起來，正試著用自己的力量推動手術台往亞瑟的方向移動。

「我的計畫已經被你破壞過一次。」威廉說，「但你不會再有第二次機會了。我們倆只會有一個人能活到明天，而那個人恐怕就是我。」

亞瑟迅速往遠處移動，不讓威廉的手碰觸到自己，但他腳下的石塊突然開始崩塌，讓他慌亂地尋找另一個支撐點。就在那一瞬間，他感覺到威廉抓住了他的外套後領。

「再見了，亞瑟。」威廉說道，隨即將亞瑟從牆面上拉開，然後鬆開了他的手。

35

A Charge and a Leap

勇敢向前，一躍而起

在他即將墜落的那一瞬間，亞瑟張開了雙臂。

那並非是什麼聰明的舉動，純粹只是一種本能反應，他像個嬰兒一樣張開雙臂，撲向媽媽的懷抱。

不過，或許這就是命運的安排，他的手碰巧抓住了另一隻手。

吉米抓住了亞瑟的手，但只維持了一秒鐘，又開始滑落鬆脫。

不過那短短一秒鐘，已經足夠讓亞瑟用另一隻手抓住手術台的邊緣。亞瑟再伸出另一隻手，越過台面邊緣，抓住吉米腰間的一條束帶。接著另一隻手也緊緊抓住那條束帶，然後用盡全力將自己拉了上去，他先用手肘撐上台面，接著是膝蓋，最終爬到手術台上的安全區域。

「亞瑟？」吉米迷迷糊糊地說。「發生什麼事了？」

威廉在距離幾步的地方大笑著說道：「你救不了他的。」他大聲說道。「也救不了你自己，已經太遲了！」

亞瑟和吉米看到威廉的手術台開始發出藍光，然後變成明亮耀眼的白光，隨著電量達到極限時，威廉的身體變得鬆弛，隨後開始不由自主地顫抖並抽搐。

亞瑟抬頭望去，發現手術台上方有一條銅線連接著兩組鏈條。他記得銅是一種非常好的導電物質。鏈條開始發光，亞瑟清楚地看到一個明亮的圓圈，它像顆星星般規律地跳動著，而那個圓圈開始從威廉的胸口浮現並升起，隨著電流沿著電纜移動。

但是他沒有時間去思考眼前的景象了。幾秒鐘後，電流會沿著鏈條傳遞到他和吉米被懸吊在空中的手術台上。如果威廉說得對，那麼他的生命能量就會透過電流傳遞到吉米身上，讓他自己重生……卻很有可能把亞瑟電死。

「我們得趕快下去。」亞瑟說，雙手迅速地解開那些綁住吉米的束帶。他解開了每個扣環讓朋友脫困，但他們仍然被困在高空中。

亞瑟瞄了一眼掛在塔樓牆邊的抓鉤。如果他們能夠順利到達牆邊，就可以利用抓鉤上的繩索降落到地面上，**如果**能夠成功的話。

「我們得要跳過去了，吉米。」亞瑟說。「朝著塔牆跳過去。」

「什麼——？」

亞瑟把朋友拉了起來。

「一、二、三，**就是現在！**」

他們一起跳了過去，伸手抓向塔樓的頂端。吉米發出一聲掙扎的叫聲，用雙臂緊緊抱住了塔邊，在他身旁的亞瑟也緊緊抓牢了。亞瑟稍微轉頭一看，正好看見那張銀色的手術台發出詭異的藍色光芒。他難以置信地瞪大眼睛。

再多待一秒鐘，他就會被電死在那張手術台上。

亞瑟之前看到的發光圓體懸浮在半空中，透過鏈條與電流連接，並伴隨著劈啪作響的電流在空中顫動著，接著震動得更加劇烈。

在格雷的日誌中，她寫的那句話是怎麼說的呢？她好像提到了，如果沒有提供適當的容器，會有一種能量釋放的致命風險？

隨著一聲震耳欲聾的爆裂聲，發光圓體在一閃而過的炙熱紅光後炸裂開來。亞瑟閉上雙眼以抵擋爆炸帶來的衝擊，他甚至確定自己聽見一聲又長又刺耳的慘叫聲。

然後，四周便安靜下來，只剩下紛飛的雪花。

「我們要想辦法從這裡下去。」亞瑟說。他剛好離得夠近，伸手就可以拿到了那個抓鉤，他將一段繩索遞給吉米。「我們必須緊緊抓著這條繩子。」

吉米的臉色像月亮一樣蒼白。「亞瑟，發生了什麼事？」他用虛弱的聲音說。

「這一切都是因為我太笨了，真的很抱歉。我不知道該怎麼解釋我有多麼後悔。」

他看了吉米一眼，發現吉米的目光變得清澈，像是在搜尋什麼東西。吉米已經擺脫了威廉・查林傑對他造成的昏迷狀態，但亞瑟卻不敢直視他的雙眼，害怕看見自己不願面對的情況。如果角色互換的話，他並不確定自己是否能原諒吉米。

「我——我當初應該要信任你。你一點也不像湯瑪斯，也和你父親完全不一樣。我早就該明白了，或者說，我的內心深處早就有答案了，但我可以好好解釋——」

「亞瑟，」吉米用平淡的語氣說，「能不能等我們離開這麼危險的地方後，再來解釋呢？」

亞瑟又偷瞄了一眼他的朋友，只見他眼角閃過一絲微弱的光芒。

亞瑟接著露出了笑容。「我想也是。我們還是朋友嗎？」

這次他沒有移開自己的視線，他看見了吉米眼中閃現的各種情緒：恐懼、憤怒、背叛、解脫，或許，還有愛。

「現在暫時算是。」吉米說。隨後，他的臉上綻放出久違的真摯笑容。

36

An Apology and an Invitation

道歉與邀請

亞瑟和吉米緊緊依偎在一起，當亞瑟每次將抓鉤的纜繩放出幾英尺時，他們也不時用腳踢著塔壁以避免撞傷。下面傳來了歡呼和吶喊的聲音。當他們接近地面時，亞瑟終於鼓起勇氣低頭一看，看到只有艾琳、口袋和格羅佛三個人站在瓦礫堆中。

感覺到自己腳下踩到堅實的土地後，亞瑟不曾像現在如此心懷感激。

「還好你們都沒事！」艾琳大聲喊道，張開手臂，一隻手擁著亞瑟，另一隻手則擁著吉米。接著又放開他們，仔細打量著他們。「真的是你們，對吧？」

「如果你是指威廉是否占據我們的身體，那麼答案是沒有。」亞瑟說。「真的就是我們。」

「我們還以為你們被活生生烤熟了呢！」口袋說。

「其實，我們差一點就要沒命了，幸好有這個……」他舉起那個奇怪的裝置。「艾琳，你給我的到底是什麼東西？」

「我把它稱為抓鉤槍。」艾琳說道，並嘆了一口氣。「我還得想辦法把那個抓鉤從上面弄下來，因為那是我要參加發明大會的作品。我將它設計成可以安裝在這件洋裝裡的裝置，方便我隨時取用——這不僅時尚而且實用。我一完成後就把它穿在身上，以備不時之需，結果它還真的派上用場了！」

亞瑟驚奇地搖了搖頭，然後掃視石室的四周，確保沒有其他人躲藏在陰暗的角落。「你們三個人是怎麼擺脫那些三葉草成員的？」他問道。

「有一半的人自己跑掉了。」艾琳說。「我想，他們根本不知道自己要參與的是這種事。」

「而我們解決了剩下的那些人。」口袋接著說。「一直以來，艾琳在晚上都會教我柔術，那是日本武士的格鬥技巧。」

「我告訴那些抓住我的人，如果今晚死在這裡，我將會召喚一支幽靈軍隊，讓他們這一生都不得安寧。」格羅佛說。

「這不令人意外，有你的風格。」吉米回應，皺著眉頭輕拍著頭的一側。

「說到了幽靈，」亞瑟說，心中掠過一陣不安的情緒，「我們應該去看看——總得要確定一下，我是指……」

他指向那個懸浮於空中的手術台。他不認為威廉能在那麼猛烈的電流中存活下來，但他必須確定這件事。而他所見到的那股強大的光芒、那顆閃爍的光球爆發出火焰的景象，是怎麼一回事？

他不太確定，但他覺得自己或許親眼目睹了威廉・查林傑的靈魂爆炸的那一刻。

「吉米需要看醫生。」艾琳堅定地說，緊緊抓住吉米的手臂。「我先帶他回去，等一下再帶幫手來幫忙他們。」她指向靜靜躺在那裡的三位教授。

「你可以騎走威廉的馬，這樣會快一些。」亞瑟說。

艾琳點了點頭並走向門口，但吉米沒有跟上她的腳步。他仍然目光呆滯，無神地一一掃視著他們。頭髮可能因為受到電流影響而豎立了起來，臉色灰白，鼻頭滿是乾涸的血跡。

「吉米，」艾琳輕聲地說，手指不安地撥弄著她的裙子，「我們真的很抱歉，我真心感到抱歉。」

「我也是。」口袋說，從口袋裡拿出一條奶油色的手帕，輕輕擦拭著吉米仍在滴血的鼻子。「我早該知道你不是那種會在背後捅刀的人。」

「不過，說句公道話，」格羅佛說，「你父親確實是個相當有說服力的反派角色。」

「就算他真的是，即使來自同一個家族，邪惡也不一定會世代承襲。」亞瑟說，指著威廉的屍體。「你們看看，查林傑兄弟有多麼不一樣。」

「史密斯偵查探長——綠衣騎士——就是查林傑校長的弟弟嗎？」吉米難以置信地問道。

「我會在回學校的路上告訴你所有事。」艾琳說。「前提是你得要原諒我偷偷跟蹤你。」

這次，吉米低下了頭，用靴子踢著一堆髒掉的積雪。

「你們救了我。」他嘶啞地說。「你們明明可以把我丟下的，任憑我面對那個……不管他是什麼了……但是你們並沒有這麼做，你們還是來了。」

「我們當然會來。」亞瑟說。

吉米沉默了一會兒，才抬頭看他，眼中已泛著淚水。

「那麼，我當然會原諒你們。」他說。

「太好了。」艾琳說。「我們現在就去看醫生吧。」

當艾琳和吉米離開後，亞瑟、格羅佛和口袋開始檢查現場的損毀情況。亞瑟首先檢查了三位教授的情況，確認他們的呼吸依然正常。雖然他們三人都有脈搏，但福爾摩斯的狀況看起來比以前更糟，皮膚上的黃疸變得更加明顯。現在威廉已經死了，是否代表找到解藥的希望也隨之破滅？他搖了搖頭，把這個念頭先拋到腦後。

此時，口袋和格羅佛開始繼續一圈又一圈地轉動操縱桿，直到手術台接近地面為止。他們三人站在離威廉的屍體幾英尺外的地方，目不轉睛地看著他。那是一個可怕的景象，才短短一瞬間，他們就能確定威廉·查林傑已經死去。口袋輕輕地將她的手指穿過亞瑟的指間並握緊，隨後，他們轉過身去。

「等一下！」

格羅佛指著屍體旁的某一處。亞瑟看了過去，他盯得越久，越覺得那個地方彷彿有某種異常變化，空中有一股電流和灰塵盤旋著，好像有什麼東西正飄向他們。儘管已經感受到四周湧入刺骨般的寒冷，仍有一股寒意席捲他全身，亞瑟驚訝地倒吸一口氣。

「蘿絲！」格羅佛大聲喊叫。「她來了！」

他迅速地從外套裡取出通靈板，並找了一處空地鋪開來。當亞瑟和口袋還來不及將手指放上三角形乩板時，它就已經開始移動了。亞瑟彷彿感覺有某個人正坐在他身旁，與他一起推動那塊木板。

乩板指向了雙手合十祈禱的圖樣。

隨後又指向了心形的圖樣。

「我想，她是在表達謝意。」格羅佛低聲說。

「威廉花了那麼多時間要完成他們的使命，」亞瑟說，「而她卻把時間花在思考她自己的死亡。」

「是的。」格羅佛同意道。「最終，她和威廉完全不一樣了。她不再害怕死亡，她更害怕的是他會做出什麼事。」

「她當時確實應該擔心。」口袋說。

「那麼，威廉接下來會怎麼樣？」亞瑟問道。「我是指，他的靈魂，他是不是——？」

還沒等亞瑟把話說完，三角形乩板又開始移動了。

它指向骷髏頭和十字骨。

隨後又指向雲朵。

「他死了，並且消失了。」格羅佛這麼解釋。「他年紀比較大，或許他的靈魂更加脆弱，不像當年蘿絲進行那場最初的實驗時一樣，所以無法像她一樣倖存。」

「或許，他吸收了比他預期更多的電流。」口袋建議。「在這種突如其來的風暴之前，大氣之中本來就充滿了電，他完全沒預料到這件事。」

「他可能把那當成一種徵兆吧。」亞瑟說。「他真的深信自己所做的一切都是對的。」

「那麼，這是否代表蘿絲根本就不是鬼魂呢？」口袋問道。「她只是……流連於此的靈魂？」

三角形乩板再次移動了。

杯子。

水。

葉子。

火焰。

亞瑟盯著板子，等待看見更多的訊息，但格羅佛只是點了點頭。

「啊，好的，」他說，「我們很樂意。」

「樂意做什麼？」口袋問道。

「蘿絲邀請我們到時候一起加入她和福克斯教授的茶會。」格羅佛說。「她到時候會向我們解釋一切。」

亞瑟不確定格羅佛如何從四個符號中解讀出如此具體的訊息，但他決定不再質疑朋友解讀靈魂之語的能力。

「如果福克斯教授能醒過來的話，」他喃喃道，「我想，蘿絲應該不知道那個死亡之葉的解藥吧？」

這次，三角形乩板一動也不動，空氣也瞬間平靜下來。

「我想那並不是她擅長的領域。」口袋說。

「她已經盡力幫忙了。」格羅佛表示認同。「剩下的事，就交給我們這些還在世的人來處理吧。」

亞瑟的目光投向那三位昏迷不醒的教授。他心中不禁想著，他們還能在這個世界待多久，才會像威廉一樣，跨越生死的界線，進入那個等待他們到來的未知世界。

37

At Home with Holmes

陪伴福爾摩斯

——三個星期之後——

亞瑟一如往常地坐在扶手椅上，正專心閱讀著一本書，是關於世界各地的刀劍武器，突然聽見了一聲詭異的呻吟聲，將他從書中的世界喚醒。他從古埃及鐮狀劍[16]——劍身一半是劍，一半是斧頭——的章節中轉移了目光，不敢置信地看向床邊。

床上的人有了動靜。

「教授！」他驚呼一聲，迅速從椅子上跳起來，看著夏洛克．福爾摩斯先睜開了一隻迷濛的眼睛，接著又睜開了另一隻眼。「你醒來了！」

在華生醫師的同意下，亞瑟幾乎每天下午都會花一些時間陪伴在教授的床邊。他發現，待在福爾摩斯身邊讓他感到安心，而這也是基於一種實際的考量。福爾摩斯的房間裡有完整的資源，亞瑟完成發明大會作品所需的書籍和資料都在此，而發明大會即將在幾天後舉行。

福爾摩斯又發出一聲呻吟，他皺起眉頭，就像吉米被吉拉德准將的法國號吵醒時的樣子。他神情嚴肅地掃視了房間一圈，目光最終停留在亞瑟身上。

「我現在就去叫華生醫師。」亞瑟說道。「我馬上回來。」

「不。」福爾摩斯嘶啞地回答，坐了起來，並以異常強大的力氣抓住了亞瑟。「等一下。綠衣騎士，你是不是——他該不會——？」

「威廉·查林傑已經死了。」亞瑟回答。

福爾摩斯的肩膀垂了下來，亞瑟假設這是因為他鬆了一口氣，但他卻看見教授眼中閃現一股極度的悲傷。「那其他人呢？」

「其他人都沒事。他先對你下毒，接著是福克斯教授，後來還有查林傑校長。他有一個瘋狂的計畫——不過，這已經不重要了。」

亞瑟不願成為那個向他說明來龍去脈的人。若是威廉的計畫得逞了，福爾摩斯現在應該就會活在亞瑟的身體裡四處走動，要對一位教授說這件事實在有點難為情。

「但他們都康復了嗎？」福爾摩斯問道。

「是的。」亞瑟回答。查林傑五天前就醒來了，兩天後福克斯教授也清醒了。在那之

16 Khopesh，一種外型為彎曲鐮刀狀的劍，結合了劍和斧頭的特點，用來砍擊或勾住敵人的武器，具有很強的破壞力，為埃及步兵主要兵器之一。

後，他們一直保持低調。亞瑟只見過查林傑一次，那時校長要他去辦公室見他。查林傑變得像是另一個人，與中毒前的樣子截然不同。他變得蒼老、消瘦，眼神帶著不安。亞瑟猜想，對查林傑來說，要面對自己的兄弟做出這麼邪惡的事，甚至接受他已永遠消失，肯定是一件難以承受的事。

查林傑曾多次試著開口說話，但每次總是欲言又止。最後，他伸出手越過他那一張巨大的書桌。

「道爾，很抱歉讓你捲入這場麻煩之中。」他一邊說，一邊與亞瑟握手。「不過，我想要讓你知道，你把這件事處理得很好，如果是我遭遇到同樣的情況，希望自己也可以這麼面對。」

亞瑟點了點頭。「謝謝你，校長。我為您失去了弟弟而感到遺憾。」

查林傑的眼神變得像鋼鐵一樣冰冷。「早在幾十年前，我就失去這個弟弟了。」他說。「當我見到那個假扮成史密斯偵查探長的人時，我完全認不出來，但我現在和他也已經沒有任何關係。」

他重重一拳拍在桌子上，讓亞瑟嚇了一跳。「現在，別再浪費時間了，孩子。」他命令道。「快回去上課吧。」

亞瑟離開後，不禁鬆了一口氣。他熟悉並敬佩的那位校長仍然還在，亞瑟猜想，他很快就會再次投入日常的校務工作之中。

福爾摩斯哼了一聲，讓亞瑟回過神來。「但我現在還躺在床上。」

「這毒藥在您身上作用的時間比其他人還要久，」亞瑟解釋道，「所以您需要花更多時間來恢復體力。」

華生醫師曾向亞瑟明確地解釋過，這正是福爾摩斯在其他人清醒後仍然昏睡的原因，但亞瑟仍然十分擔心他。現在，他感覺到這些擔憂慢慢消退，就像一場惡夢的記憶般漸漸消逝。

「他在我那該死的菸斗裡下了毒，等我發現事情不太對勁時，已經沒有力氣移動了，只能留下最後的訊息。」

「五角星。」亞瑟說。「我知道，所以我一開始才會認為是有人攻擊你。」

福爾摩斯對他點了點頭，露出讚許的神情。「華生總是叫我戒菸，說這是個壞習慣。也許在這件事情上，他是對的。現在告訴我，我昏迷了多久？」

他拉開窗簾看看外面的景象，只見積雪已經融化，取而代之的是剛從土壤中冒出來的一簇簇雪滴花。他立刻放下了窗簾，瞇著眼睛抵擋那刺眼的光線。

「大約一個月。」亞瑟說。

「**一個月!?**」福爾摩斯大叫道。「到底是什麼鬼東西，需要我們花那麼長的時間才能甦醒過來？」

「那是一種相當少見的毒藥。」亞瑟解釋道。「是馬龍教授找到了解毒劑的配方，但在此之前，大家花了不少時間才說服警方放她出來。你應該知道她是被陷害的。威廉·查林傑偽裝成一位偵查探長，親自逮捕了她。」

當亞瑟、艾琳和那位「偵查探長」闖進馬龍教授的實驗室時，他們發現她正在研究一株名為死亡之葉的植物標本，事實上，她早已懷疑這種植物是下毒事件的元凶，也早已開始尋找解藥。在她被釋放之後，便和華生醫師一起努力研究。

「那個人真是太過分了。」福爾摩斯低聲嘀咕著。「不過，從某個角度來說，還算聰明。」他專注地看著亞瑟，眼神已經從昏沉的狀態中恢復過來。「但顯然還是不夠聰明。亞瑟，還是被你識破了他的偽裝。」

「一開始我並未察覺。」亞瑟坦承。「不過，幸好有那些朋友的幫助，我才能發現這些事實。」

還有蘿絲，你的朋友之一，亞瑟不禁想到了她，但他決定這個話題還是留待以後再說吧。

「是呀。」福爾摩斯若有所思地說。「國王如果沒有他的騎士，就什麼都不是了。一個人很難成就什麼事，除非有朋友的支持——即使只有一、兩個朋友。」

他的眼神再次變得茫然，亞瑟不禁想著，他是否回憶起自己當學生時的那些日子，與朋友們共同擁有的那些記憶，直到他們的小團體最終分裂。

「那麼，接下來要做什麼呢？」亞瑟問道，急著換個話題。

福爾摩斯的臉上浮現一抹微笑。「接下來，你先深吸一口氣吧，孩子。」他說。「因為我有一種預感，你的冒險還沒有結束。」

「只要它不在發明大會之前找上門來就好。我應該要去找華生醫師了，他一定很希望聽見你醒來的消息。」

福爾摩斯點了點頭，再次閉上眼睛，亞瑟站了起來。

「亞瑟。」

「是的，教授。」

「謝謝你。」福爾摩斯低聲說，眼睛仍然閉著。「我自己恐怕也無法像你處理得那麼好。」

亞瑟微笑著，並輕輕關上了門。這一次，他的心情如此輕盈，如同外頭等待他的那一片藍天。

38

The Invention Convention

發明大會

學院餐廳裡充滿了熱烈的交談聲，人們穿梭在各個展示攤位之間，攤位上的學生們已經開始展示他們的發明作品。艾琳正在向一小群觀眾展示她的裙子和抓鉤槍，其中包括了為她感到驕傲的父母。

現場還有許多其他發明，有些令人印象深刻，也有些令人無法理解。蘇菲亞設計了一個目前還無法運作的裝置，但將來或許能自動列印出電報上的文字。羅蘭則是設計了利用蒸汽和液壓系統作為動力的橋，他宣稱這項設計將來會成為泰晤士河上的開合橋。艾哈邁德則繪製了一張他認為是有史以來最完整的火山地圖，並試著將火山進行排列，依照最古老到最新形成的時間順序。現場還有其他發明作品，例如試著以機器捕捉輻射的神祕力量，或介紹新的混種植物，甚至示範如何透過電解法來分解出新的化學元素——不管那到底是什麼，都令人眼花撩亂。

人群中突然發出了一聲驚嘆聲，有個物體在空中拍打著翅膀，發出尖銳刺耳的聲音。亞瑟抬頭望去，瞪大了雙眼仔細確認一次。一開始，他以為是奇波意外闖進了餐廳，但他很快就發現，那東西的動作過於僵硬，翅膀是金屬材質，而不是個活生生的生物。

那是一隻機械恐龍——**會飛的機械恐龍**——對於那些不認識奇波的人來說，它看起來可能就像是一隻很奇特的鳥。然而，在亞瑟認識的人之中，只有一個人有本事創造出這種東西。突然間，其中一側翅膀突然不動了，而它方正的機身開始滴落帶著煤油味道的液體，那隻恐龍開始向下墜落。亞瑟笑了，看著口袋迅速穿過人群之中，及時接住了它。觀眾為她的表現熱烈鼓掌。

「這只是個原型。」她謙虛地說，儘管如此，仍然露出了得意的笑容。

格羅佛也展示了他的「通靈板」，他正在和殯葬師格里默先生深入交談。亞瑟記得格羅佛曾說過，他母親並不鼓勵他研究心靈科學，讓亞瑟心中感到安慰的是，格羅佛身邊至少有個人支持他，他真希望自己也能有人可以支持他。當格里默先生走遠去看其他攤位時，格羅佛走了過來，看著亞瑟的作品，並讀出了的標題。

「『潛在的調查技術，用於追捕罪犯及具有犯罪意圖的人』，這個名稱似乎太長了，對吧？」

亞瑟笑了，格羅佛說的沒錯。相較於他那些朋友們的發明作品，他覺得自己的作品顯得簡單樸素。事實上，這個作品只是亞瑟在調查綠衣騎士案件時所使用的一些策略，或者說是他最近幾個星期所學到的知識。裡面附有一些字跡樣本，每一個樣本都附有推論，可以透過仔細觀察字跡的過程中來推測書寫者的樣貌。

裡面還有一些血跡飛濺的圖示，並標註了用來造成這些血跡的武器——從昏迷中醒來後，福爾摩斯就一直在幫助他進行這些實驗，而拿錘子敲西瓜也很快成為他們最愛的共同嗜好。另外，還有一份詳細列出如何識別嫌疑人的方法，從提取他們的一根頭髮、注意刺青，到仔細比對耳朵的形狀。他們還提出了一個論點，主張在犯罪現場進行攝影來保存重要的證據。

其中最令他自豪的，就是他得出的一項結論：犯罪行為並不會僅限於某一社會階層，邪惡也不一定會世代承襲，不同於亞瑟所讀過的內容，那些犯罪學家在書中所說並非是真的。正如史密斯偵查探長曾經告訴他的，絕望是多數罪行的根源，但亞瑟現在明白了，絕望可能存在於每個人的心中——即使是國家中最高貴的領主也不例外。同樣地，誠信和正直也可能存在於最簡陋貧窮的家庭之中。因此，一個父親的罪行並不能歸咎於兒子的錯誤，一個男人的不當行為也不是他兄弟的責任。

這一切其實都相當簡單明瞭，沒有什麼值得大驚小怪或讚許的地方。

然而，亞瑟並不在意自己的作品是否能在眾多作品中脫穎而出。他只是覺得很開心，這一次終於有正常的事情可以忙碌了。

「或許，你的通靈板並不像口袋的機械恐龍那麼引人注目。」亞瑟說，「但對我們來說，它確實幫了很大的忙，不是嗎？要不是有蘿絲的協助，我們可能無法及時阻止威廉的行動。」

格羅佛對亞瑟露出一個滿意的笑容。「這是否代表著我早已說服你了，讓你認定心靈科學是應該被認真對待的學問呢？這之中還有一整個充滿靈魂及超自然現象的世界，正等待著我們進一步探索。」

亞瑟以一個微笑作為回應，他還不打算要全盤接受這一切。蘿絲的死亡——或者說，她與自己肉體分離的狀態——是極為特殊的情況。他尚未看到足夠的證據，能讓他相信有靈界的存在，更不用說隔空移物的能力或心電感應了。但他承認，自己對於超自然世界的認知仍相當有限。

「心靈科學是一門認真嚴肅且值得追求的學問。」亞瑟說。「我已經被你說服了。」

「那是不是代表你明年會和我一起加入靈魂圈呢？」格羅佛滿懷期待地問道。

其實，亞瑟心裡已有一個明確的輪廓，他最希望加入閃電圈，這樣他能繼續在福爾摩斯的指導下學習。不過，一想到朋友們可能會加入不同的學習圈，他仍感覺到有些焦慮。

這些都不會造成影響的，他堅定地告訴自己。他們的友誼不會被這些微不足道的事摧毀，特別是他們共同度過了那麼多難關後。五角星的成員因為對永生不死的追求而漸行漸遠，但這件事卻只會讓亞瑟和朋友們的關係更加緊密。

「這件事我還不太確定。」亞瑟說。「不過呢，我確實想要讀看看你推薦的愛倫坡故事集，或許是有偵探出現的那一個故事。」

格羅佛低頭行禮。「當然了，亞瑟。我會儘早將書籍親自送到你的房間。」

「好吧……任何時候都可以。」

亞瑟轉過身，在人群中尋找吉米的身影。儘管吉米早已原諒朋友們對他的不信任，但他仍然沒有告訴大家自己正在製作什麼作品。他一個人熬夜趕工，並提醒大家，答案很快就會揭曉了。

但是他的攤位被一塊布遮著，根本沒看見他的人影。

哈德森夫人在人群中走來走去，一邊向家長們打招呼，一邊瀏覽各個作品。托比悄悄地跟在她後方，卻還沒恢復成以前的模樣，看起來既骯髒又瘦弱，與亞瑟第一次在巴斯克維爾學院見到的那隻狼相比，已經變得很不一樣。

「我真想知道托比到底怎麼了。」格羅佛說，順著亞瑟的視線看過去。「我原本以為可能是因為他感應到蘿絲的靈魂才如此不安，但他早就該恢復正常了才對。」

「啊，你在這裡呀，庫馬爾先生！」在亞瑟還沒回應前，突然傳來一個響亮的聲音。「我聽說了許多關於你那個發明作品的事了。」

福克斯教授輕快地走向格羅佛的攤位前，黑色的長髮散落在背後。她看起來老了一些，也顯得疲憊，卻有燦爛的笑容。

「你怎麼知道的呢？」格羅佛問道。「除了朋友之外，我沒有告訴其他人。」

「但我們之間還有一個共同的朋友。」福克斯悄悄說道。「她告訴了我許多關於你的事。作為靈魂圈的領袖，我想要儘早邀請你加入我們。你將成為我們團體中最出色的成員，畢竟，我們的團體現在有點太小了，自從——嗯——總之就是如此。」

自從那一晚在那棟迷宮城堡發生了那些事之後，再也沒有人見過湯瑪斯．胡德或奧利．格里芬。當亞瑟和其他人將事情的經過轉告哈德森夫人和華生醫師，再等到傑拉德准將和史東教授闖入湯瑪斯和奧利的房間時，他們早已逃走了。

至於其他的三葉草成員，好吧，亞瑟並不確定那晚是哪些較年長的學生在城堡裡。他唯一確定當時在場的人只有塞巴斯汀・莫蘭，但他強烈否認這項指控。此刻，他站在距離亞瑟幾個攤位的地方，目光迴避著亞瑟。事實上，自從那一晚之後，他就再也沒有直視過亞瑟或吉米的眼睛。

亞瑟將注意力轉回福克斯教授身上，她輕拍著格羅佛的手，他看起來似乎受寵若驚。

「謝謝你們。」她的目光從格羅佛轉向亞瑟，一邊說道，「謝謝你們救了我的命。」

「我應該在此排隊嗎？」這時傳來了另一個聲音。亞瑟轉頭，便看見馬龍小姐微笑地伸出了手。

亞瑟握了握她的手，很驚訝她握手時是如此強而有力。

「我也是來這裡向你道謝的，」她說，「如果沒有你的話，我可能現在還待在那個可怕的牢房裡。跟你說，裡面的老鼠就跟小獵犬一樣大。」回想起那些記憶，她忍不住打了個寒顫。

「不，如果不是我，您可能根本不會進去那個地方。」亞瑟有點羞愧地說，他不確定自己是否配得上她眼中傳遞的那份溫暖。「其實，根本是我和艾琳將那位『偵查探長』引導到您那裡去的。」

「你們也只是根據證據行事而已。」她以輕快的語氣說。「不管怎麼樣，他終究會找到其他方法陷害我，但我很高興你們一直堅持下去。你知道的，這才是真正科學家的特質，緊跟著證據前進，無論它帶你到哪裡，即使那代表你必須承認自己曾犯下過錯。」

亞瑟來回移動著腳步。「您會留下來嗎？我是指在巴斯克維爾學院。」他問道。

她點了點頭。「對於我離開上一份工作的理由是編造的，校長不太高興。」她說。「但他理解我的原因，他也相信我是無辜的。幸好，他認識我以前那所學校的副校長，他知道她這個人有多麼高傲自大。」

她猶豫了一下。「有一件事，我還是沒弄明白，」她說，「我想知道你是否有什麼想法。」

亞瑟挺直了身體，心中湧現一股興奮的感覺，竟然有人——而且還是一位教授！——要來找他解開謎題了，好像他真的是一位偵探一樣。

「什麼事呢？」他問道。

「嗯，除了被指控下手毒害我的同事，」馬龍說，「我還被洛林教授指控偷了一瓶刺蕁麻。你還記得嗎？」

「記得。」亞瑟說，一邊點頭。「發現來自您上一所學校的信件後，他還發現了那個空瓶子。」

「正是如此。我從來沒喝過那瓶子裡的東西，但它也確實一滴不剩了。」

亞瑟摸了摸下巴思索著。「這東西很危險嗎？」他問道。

「這就要看是針對哪一種生物。」馬龍回答。「它有時會被當作殺蟲劑使用，對於消滅昆蟲非常有效，也能驅趕老鼠和鹿，但通常不會致死，只是會讓動物生病，足夠讓牠們不想再靠近。」

「但對人類來說呢？」

「你得要喝下足夠的劑量才會致命。」她說。「比那瓶更多一些。」

為什麼有人會想偷一種只能殺死昆蟲或讓動物生病的毒藥呢？

亞瑟凝視著人群，不斷思考著。他的目光停留在一個身穿黃色衣服的人身上，突然間，他想通了。

為了讓計畫順利進行，威廉・查林傑需要排除的障礙，還不只是福克斯、福爾摩斯和查林傑。還有另外一個角色，能輕易地發現那個隱蔽的迷宮裡有什麼不尋常的事，提醒大家威廉的存在，也自願擔任校園裡的守護者。

「如果有人給一隻大型動物——比如一隻狗——偷偷地餵食刺蕁麻，會產生什麼效果？」

馬龍歪了歪頭，說道：「我猜，會讓這隻動物逐漸變得越來越虛弱，最終有可能致命。」

「那麼，我想，」亞瑟說著，指向溫順地跟在哈德森夫人黃色裙子後頭的那隻狼，「牠應該是被下毒的第四位受害者。」

「托比！」馬龍小姐大聲驚呼。

如果托比死了或是消失了，那麼一開始就會引起大家的懷疑，認為有人惡意動了手腳。但是，動物也會生病，不是嗎？他想知道，被指派去偷走刺蕁麻，並且偷偷餵毒給托比的人，究竟會是哪一位三葉草成員？

「我得馬上告訴哈德森夫人。」她說。「我會確保她將所有給托比吃喝的食物都丟掉，任何有可能被下藥的東西。」

「他會好起來嗎？」

「應該很快就能恢復了。哦，亞瑟，做得好！福爾摩斯對你的正面評價，果真一點也沒錯。」

一說完，她便匆匆忙忙地離開了。

一群又一群的人來來去去，在亞瑟的攤位前停留片刻後，通常帶著些許困惑的表情便離開了。這時，亞瑟看見一位和他年齡相仿、頭髮凌亂的紅髮女孩，那一瞬間，他想起了格雷教授。她仍在外頭的某個地方，對其他人來說，她不過是一個和其他女孩沒什麼兩樣的年輕女孩。

「在這裡，親愛的薇拉。」一個紅髮的女人在女孩背後喊道，指向房間另一端的攤位。她顯然只是前來探望某個學生的姊妹或表親，就像其他人一樣。

接著亞瑟看見了一張他絕對會認得的刻薄面孔，令他心頭一驚。

穿著華麗服裝的莫里亞蒂先生站在門口中央，在人群中掃視著，試圖尋找吉米。

「對不起。」一個女人說，從他旁邊擠了過去，她的手提包不小心撞到了他。她並未注意到這件事，也沒有察覺莫里亞蒂以憤怒的眼神直盯著她。

她也掃視了整個房間，目光最終停留在亞瑟身上。

「媽媽！」他不敢置信地喊道。「妳竟然來了！」

她匆匆地走了過來，將他抱進懷裡。「亞瑟！」

她身上散發著薑味和煙囪的味道，還有姐妹們身上的氣味。他幾乎就要融化在她的懷裡了。

「妳怎麼來的？」亞瑟問道，他知道她根本負擔不起車票。

「今天早上有個男人到家裡來。」她說。「他的名字好像叫威金斯。他告訴我已經有人替我付了車票，並派他護送我到學校。」

亞瑟在人群中看見了福爾摩斯的身影，他嘴角露出一絲微笑。他揮了揮手，但福爾摩斯只是挑了挑眉毛，然後就轉身離開了。

「現在快告訴我吧，你到底在忙些什麼呢？」道爾太太說。

在她的目光還未看向他的攤位之前，亞瑟就握住了她的手臂。他還不想要向她解釋自己目前在血跡模式方面的研究，至少現在還不行。

「我先介紹我的朋友們給妳認識吧。」他說。

道爾太太對格羅佛的通靈板感到非常著迷，對口袋的機械恐龍感到神奇，但對艾琳的抓鉤槍則有些擔心。不過，無論她覺得這些孩子和他們的發明有多麼奇怪，她都像平常一樣熱情地向大家打招呼。

「那麼，亞瑟，你那位叫吉米的室友呢？我有機會見到他嗎？」她問道。

他們就站在吉米的攤位前，攤位上仍蓋著一塊布，這裡也沒人看顧。莫里亞蒂先生在附近徘徊著，表情顯得有些不悅。

人群中輕鬆的談笑聲，突然被一聲尖銳的噪音打斷了。

「哈囉。」一個異常尖銳的聲音響起。「有人聽得見我說話嗎？」

道爾太太倒抽了一口氣，緊緊抓住亞瑟，那聲音是從那塊布的下方傳來。口袋小心翼翼地走上前，拉開了那塊布，露出了一台嗡嗡作響的黑色機器。

亞瑟發出一聲哀嚎，他已經受夠這些奇怪的機器以及遠方傳來的聲音了，接下來又會發生什麼事呢？

「請大家圍過來看一下。」那嘶嘶作響的聲音再次傳來，來自於那台機器。人們開始順從地過來圍觀，全擠在機器的四周，踮起腳尖想要更仔細地觀察那台奇特的裝置。

「我想向大家介紹我的發明，它的原理是基於物理學家法拉第[17]和賴斯[18]的研究，將聲波轉換成電脈衝，再轉換回來。」

等一下，亞瑟認出這個聲音了！

「請大家將注意力轉向門口好嗎？」

大家轉過頭，望向那扇學院餐廳的大門。吉米就站在那裡，臉上帶著紅暈，手裡拿著一個圓錐形裝置對著自己的嘴巴。

「你好。」他說，一邊揮了揮手。

但他的聲音並不是從門口傳來的，而是從他們面前的箱子裡傳出來的！

「天啊！」一名男士大笑。「這孩子竟然**透過空氣**將他的聲音傳送過來了！」

所有人都開始鼓掌，有一半的人盯著吉米看，另外一半的人則目不轉睛地看著他發明

17 Faraday，英國物理學家，在電磁學及電化學領域的先驅之一，主要的貢獻為電磁感應、抗磁性、電解，對電氣工程、物理學、化學等領域產生了深遠的影響，並為許多現代科學家提供了理論基礎。

18 Reis，葡萄牙猶太裔德國科學家和發明家。他於一八六一年製造了全球第一部電話的雛形，不過這種電話只能單向傳輸，不能雙向交談，雖然他的發明並未得到當時的廣泛認可，但為後來的電話發明奠定了基礎。

的那台機器。亞瑟的媽媽驚訝地像要暈過去的樣子。

「亞瑟。」她低聲說。「這是什麼樣的一所學校呀？」

「我想，這裡應該是最好的學校。」亞瑟回答。

「孩子，你怎麼稱呼這個東西呢？」有個人問道。

當吉米穿越人群時，他的聲音再次傳來。「我叫它……『輕聲細語傳輸機』[19]！」

「難怪他會那麼忙。」亞瑟對朋友們輕聲地說。

「這太不可思議了。」艾琳說。「莫里亞蒂先生現在一定感到非常驕傲。」

但當亞瑟看向那個男人剛才站立的位置時，發現他已經消失在人群中了。

「我對這台機器的名字有一些疑惑。」格羅佛說。「那聽起來……像是用來形容其他場所的名字……」

當人群漸漸散去後，亞瑟和其他人走了過去，向吉米祝賀他完成了一項令人驚嘆的發明作品。

「你現在肯定能進入閃電圈了。」口袋說。「我真沒想到你有這方面的潛力！」

「它只有在接收器和發射器相當靠近的時候才能運作，所以也沒有那麼厲害啦。」吉米說，他的目光仍持續四處掃視著，亞瑟很清楚，他在尋找他父親的身影。

「那麼你應該為自己感到**非常**驕傲！」道爾太太說。「想像一下，這項技術將來能運用在多少事物上面！亞瑟曾說過他的室友很有才華，真是太了不起了！」

吉米笑了笑。「謝謝你，道爾太太。」

「大家注意一下！」又有一個聲音傳來。哈德森夫人正踮起腳尖，向人群揮手示意。

「我們的評審現在已經完成每一件參賽作品的審核，並準備好要宣布獲勝者了。」

她示意指著站在前方的查林傑校長，他皺著眉頭，站到華生醫師及洛林教授身旁。

「謝謝大家今天來到這裡。」華生醫師說，露出輕鬆的表情，亞瑟已經好幾個星期沒看見他如此輕鬆自在。「我們很高興，大家能前來參加今年的發明大會，也希望大家能在接下來的巴斯克維爾舞會中與我們一起慶祝。這次大會中的參賽作品都相當出色，我也相信許多人將會提前收到邀請，進而加入最適合他們的學習圈。不過，這也讓我們面臨了一

19 「輕聲細語傳輸機」原文中「speakeasy」通常是指在美國禁酒時期（一九二〇—一九三三年）時祕密經營的地下酒吧，當時顧客進入後需要低聲交談，以避免引起警方注意，字面意思是「輕聲細語」，強調它是個隱蔽的、祕密的場所。

個艱難的抉擇，那就是，哪一項傑出的發明作品能被評選為最優秀的佳作。經過慎重的考慮，我們很高興地宣布，獲勝者是……吉米．莫里亞蒂的作品『輕聲細語傳輸機』！」

亞瑟和朋友們圍著吉米大聲歡呼，而吉米則是一臉驚愕。亞瑟拍了拍他的背，道爾太太則緊緊擁抱了他。

「為吉米歡呼三次！」有個人喊道。「讚、讚，太讚了！」

「讚、讚，太讚了！」群眾大聲喊道。

「讚、讚，太讚了！」亞瑟也跟著大喊。

你不能只依據一個人的家世或成長背景來判斷他的品格，但你可以透過他選擇的朋友來看出他是什麼樣的人。而亞瑟明白，他擁有一群無比珍貴的好朋友。

39

The Inner Circle

受邀加入核心圈

當大家的歡呼聲結束後，學生們開始收拾攤位，將學院餐廳的桌子再次搬回原位，準備和他們的父母一起享用午餐。亞瑟的母親和伊格爾夫婦開心地聊天，話題圍繞著他們的歌劇生涯。與此同時，莫里亞蒂先生在湯品上桌時加入了他們。

「做得好，吉米。」當他坐在兒子旁邊時一邊說道，語氣平淡，彷彿只是請吉米將麵包遞過來，完全沒有一絲熱情。

「謝謝您，父親。」吉米僵硬地回應。

「你一定感到很驕傲吧！」道爾太太大聲地說。「或許，吉米的發明有一天能改變這個世界。」

「吉米將來只會接管家族生意，」莫里亞蒂先生說道，「所以這個世界恐怕得要等很久了。」亞瑟看到伊格爾夫婦互看了一眼，道爾太太則以眉頭深鎖的不悅表情看著莫里亞蒂先生。

或許，莫里亞蒂先生最終不是綠衣騎士，但亞瑟仍然認為他並非是一位好父親。

「吉米，如果你見到傑拉德准將，記得告訴我一聲。」莫里亞蒂說。「作為這次發明大會的獲勝者，你肯定能自由選擇任何一個學習圈，但城堡圈才是最適合你的。」

在對話過程中，吉米幾乎沒有眨眼。現在，他放下了餐巾紙，清了清自己的喉嚨。

「父親，」他說，「其實，福爾摩斯教授已經邀請我加入閃電圈，而我也接受了。」

亞瑟露出了微笑，對吉米點頭表示支持。

莫里亞蒂的臉色立刻由蒼白變得微微發紅。「我們就拭目以待吧。」他低聲地說，隨後站了起來，怒氣沖沖地走向門口。

「做得好，吉米。」艾琳說，完全不理會莫里亞蒂先生的回應或是他匆忙離開的反應。「在發明大會中獲勝，現在又被邀請進入你最想加入的學習圈，真是太了不起了！我也祈禱可以獲得城堡圈的邀請呢！」

亞瑟點了點頭，對她的話表示同意，心中卻不禁感到一絲嫉妒。福爾摩斯看見了吉米的才華，理所當然地邀請他加入自己所屬的學習圈。即便如此，就算他在發明大會中的表現平淡無奇，亞瑟仍希望福爾摩斯也向他發出邀請。

用餐時間結束後，人們紛紛站起來走向自助餐桌，準備享用一兩塊鳳梨塔。面對前來祝賀的人們不斷湧現，吉米被困在自己的座位上。

「我和格羅佛會幫你多拿一個。」口袋提議，並與格羅佛挽著手臂走遠了。

艾琳注意到亞瑟的眼神，點了點頭，示意他看向房間的另一端，只見莫里亞蒂把福爾摩斯逼到角落了。她朝著那方向歪頭示意，接著站起身來。他們穿過擁擠的人群，最終來到最遠處的角落。福爾摩斯看見他們就站在莫里亞蒂的後方，卻沒有開口說什麼。

「你的運氣真好，真是個命硬如鐵的人呢，福爾摩斯。」莫里亞蒂低聲地說。

「抱歉，讓你失望了。」福爾摩斯輕描淡寫地回應。「我知道，如果我死了，對你來說還真是省事。」

莫里亞蒂冷笑著。「是啊，不過呢，至少威廉．查林傑已經不再是我的障礙，」他說，「我毫不懷疑，你很快也會像他一樣成了障礙。」

「我要是碰到一個對任何事物都不會產生懷疑的人，我會說他就是個傻子。」福爾摩斯說，「有空常來吧，我總是很期待我們之間的小遊戲。」

莫里亞蒂轉身，氣沖沖地經過亞瑟和艾琳身邊，看都不看他們一眼。他們盯著福爾摩斯看，福爾摩斯卻只是眨了眨眼回應他們。

「有什麼事嗎？」他問道。

「莫里亞蒂所說的『威廉．查林傑已經不再是我的障礙』是什麼意思？」亞瑟問道。

福爾摩斯目光銳利地盯著他們。最後，他似乎對某件事做出了決定。「自從莫里亞蒂畢業之後，就算不再是三葉草的成員，卻仍不斷地操控著這個組織。當這些學生離開學校後，他會提供幫助，你知道的。他為他們安排工作面試，幫助他們順利申請大學，並贊助他們加入有嚴格篩選會員的精英俱樂部。在這過程中，他不僅更瞭解他們，也掌握了他們的弱點和祕密。他讓他們坐上可以獲得權勢的位子，然後利用他們不為人知的祕密作為威脅，迫使他們服從自己的命令。我敢肯定，現在三葉草成員卻聽從了新主人的命令，讓他不太高興。」

這就是莫里亞蒂能集結強大權勢的方式。亞瑟雖然曾經誤以為他是綠衣騎士，但奇怪的是，他當初懷疑他是三葉草的領袖這件事卻沒有錯。

「那他現在有什麼計畫嗎？」艾琳問道。「有什麼更大的陰謀嗎？」

「他這個人一向都有計畫。」福爾摩斯說，一邊聳了聳肩。「但我也一向會及時出手阻止。」

亞瑟決定，他們必須將福爾摩斯的話告訴吉米。吉米已經明確表明過自己的立場了，從此他們之間不再有任何祕密。

「伊格爾小姐，能讓我和道爾先生單獨聊一會兒嗎？」福爾摩斯問道。

當她離開後，福爾摩斯再次以那種能看透所有事物的眼神打量著亞瑟。他說，「我有一個問題想要詢問你。」

亞瑟驚訝地眨了眨眼。「什麼問題？」

「依照傳統，巴斯克維爾學院的學生會被分配進入五個學習圈之一。邀請函很快就會發送到學生的信箱中。」

「除了吉米之外吧，」亞瑟回答，「您已經邀請吉米加入閃電圈了。」亞瑟感覺到一陣興奮，難道福爾摩斯也要向他發出邀請了嗎？

「確實如此。」福爾摩斯同意地說。「然而，我認為閃電圈，甚至是任何一個學習圈，都不會是最適合你的。」

亞瑟感覺自己好像被重重打了一拳。如果他不適合任何一個學習圈的話，那麼……他腦海中有個可怕念頭一閃而過。福爾摩斯請他母親前來學校，該不會就是要請她把他帶回家吧？

「那麼，我適合哪一個學習圈呢？」亞瑟緊張地問道。

「有時候，我們會發現有些學生的才能無法局限於某個特定的學習圈。」福爾摩斯說，「他們的才華過於廣泛，無法限制在單一的領域之中，我們稱這些學生為『全才』。他們不會受邀加入你所知道的那五個學習圈，而是被邀請加入第六個學習圈。」

「教授，還有第六個嗎？」

「核心圈。」福爾摩斯說，「那是所有學習圈交匯的地方。我會和其他人一同引導你，帶你走上一條與你的智慧相符合的學習之路。」

亞瑟幾乎不敢相信自己聽到的一切。對於這個世界，他到目前為止的人生都像是個局外人，直到來到巴斯克維爾學院。即使在這裡，這個令他感覺最舒適的地方，他依然覺得自己與大多數同儕有所不同，因為他既不夠富裕，也不那麼圓融世故。如今，他居然有機會被邀請進入核心圈？

「我接受。」他毫不猶豫地回應。

「我希望你能花一些時間考慮這件事。」福爾摩斯回應道，「這是一條相當艱難的道路，會將你推向極限。這條路或許會很孤單，而且，你要交到我手上的不僅是你的智慧，還有你的生命。」

亞瑟正打算要回答他，其實他早已經將生命托付給福爾摩斯了，但一陣騷動轉移了他們的注意力，打斷了對話。口袋的機械恐龍再次飛了起來，並在桌子之間盤旋和急轉。口袋自己起身追了上去，跑出大廳的門外。

格羅佛、艾琳和吉米也緊跟在她後頭。

「我會再考慮這件事。」亞瑟說，「謝謝你，教授。」

他對福爾摩斯展露出笑容，隨後便轉身追上他的朋友們，跟著他們進入明亮的冬日陽光下。

40

Mrs. Doyle's Lodger

道爾太太的新房客

稍後，當夕陽開始隱沒在樹梢下，亞瑟和母親站在莊園大廳的樓梯口。她的馬車正從大門進來，準備要送她去車站。

「媽媽，我真希望你可以待久一點。」亞瑟說道，將頭輕輕靠在母親的肩膀上。「我真希望你今晚不用回去。」

「我知道。」道爾太太輕撫著亞瑟的頭髮，仍然像過去一樣溫柔。「不過，我還得要回去照顧你的姊妹和爸爸。更何況，我能穿什麼去參加那種華麗的舞會呢？」

亞瑟幾乎沒想到巴斯克維爾學院舞會的事，也沒想過自己該穿什麼。他覺得這是留待之後再處理的問題。

「大家……大家都還好嗎？」亞瑟問道，「爸爸現在還在工作嗎？你們能夠應付日常的開銷嗎？」

雖然他知道，從長遠來看，來巴斯克維爾學院是對家人最好的選擇，但他仍然無法抑制內心的愧疚，總覺得自己不該拋下家人。

然而，讓他驚訝的是，母親竟然笑了。

「亞瑟，生活從來都不容易。」她說，「不過，最近我們的運氣倒是還不錯。」

「哦？」亞瑟問道，「是怎麼回事？」

「家裡來了一個寄宿的房客。」道爾太太回答。「是一位孤兒，想以工作換取食宿。她幫了我不少忙。我想，她的年紀應該只比你大一點，卻有相當成熟的靈魂，你應該明白我的意思。她的外貌也很引人注目，尤其是那一頭紅髮。其實，她曾提到她認識你的事。你應該曾在愛丁堡見過她吧。對了，她還請我將一封信轉交給你！」

亞瑟皺起了眉頭，努力在記憶中搜尋著女孩的身分，而母親正忙著翻找她包包裡的信件。他認識的女孩，不是他的姊妹，就是在巴斯克維爾學院裡的同學了。除了……

他脖子後方傳來一陣發麻的不安感。

「啊，就在這裡。」道爾太太說著，拿出一封帶有蠟封的薄薄信封，上頭寫著他的名字。而那亂七八糟的熟悉字跡讓他感到不舒服。

「她叫什麼名字？」他問道，「那一位房客？」

道爾太太微笑著，一邊向她的馬車司機揮手示意。

「她姓格雷。」亞瑟的母親回答。「戴娜·格雷小姐。」

亞瑟突然意識到，遊戲再次展開。

然而，這一次，他無論如何都絕對不能輸。

致謝

如英文諺語所說，養育一個孩子需要整個全村的力量，寫一本書也同樣需要全村人們的幫助。若要同時做到這兩件事，那就需要一個很棒的村莊。我的家人和朋友，你們知道自己是誰，也知道我有多麼愛你們。這個村莊的其他成員還包括：

我出色的編輯艾莉森．戴（Alyson Day）——我找不到其他的字句來表達感謝了，這也正好顯示了你為我做了多少值得感謝的事！還要感謝HarperCollins團隊中的其他優秀成員，包括卡里娜．威廉斯（Karina Williams）、喬恩．霍華德（Jon Howard）、艾蜜莉．曼農（Emily Mannon），以及艾比．多梅特（Abby Dommert）。

謝謝我堅強的經紀人雀兒喜．艾伯利（Chelsea Eberly），感謝你在各種大小事務上所給予的協助與支持。

「工作夥伴有限公司」（Working Partners Limited）的朋友和同事們，感謝你們為這個系列作品所付出的卓越貢獻，特別是無畏的主編蜜雪兒．柯波拉（Michelle

Corpora）。

感謝版權人版權經紀公司（Rights People）團隊，你們確保這個故事能在全球各地的書架上找到它的一席之地。

感謝無與倫比的亞柯波・布魯諾（Iacopo Bruno），他在這個封面上展現了非凡的才能，也謝謝蘿拉・莫克（Laura Mock）令人驚豔的設計。

感謝柯南・道爾家族，感謝他們一直信任我，讓我將他們先人的故事呈現於世人面前。

最後，還有親愛的讀者們，感謝你們與我一同踏上這段看似不可能實現的冒險，並讓這一切成為真實，你們無法想像這對我而言有多麼深遠的意義。

透過照片，深入瞭解亞瑟．柯南．道爾的世界

亞瑟．柯南．道爾最為人熟知的事，就是創作了備受歡迎的《福爾摩斯》系列故事，但他可不只是一位作家而已！

超自然的信仰者

亞瑟從小便聽著母親講述有關小仙子、小妖精及其他凱爾特精神的故事。也許正是這些早期的故事，激發了他對於那些超自然世界的想像——一個可能存在著小仙子的世界。進入生命的後半段，亞瑟成為了一位虔誠的靈性主義者。他相信死者的靈魂會繼續存在，並不斷嘗試與活著的人溝通。他經常參加降神會，並與許多通靈者建立了友誼。他的第二任妻子甚至是一位通靈書寫的實踐者，兩人共同創辦了「靈魂書店」（The Psychic Bookshop），專門販售有關靈性研究的書籍。亞瑟對這些新興興趣的投入讓許多人感到難以理解，包括《福爾摩斯》系列的粉絲以及一些朋友，如魔術師哈利．胡迪尼（Harry

Houdini）。然而，亞瑟並未因為他們的懷疑而氣餒，隨著時間的流逝，他對超自然世界的信念越加堅定。

拳擊手

年輕時，亞瑟便是一位出色的拳擊手，但他同時也懂得如何在不動手的情況下擊敗對手。他相信，一位秉持與他相同理想——擁護榮譽、勇氣及騎士精神——的騎士，總是會毫不猶豫地支持那些所謂的弱勢群體。例如，當他讀到關於喬治·艾達吉（George Edalji）的案件報導時，這位半印度裔的律師被無端指控殘害牲畜，他便發起了全國性的運動，為艾達吉平反並爭取自由。最終，這場運動成功了，艾達吉也因此重獲自由。

發明家

在第一次世界大戰期間，有無數水手在海上喪生，讓亞瑟感到非常痛心。他寫了一封公開信，呼籲政府投資研發一種「可充氣橡膠鐘罩」，用來拯救水手免於溺水事故。不久後，海軍採納了這個構想。最後，這項設計發展至今，成了我們熟知的救生衣。亞瑟在其他領域中也有開創性的貢獻，他的小說《失落的世界》（*The Lost World*）被認為是最早的科幻小說之一。另外，在第一次世界戰爭前的前幾年，他幫助開發了一種名為「自動輪」的腳踏車，這是一種早期的機動腳踏車，並於歐洲、美國賣出了數千輛。

冒險家

亞瑟是一位熱愛探索世界各地的旅行者。他擔任醫生的第一份工作是在一艘捕鯨船上，這艘船航行於格陵蘭的北極水域。隨後，他又在一艘前往賴比瑞亞（Liberia）和奈及利亞（Nigeria）的客輪上工作。他在瑞士學會了滑雪，為首次成功滑雪登頂阿爾卑斯山脈的探險隊成員之一。亞瑟曾親臨第一次世界大戰和波耳戰爭（The Boer War）的戰場並記錄這些戰事，致力於將歷史事件呈現於英國公眾面前。

亞瑟・柯南・道爾和他的第二任妻子珍・柯南於一九二五年，在倫敦的維多利亞街一同開了「靈魂書店」。

一九二三年，亞瑟・柯南・道爾和哈利・胡迪尼成為朋友，後來兩人又成了敵人。亞瑟曾告訴胡迪尼，他可以與對方已故的母親進行溝通。

亞瑟・柯南・道爾和他的家人在瑞士。

一九二七年，亞瑟・柯南・道爾與他的狗朋友在於英國新森林（New Forest）的比格尼爾森林區（Bignell Wood）合影。

這位著名的《福爾摩斯》系列創作者曾宣布自己有個驚人的發現——靈氣（ectoplasm）的存在，即一種從通靈者身上釋放出來、有如幽靈般的黏液，當通靈者被死者的靈魂附身時，這種物質便會從他們身上逸出。

ISBN　978-626-419-569-0（平裝）

Printed in Taiwan.

巴斯克維爾 Book 2：五人小組的神祕信號／艾莉・斯坦迪許著；陳柚均譯. -- 初版. -- 臺北市：時報文化出版企業股份有限公司， 2025.06

456 面；14.8×21公分

譯自：The improbable tales of Baskerville Hall

ISBN　978-626-419-569-0（第2冊：平裝）

873.59　　　114006878

巴斯克維爾 Book 2：五人小組的神祕信號

作者　艾莉・斯坦迪許 Ali Standish ｜ 封面插畫　亞科波・布魯諾 Iacopo Bruno ｜ 譯者　陳柚均 ｜ 特約編輯　蕭書瑜｜ 主編　王衣卉｜ 行銷主任　王綾翊 ｜ 全書裝幀　倪旻鋒 ｜ 排版　唯翔工作室 ｜ 總編輯　梁芳春 ｜ 董事長　趙政岷 ｜ 出版者　時報文化出版企業股份有限公司　108019 台北市和平西路三段 240 號　發行專線—(02)2306-6842　讀者服務專線—0800-231-705・(02)2304-7103　讀者服務傳真—(02)2304-6858　郵撥—19344724 時報文化出版公司　信箱—10899 台北華江郵局第 99 信箱　時報悅讀網—http://www.readingtimes.com.tw ｜ 電子郵件信箱—yoho@readingtimes.com.tw ｜ 法律顧問　理律法律事務所　陳長文律師、李念祖律師 ｜ 印刷　勁達印刷有限公司 ｜ 初版一刷　2025 年 6 月 27 日 ｜ 定價 新台幣四八〇元 ｜

時報文化出版公司成立於一九七五年，並於一九九九年股票上櫃公開發行。
於二〇〇八年脫離中時集團非屬旺中，以「尊重智慧與創意的文化事業」為信念。